不要抢救我

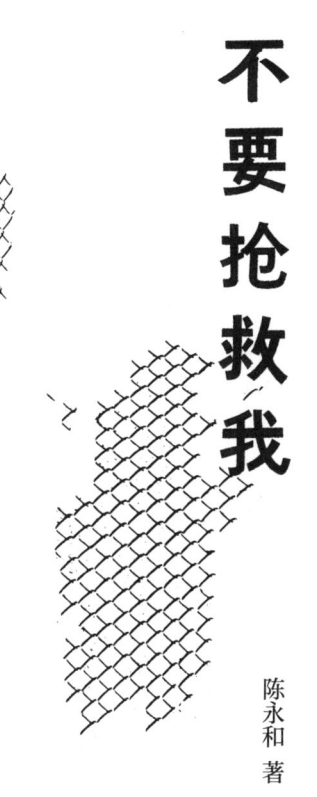

陈永和 著

上海文艺出版社

万物静默如谜
　　——辛波斯卡

目 录

第一部 001

第二部 131

第三部 239

尾　声 325

后　记 335

第一部

一

林律师的门牙掉了。

二〇一七年的一个清晨，林律师独自在家用早餐——吐司咖啡加鸡蛋，突然听到咯噔一声，一看，是门牙掉了，嘴一张，一排白牙正中露出个黑洞，看上去怪怪的。

这就麻烦了，上午十点钟，他要出庭辩护。

本来缺了一颗门牙，在法庭上说话漏风，也不是什么大事，但林律师的自我感觉坏极了，今天有可能是他人生中最后一次出庭，一年多前，他就已经不接手新案子，这次完全是看在老朋友刑警的面上。更关键的是，在潜意识中，他认为，人性的完美中不能缺少门牙，就像人不能不穿衣服，这是个原则问题。

有原则的人在维持这个世界的秩序，离开了秩序这个世界就要分崩离析。

林律师本来打算在开庭前再研究一下案子卷宗，但心绪烦乱，做不到了，这也让他懊恼，完美人格怎么能受门牙影响呢？

直到开庭前十分钟，他才回过神来，打开卷宗，匆匆翻了一遍。

这是个让林律师感兴趣的案子，最早跟刑警闲聊中听到的，一个九十岁老人杀死了一个八十六岁老人。

刑警当笑话说给林律师听。他们两人经常在一起喝酒，案件总被当下酒菜来谈。

林律师一听，兴头就来了，瞬间把自己碰过的案件在头脑里过了一遍，意识到，到目前为止，他处理的案件中，罪犯年纪最大的不超过七十岁。

一桩很确定的杀人案，不存在任何疑点。刑警说，被告A在行凶现场被警察逮捕，被指控为故意杀人罪。

作案地点在距离C城车程大约二小时、偏僻深山桃花村的杯心老人院，发现时，被告A正用毛巾捂住被害者嘴巴，并抗拒警察高声呼叫停止的命令，拒不开门，继续行凶，直到被害死亡。

警察破门而入，当场逮捕了A。

被告A无任何反抗拘捕行为。被捕后，他除了供认犯罪行为外，对其他事一概保持沉默。

一个老人，你能对他怎么样？随时都可能躺倒在审讯室里。刑警说，更奇怪的是，他好像执意要上法庭，问什么都说上法庭说。

你抓了我，我就要上法庭。被告Ａ对刑警说。所有有利的建议他都听不进去。

所以犯罪原因到现在还是一团谜。

警方已经查明死者叫林某某，家住某街道某巷某号，退休前在某大学任教，无后裔，退休后与老伴同住，十几年前老伴去世后一直独居。大约二〇〇六年春节前，居委会主任张大等人例行巡回慰问辖区内七十五岁以上老人，到林某某家，叫门无人应答，问左邻右舍，均说有一段时间未见其人。居委会主任张大感觉不对，找一人开锁后破门而入，发现屋内完好，无失窃现象，只是林某某不在其中。林某某平日不出门，采购一类杂务委托一邻居代办。据邻居说，林某某每次除应付的购物款外都会多给她一点小费。

林某某无亲无故，平日几无见人来访，所以张大认为他有失踪的可能。

张大表姐恰巧就是林某某的那个邻居，知道他失踪后，夜里做了个梦——林某某身体没了，只一个头瞪着大眼睛在黑暗中飘来飘去。她醒来很害怕，就怂恿张大去报警，于是张大就给公安局某处一熟悉的哥们挂了个电话。

当然，谁也不会在意一个七十五岁老人的失踪，这些年不是发生了许多老人失踪案吗？这种老人，谁要呢？躲都来不及。

所以失踪案就这么挂在公安局里,一直到刑警在死者衣领上发现林某某名字,去查,办事员才在登录为某年12号的卷宗上,找到林某某名字。

从林某某家到桃花村杯心老人院,开车最少要一小时四十分钟。如果利用公共交通,要换三次车,还不包括最后徒步四十五分钟的山路。

刑警认为林某某是被人接走的。

杯心老人院建在快进桃花村口、路边一座山的半坡上,进村还有一小段路。下了高速,沿县道翻过两座山,过了埔顶,车再往上盘旋开二十多分钟,到县道尽头就是桃花村了,村口往左有一岔道,二米多宽,勉强开一辆小车,黄土路,路两边是松树林,沿路上坡走六七分钟,就看到杯心老人院了。

至于林某某为什么要到杯心老人院,谁接他去的(某朋友或某熟人),都已经不重要了,重要的是林某某已经死了,A是凶手,这没有任何疑点。

虽然只要A承认杀人就好办,这案子就可以了结,但无论如何,A的身份必须确认。

问题就出在这里。被告A的情况,警察除了在他穿的衣领上发现姓名林某外,什么都不知道,但听口音,被告A无疑是C城人。

警察在杯心老人院仔细搜查过几遍,都没有找到任何能证明A身份的资料。根据调查,C城跟A同姓同名的人有六个，全是男的，其中四个年龄相距太大，剩下两个，一个住在东城区，打电话过去是家里阿姨接的，说 A 同名正在厕所，他进去了就不肯出来，会在里面待个把钟头，疯疯癫癫唱歌。阿姨把手机贴近厕所让警察听里面 A 同名唱歌的声音。

另一个 A 同名住在西城区，八十七岁，退休前是警察。

但很快，警察们也否定西城区 A 同名是被告 A 的想法了。因为打电话去居委会询问时，接电话的刚好就是 A 同名本人。西城区 A 同名耳朵有点背，但很热心，听说警察想找 A，半天不说自己是 A 同名，追问警察找 A 有什么事。警察回答说正在调查一桩杀人案件，没想到 A 同名的劲更上来了，一连提了十来个问题，诸如作案方法、作案地点等等。

这么多 A 都不是警察们要找的那一个，怎么回事？难道被告 A 不是 C 城而是别地方人？

会不会 A 没有第二代身份证？或者就根本没有办理过身份证呢？一个有经验上了年纪的警察说。他就碰到过这种人，当年不知道是漏办了还是怎么的，反正就是没有身份证，但他没有任何问题活得好好的，反正现在已经不用粮票油票，只要不涉及孩子上学或买房，户籍已经不那么要紧了。

所以只好去翻底册，封存在档案室里、没有在电脑上显示的户籍档案资料。

于是到街道派出所去查档,终于找到一个跟A同名同姓,年龄性别也相当的人,住址东城区某街某弄,门牌91号。

东城区某街道派出所接待警察的是个年轻姑娘,一问,说是某弄早就不知去向,某街也已经整个被拆了,盖成一片新小区。那原来的住民呢?回答说已经很难弄清楚了,有的搬到拆迁房,有的买到别的小区,有的拿了钱不知去向。警察强调说这是杀人案,年轻姑娘答应尽力去问一问。结果,两三天后,旧居委会主任依据被告A照片,确认此人是A。

根据旧户籍记载,被告A出生于某年某月某日,现年九十,妻子某某,出生于某年某月某日,两个儿子一个女儿,大儿子跟女儿生于上世纪五十年代,小儿子生于六十年代初。

户籍簿上没有登记职业,所以看不出被告A曾经干过什么,有过一些什么经历。

但这些已经足够让负责调查的警察吃惊了,他们怎么也没想到被告A的年纪已经九十。

被告A虽然瘦,脸上皱纹山水重重,但很精神,看上去只有七十来岁,目光晶亮,盯人看时能冒出火来,手腿上还有肌肉,穿一双黑白相间耐克牌球鞋,走起路来不颤不颤,稳稳实实,看守所供应的饭菜每餐总是吃得干干净净,好像还吃不饱。

别的不说,光凭这一点就让警察中好些人暗地里对被告A多了几分佩服:一,谁也不知道自己能不能活到九十;二,就算活到九十,十之八九也不能活得这么精神……难怪他有气力去弄死人。

别的嫌疑犯就更不用说，九十岁跟杀人犯这两个标签像两盏灯把被告A照得通亮，这种敬意是油然而生的，谁也没见过被告A这种人。关押犯们很想从A嘴里套出各种话，对他毕恭毕敬，但被告A从不正眼看其他嫌疑犯一眼。他在关押中表现老实，很模范，白天，只要不提审他，总是在地上盘腿打坐，除了吃饭睡觉，一天中，基本上都闭着眼睛。

你可以申请取保候审，刑警很同情地对被告A说。

被告A没有回答。

刑警以为他没听清，又说了一遍。

被告A还是没有回答。

刑警没法，只好告诉被告A说他可以请律师，被告A说不要，态度很坚决，但刑警还是想给他找个国家指派律师。这样对A会好些，他想。

必须有热情有经验，不那么计较得失，中年以上，对老人有同情心的律师才行，刑警想。

他马上想起林律师，富有正义感，通情达理，这两三年已经很少出庭，只在事务所给年轻律师做些咨询工作，没有比他更合适的人选了。

真难以想象，一个九十岁老人能有杀一个八十六岁老人的愿望与气力……刑警感慨地对林律师说。

林律师跟刑警同一年进司法体系，比刑警大四岁，开头两个人都在法院工作，上世纪末下海热潮中，林律师考了律师证，独立出来，刑警也离开法院，去了公安。他们都喜欢读书喝酒，同属于喝多少酒也不会醉的人，在某些聚会场合，最后经常剩下他们俩苦笑地看着那些醉倒的同僚，把他们一个个送回家去，一来二往，他们就有了许多共同语言。

刑警的这番谈话勾起了林律师对被告A的兴趣，就像他，虽然才刚到六十，却已经对很多事失去兴趣，不是由于体力，他身体不错，精力也还充沛，关键是没有冲动，行动的冲动。衰老一点一点在吞噬他，他没有反抗，甚至没有感觉。他现在只想待在家里读一点书。他买了好多书，准备退休后读。他不想活到九十岁，无法想象自己那时的样子，难道像看到的几个老人，口齿不清终年在床上躺着？那是活的影子，不叫活着。

如果有机会，他倒想见一下被告A本人。

好久以来，对人，他已经没有好奇心了，像熟悉的一片菜地，天天走，看到的全是茄子，现在突然冒出个南瓜，他还是被打动了。

刑警请他担任被告A的辩护律师时，他一口就答应了。

接手这个案子以后，林律师手机不像往常响个不停，没有一个电话，他略感寂寞，更加明白被告A的处境，同情起他来。

案子一目了然，不需要费心研究，林律师感兴趣的是被告A这个人。他的家庭背景，有过什么样的经历？是什么原因促使这样一个老人去杀人？凭多年的工作经验，林律师知道，杀人并不简单，每一个案件上面都覆盖着厚厚的帷幕，有欲望有目的有身体，都需要极大能量，都非轻而易举。

卷宗里夹着一些杯心老人院的照片和一张平面图。一座D省常见的乡村土楼，单层，十几米宽，大门开在土楼正中央，门上方挂着一个木牌，上面写着"杯心老人院"几个墨字，正楷，宽宽的门廊上竖着四根粗大的木柱，靠近大门的两根木柱上面刻有一副对联，写着"烟雨桥头听棹远，江枫月下看潮平"。

林律师略微诧异，印象中的老人院应该比较现代，至少有点像样的楼房，怎么会是这么普通的一座土楼？

老人院很简陋，进门一个大厅，两边左右前后共四间房，穿过一天井，到二进厅，还是一个厅加边上四间房，再跨过一门坎进到后院，右边一排四个房间，左边是厨房厕所浴室。房间大的约十二三平方米，小的约八九平方米，放一张桌子一张床，加床头柜衣柜。被害人林某某在一进左边前厢房被发现，躺在靠窗的床上，说是窗，其实是墙上方一张打开报纸大小的镶有木框的洞。

什么样的老人会愿意住在这里？林律师想，他们为什么放弃城里的生活，到这样偏僻简陋的老人院来呢？

有几张死者林某某的照片，看上去跟普通尸体没有两样，林律师盯着照片看了一会儿，飞快翻了一下资料夹，没看到法医鉴定报告书。

难道不像被告A供认的那样，林某某真正的死因除了他还有别的？

被告A的正面照片有两张：一张半身照，一张全身照。看上去的确像刑警说的不像九十岁的老人，长得很端正，年轻时一定很俊秀的脸，跟他体格呈现出来的力量有点不一样，有这样健壮体格的人很少有这样俊秀的脸，有这样俊秀脸的人难得有这样健壮的体格。

这说明什么呢？

世界上没有一张无缘无故的脸。人的体格跟他的脸不能太矛盾，如果太矛盾就一定意味着脸透露的信息跟隐藏在它后面的东西不一致。

林律师是个身体论者，他相信人的很多性格气质是由人身体决定，譬如，人心胸宽窄取决于这人身体胸骨的间距，间距宽的人心胸宽，间距窄的人心胸窄。林律师曾跟中学同学、省里有名的中医谈论过，同学说，他真正理解"宰相肚里能撑船"这句俗语，是在摸了几百个人的胸骨之后才明白的，胸骨宽度决定精神宽度，而不是别的。

被告A左眼眼角一道深的伤痕把边上的肉微微往上扯，使被告A左右脸看上去不一样，显得很特别，左眼眼神有点凶，右眼眼神温和沉稳。这是一张混杂着决绝与平和的脸，像玫瑰丛中隐隐闪现针刺的亮光。

最后还有一件事,案件的发现是从当班警察接到一个电话开始的。

星期五傍晚,下午五点三十三分,110值班警察接到一个电话,一个中年女人的声音,说在桃花村杯心老人院里有人准备杀人。值班警察详细确认了杯心老人院所在地后,还想多问几句,但女人已经把电话挂断了。

电话是从一个固定电话里打出来的,二十多分钟以后,距离最近的警察赶到现场。土楼门关着,敲门后没有反应,警察站在板车上,从窗子观察房间里的动静,正好看到被告A用毛巾捂住林某某嘴巴,就砸碎窗子玻璃,大叫住手,但被告A仿佛没有听见,继续行凶,于是警察们破门而入,当场逮捕了A。

之后那个神秘的女人再也没有出现过。警察通过调查,知道杯心老人院有个女临时工,叫林香梅,是个寡妇,就住在桃花村,五十来岁,跟电话通报女人声音的年纪相仿。警察通过村主任找到林香梅,林香梅矢口否认她有给110打过电话。下面是警察问询林香梅的记录。

警察:据说你在杯心老人院里工作?

林香梅:是。

警察:什么工作?

林香梅:临时工,买东西打扫卫生做饭。

警察:每天去吗?

林香梅:不,星期天休息。

警察：每次去多久时间？

林香梅：一般八个小时。

警察：都买些什么东西？

林香梅：吃的用的。

警察：你什么时候开始去杯心老人院？

林香梅：有七八年了吧。我记不清楚了。

警察：谁介绍你进去的？

林香梅：一个男人。

警察：他叫什么名字？

林香梅：我不知道，听人叫他依三。

警察：他多大了？什么模样？

林香梅：四十岁左右，城里人，戴眼镜，说起话来慢声慢气，很斯文的样子……

警察：他怎么找到你的？

林香梅：通过我一个亲戚介绍的，说他要找一个女临时工。

警察：这个亲戚现在在哪里？

林香梅：去年得病死了。

警察：这个人怎么跟你说的？

林香梅：他让我给老人院买东西打扫卫生做饭，一个月固定给我三千块钱。

警察：你后来还见过他吗？

林香梅：没有。

警察：你进去的时候老人院有多少人？

林香梅：记不清了。

警察：你再想一想。

林香梅：很久以前的事，想不起来了。

警察：几个？

林香梅：几个？几十个？上百个？真是没印象了……

警察：有男有女吗？

林香梅：是。有男有女。

警察：死者林某某是什么时候进杯心老人院的？

林香梅：记不清了，好像一进去时他就在，呃，说不准，反正很久了。

警察：你第一次见到被告A是什么时候？

林香梅：（看了警察一眼）是秋天，我进去的第一天就看到他了……

警察：A是住院老人吗？

林香梅：（又看了一眼警察）也是吧，不过什么事都他管。

警察：你看A是个什么样的人？

林香梅低着头不回答。

然后很奇怪地，警察对林香梅的询问就突然结束了。这个问询有点不着边际，大概从刑警的角度看，这个案子没有什么扑朔迷离的地方，问询也只是例行公事。

林律师没有去想象林香梅的模样，这是他的原则，从不随意想象不在场人的模样。不往事实上增加任何想象很重要，他认为，随意想象可能会破坏对事物的正确判断。

虽然有现场警察拘捕和被告A的供认，但林某某致死原因在法医鉴定报告书提出之前，还无法最后确定。

林律师去看守所见过被告A。

虽然见过照片，但当被告A出现在面前时，林律师还是略略被震惊了，这个男人，相当有男子气，皮肤很黑，脸不像照片上看到的那么俊秀，但多了几分威慑，目光安静凝重，镇定沉稳，总之是一张不容你轻视的脸。

被告A走进探视室，拉出凳子，坐下来，抬头看了林律师一眼。

我姓林，名抵达。林律师把准备好的名片给被告A看。

我不需要律师。被告A说，眼睛并不看名片。

这是政府指定的。林律师看着被告A说，心里想，这是一个不会撒谎也容不得撒谎的人，或许他真不需要律师。

被告A没再说什么。

你犯的是故意杀人罪，根据《中华人民共和国刑法》第二百三十二条规定，刑期可以从有期徒刑三年到死刑。根据你的年纪，应该会从轻从宽处理。林律师平静地说。

如果我要求呢？被告A说，口气并不强硬，但不容置疑，不像提问，而像命令。

你是说……林律师迟疑了一下，眼睛看着被告A。

被告A没回答，直视着林律师的眼睛，目光坚定决绝，内中又包含了一丝超然，像既看他又越过他看远方一样。

你是说……林律师突然明白了，内心一震，话脱口而出，你，你是想要求死刑吗？他头脑一阵混乱，像陨石砸进池底，激起剧烈水波。他还从没见过自己要求死刑的被告。

被告A没回答，扫了林律师一眼，低下眼睛，很久不说话。

可以申请取保候审。虽然刑警已经说过，但通常情况下，他还是要再说一遍。

被告A又抬头看了林律师一眼，没有回答。

当然你不申请也可以……我说的只是可能性。林律师莫名其妙补充了一句。他突然感到口干，咽下一口口水。他明白自己说了一些不相干的废话。显然，这不是被告A要听的，但开关切换不了，他不知道被告A想听什么。

被告A还是没有回答。

你还有什么要问我吗？一阵沉默后，林律师问。

被告A嘴唇微微动了动，好像把话含在嘴里，等了好久才吐出"没有"两个字。

你有什么问题，想到什么，可以随时联系我。又沉默了一会儿，林律师看着被告A的脸说。

走出探视室，林律师松了一口气，突然觉得很累，像打了一场败仗，但败得心甘情愿。

回到家，他不由又看了看卷宗，还是看不出什么，案件经过写得再明白不过，但不懂怎么那种不安感还是消除不了，那些字跟照片后面好像潜伏着一些什么。这是一种直觉。林香梅的证词明显埋下许多伏笔，她怎么可能会记不住养老院有几个人呢？那么小的一个地方，就算有的大房间住两个，最多也只容得下十几个人。她跟A是什么关系？那个找她去设施的四十多岁男人是什么人？

这个A到底在想什么呢？他的动机？林律师想起被告A那张脸，那张脸背后隐藏着什么呢？

所有犯罪都是犯罪者历史的结果，没有一件事情是孤立的，就算是最复杂的犯罪经常也是由简单甚至是极单纯的一个点拖出来的。

几十年来，林律师还从来没见过让他如此不安、困惑的被告，但同时，他深深被吸引了。

恐怕很少人能不被A吸引，他想，这是一个极少见的人，既复杂又单纯，既刚又柔，既冷又热，他找不到一个妥当的类型来归纳他。

但显然，见面后，应该说跟所有人一样，他明白了被告A最吸引他的究竟是什么，就是那种生命力，他坐在那里，只要他看着你，一句话不用说，或者说，那种不说话本身，就蕴藏着一种力。那种力，从他眼睛、放在桌子上的手放射出来，你不感觉到都不可能。有了这种力，一个行将就木的老人才有可能杀人，就像骑着摩托车，已经下坡快到谷底了，却突然拉起摆头，又开始往坡上面冲。

法医鉴定报告书出来以后，林律师又去看守所看了被告A一次。

鉴定报告书上写明林某某死亡主要是由于戊巴比妥钠中毒导致呼吸循环衰竭,而 A 的捂嘴只能说是协助。

鉴定报告结果显然对被告 A 非常有利,但他得知后显得比上次更加沉默,一句话不说,林律师说话的时候,A 眼帘低垂,偶尔一两次抬眼瞥他一眼,目光锐利,炯炯有神,但马上又垂下眼帘。林律师浑身不自在,感觉像面对一座大山,一种混沌的力扑面而来,他感觉自己说的全是些毫无意义的废话。

我会尽力为你争取最好的结果。林律师最后说,口气僵硬。他只能这么说,这是所有被告都希望听到的一句话。但出来以后他心很虚,他知道他做的所有努力都不是 A 需要的。

他感到一种歉意,又有点生气,这是从来没有过的。

林律师崇尚理性,几十年的律师生涯更使他的理性呈铜墙铁壁,面对卷宗他从不动感情。这是一条线,他认为,情绪会使人看不清事物本质。

但被告 A 使他越界了。

一直到开庭前十几分钟,林律师都在忙着各种事情,他一会儿对助手吩咐几句话,一会儿到楼下找什么人,厕所上了三次,每一次间隔不到半个小时。

可能是肾出毛病了,他想。

最后他到法院大楼内的休息室,找到一个靠窗的僻静座位,打开卷宗,又看了一眼被告 A 的照片。这是他的习惯,一定要在开庭前最后几分钟看一眼被告照片，使身体进入某种案件状态。

虽然上过无数次法庭，但每次开庭前他还是会感到一丝紧张。他认为这种紧张，虽只有一丝，但很重要，是律师对法庭的一种敬畏。如果没有，就意味着身体开始膨胀，已经产生错觉，把特殊（法庭）当成普通的了。这是角色转化的瞬间，从下一刻起，他就不是他，而是——一个律师了。

法庭听众席上挤满了人，男女老少都有，这在林律师意料之中。对于听众来说，法庭跟舞台没有多大区别，他们大约把被告A当作明星了。

被告A被两个法警带进来，一步一步走向被告席。

林律师眼睛一直跟着他，发现他站定后，抬头在看什么，眼神中有一丝揶揄。这种眼神照片中没有，见面时也没发现，他不懂这种揶揄是什么意思。但也正因为疑惑，把门牙带给他的不快压下去了，以至于在走进法庭以后的很长时间里，林律师都没有想起那颗倒霉的门牙。

二

被告A跟着法警走进法庭时，听到几声清脆的小鸟叫声，他抬头朝声音方向，看到玻璃窗边上停着一只红嘴相思鸟。七十岁以后，他的视力奇怪地越变越好，近的东西越看越模糊，远的东西越看越清晰，到最后不用戴眼镜就能看见停在十步远白墙上的一只蟑螂了。

他看到了红嘴相思鸟橄榄褐色的头顶，橙黄色的胸部，深黛的翡翠色尾巴，可爱肥墩墩的身体……

怎么只剩下一只了呢？A想。

那天，很早以前的事了，他在首长家当警卫员，夏天，他躺在院子树下的草地上，就看到这种小鸟，总是两只在一起卿卿我我。他肉眼感觉不出这一只小鸟跟那两只小鸟有什么不同。于是，他闻到轻微草地的香味，在山村土楼里，他也经常闻到这种香味，现在法庭上，他又闻到了。

大约因为老了，身体里能走的都走了，留下来的就是一些走不掉的东西，诸如，头脑里那两只小鸟呀，草地的香味呀，那鸟叫声音呀，他不用闭上眼睛就可以把它们召唤回来。

于是，他看人看物就不再是单纯地看人看物，总是跟他愿意看到的东西叠在一起，不愿意看到的东西进入他眼帘要费很长时间，有时干脆就被屏蔽掉了。

被什么的时候，比如被警察讯问了，被逮捕了，被关进监狱了，其实对他，跟住在家里、住在山村，身体的感觉几乎一样。

对吃也没有感觉，给他什么他就吞下什么。他很能吞，能把别人放在眼前的食物全部吞下去，吞咽对他一直是很享受的事，这种习惯或许是因为小时候吃的东西不多而烙下的。

　　除了食物，外面东西好像进不了他的身体了，他有的，全是过去。一切都变得缓慢而宁静，虽然身体还在走，但走得极其缓慢，他几乎觉察不到。

　　所以，当他眼睛看向坐在边上的林律师时，却并没有看到他，他看到的还是那个夏天。那个夏天一直跟着他到法庭上，他听到那个女孩的声音，叔，我要，我要……那个女孩叫他叔。

　　他当然不知道，他看到的这一切在他脸上也透露出来了，他的表情宁静又祥和，林律师跟听众席上有些人感觉到了，但在检察官眼里，这种表情却被认为是冷漠与心不在焉。

　　他从不照镜子，也不过生日，早已把自己年龄忘记了。他的老多呈现在那些看不见的地方，当作没有也可以。

　　他当然没听见检察官在说什么，他藏在自己的世界里，这个世界跟外界、跟法庭没多大关系，在法庭跟在桃花村杯心老人院，对他，没有什么区别。

　　林律师轻微颤抖了一下，被告A脸上的游移神情使他想起了临终前躺在医院病床上的父亲，在法庭上他还是第一次走神。

　　被告A看到法官的嘴在动，然后听到一个声音，你是A吗？但他不认为这声音跟他有什么关系。

　　旁边的法警说，在问你呢。

他这下才明白过来。

法官又问了一遍，你是A吗？

他回答说是。

下面是法庭书记官的记录，整个问答进行得很慢，法官与公诉人经常一句话要问两遍，被告A回答得很慢，似乎吐一个字都要顿一下。这使法庭上所有人都显得有些焦躁，但焦躁归焦躁，内心里，谁都同情或者说宽容了被告，大家都想，一个九十岁的老人应该就是这么说话的，但不管怎么说，这种焦躁使大家分心，被告A说话声音本来就不大，一分心就更听不清晰了，加之以后网络上出现种种对话版本，要不是有录音，连林律师也无法清晰回忆法官到底问了些什么，而被告A又是怎样回答的。

法官逐一核对了被告A的民族、籍贯、出生年月日、职业跟住址以后，宣布了合议庭组成人名单、被告人享有的权利与法庭纪律。

接着公诉人宣读了起诉书。

以下是公诉人与被告A的对话记录。

公诉人：你承认你在某月某日下午某点某分，在桃花村杯心老人院捂住林某某嘴使他死亡吗？

被告A：我承认。

公诉人：你认识死者有多久了？

被告A：很久了，记不清了，他妻子是我小学同学。

公诉人：那他妻子现在在哪里？

被告Ａ：死了。

(沉默)

公诉人：你能告诉我你为什么要捂死死者吗?

被告Ａ：因为他想死。

(听众席上一片哗然)

公诉人：你怎么知道他想死?

被告Ａ：他自己说的。

公诉人：他跟你说的吗?

被告Ａ：是。

公诉人：什么时候说的?

被告Ａ：八九年前，十几年前他就跟他妻子说过。

公诉人：那你也听他妻子生前说过吗?

被告Ａ：是。

公诉人：他妻子去世多久了?

被告Ａ：快十年了吧。

公诉人：除了死者，你还杀死过其他人吗?

被告Ａ：杀死过。

(听众席上又一片哗然)

公诉人：你一共杀死过多少个人?

被告Ａ：三个。

公诉人：都是捂死的吗?

被告Ａ：都是。他们吃了药死不了，我帮助他们死。

公诉人：他们吃了什么药?

被告A：一颗药丸。

公诉人：什么药丸？

被告A：我不知道，总之是一颗药丸。

公诉人：他们自己吞下药丸吗？

被告A：是。

公诉人：药丸很小吗？

被告A：很小。

公诉人：你知道你这是杀人行为吗？

被告A：知道，但是他们想死，他们都想死，没有人帮助他们死，他们就是为了死才住进杯心老人院。

公诉人：这是犯罪行为。

被告A：你不明白死是什么，但总有一天你会明白，所有的人都会明白……或许有一天你也会需要有人帮助你死，但一定不是我，那一天我已经不在了。

公诉人：法律不允许……

被告A突然嘴角上扬，好像要笑，但没有笑出来。

被告A：所有人都是浪花，被风激起，又消失在海滩。

公诉人：这是什么意思？

被告A：法律？法律是什么？法律跟生存有关系，但跟死没关系。我们首长临死前跟我说，他叫我小二，我们是老乡远亲，我要叫他堂叔，他说他很想快点死，但他住在大医院，周围都是穿白大褂的医生护士，他们没有一个人肯帮助他死。我说，首长，我帮助你。首长说，那你帮我把这些管子拔掉。我说，首长管家说这些管子不能拔掉。首长管家是首长老婆。首长说，你听管家还是听我的。我说听你的。首长说那我命令你把管子拔掉。我就把管子拔掉了。护士进来看到都傻了，马上又把管子插上。他们就把我赶出病房，再也不让我进去了，还让我转业。我知道首长管家不喜欢我。他们都愿意看到首长插着管子，不愿意他死。但首长想死。他不想活。我没能完成首长交给我的任务。首长经常说，你这个人别的没有，就是忠诚。但我已经没办法忠诚了。临转业前，我去医院看了一次首长，我到死也忘不了首长那时候看我的眼睛。那眼睛里有鬼。恶鬼……以后我就知道，我做的都是替首长做的，他在天上看着……

被告A说话缓慢，声音低沉，但表情有时候会显得很幼稚，好像他面前就躺着一个老首长，而他只是一个小战士。林律师一直盯着他看。

公诉人：你年轻时候从事什么工作？

被告A：我当过兵。一开头是国民党兵，在打仗中被共产党俘虏了，我就当了共产党兵；后来一次打仗时我落伍了，被国民党兵抓住，我又当了国民党兵；后来打仗时又被共产党兵俘虏，我又成了共产党兵，最后就跟了首长当警卫员。

公诉人：当警卫员是哪一年你记得吗？

被告A：一九五〇年。

公诉人：当了警卫员以后呢？

被告A：我一直跟着首长，直到首长死了，我转业到地方，在某某大学基建处当处长。

公诉人：A，你知道这里是什么地方……

什么地方什么地方……被告A重复着这句话，不解似的环顾四周，好像在寻求答案，我在……这时候，他突然眼睛朝天花板上看，看到那只小鸟在天花板上盘旋，一会儿，小鸟变成了女孩，他叫起来，他感觉他在叫但没有声音发出来。你来啦，你来啦，我看见你了……A脸上又出现了那种游移的表情，仿佛眼球放大了，他又看到那个夏天了，他在树荫下打瞌睡，天气热，他只穿短裤背心，一瞬，他梦见一个漂亮女孩，朝他扑下来，像白色羽毛轻柔地覆盖在他身上，身体在发热膨胀，他醒了，但眼睛不愿意睁开，他要把这种舒服的感觉延续下去，他感觉到下面硬了，挺着，什么东西在上面滑动。

叔叔，有声音从远处飘过来……是那女孩的声音……他睁开眼睛，看见女孩正坐在他旁边，手里拿着一根小树枝在他下面拨。

他下面坚硬地挺着。

叔，我看到你长大了。女孩说。

他跳了起来。

好好玩好好玩。我看到你长大了。女孩围着他叫，又想用树枝去打他下面。

他双手捂住自己，闪来闪去，后来干脆把女孩高高举起，在草地上转圈。

哇哇……女孩欢快地乱叫。

最后，他把女孩放到地上，眼睛看着女孩的眼睛说，你千万不要对人说叔长大的事呵。

不说不说。女孩摇头晃脑说，叔，我要是听话了，你还让我玩呵。

女孩真的没有对人说。他也真的让她玩了，一直玩到她上小学。她玩他的时候，他就闭上眼睛，他不敢看她，他忍住浑身冲上来的潮流，像把海潮往外推似的，但这种忍，是痛快的忍，淋漓尽致的忍，他不能让它软下去，她要看到它"长大"，他咬紧牙关保持坚挺，他要让她玩它。它不能躺倒。以后他结了婚，用不着他忍什么了，但每一次跟妻子过完夫妻生活后他都不满足，浮现在他脑海的，都是那女孩金色般的亲昵，白色羽毛从天上覆盖下来的感觉。

一直到她长大了，这件事都是他跟她之间的秘密。

这个女孩，就是陈绍兴，他叫她阿兴。

又是那种感觉，这个时候从天而降，回光返照似的，突然，他摇晃了几下，倒了下去。

听众以为发生了什么事，许多人站了起来。

这一瞬间，林律师感到一阵头昏，又感觉到他的门牙不在它原有的地方了。

被告A很快被抬到被告席前面的地上，许多人围了上去，有人打电话叫救护车，很快就有两个穿白大褂的医务人员跑进法庭。

林律师停在人群几步远的地方，他看到医务人员蹲在被告A身边，翻开他眼皮看。

这是什么？他衬衫的胸口上有字！从围在被告A身边的人群中有声音传出来。

什么字什么字？有人问。

不要抢救我！一个女声叫起来。

衬衫的胸口上有字？林律师朝前挤了两步，但还没等他看到，担架抬来了。

让开让开。医务人员的声音。

人群让出了一条路。两个医务人员小心翼翼地把被告A抬上担架，一群人跟着担架往外走。担架抬出法庭，消失在走廊里了。

他衬衫的胸口上写着"不要抢救我"的字呢。一个妇人说。

是吗？是吗？那是什么意思？另一个妇人问。

这不很清楚嘛，就是说不要送他到医院。妇人说。

那怎么可以？总不能眼看着他死掉吧？另一个妇人说。

对呀。怎么能见死不救，那还是人吗？又一个妇人说。

林律师从这几个议论着的妇人身边走过，他刚才从抬过他身边的担架上也隐隐约约看到被告A衬衫胸口的字了，字呈暗红色，每个字有二三指宽，一笔一画非常清晰，但医务人员没看到似的，一切都按正常程序进行，谁也没有异议。

他看到被告A的脸，双目闭着，脸上揶揄的表情完全没有了，剩下的是平静与温和，那是一张好像已经去了另一个世界的脸。

林律师心里咯噔了一下，一瞬间他又看到了父亲最后的样子。

被告A被送进了距离法院最近的医院。

三

回到家里，林律师冲了个热水澡。这是他的习惯，从法庭回家一定要冲热水澡。他喜欢热水冲到皮肤上那一刻的感觉，好像毛孔松开了，一股看不见的浊气从身体里渗出来被水冲走了。

所有人都是浪花，被风激起，又消失在海滩……他想起被告A在法庭上说的话，隐隐觉得这是个隐喻。

走出浴室，听到手机响，接起来，是助手电话，说医生诊断被告A为脑溢血，情况紧急，立即动了手术，但抢救效果不好，被告A恐怕再也不会醒来了。

在跟助手说话时，林律师头脑里出现了好几次被告A胸口上"不要抢救我"的暗红色字。

如果当时被告A身边只有他一个人，看到字后，他会打电话叫救护车吗？他踌躇了不到五秒钟，马上责备自己，怎么会有这种念头？

当然要抢救。人突然出现状况，第一切忌移动，第二打电话叫救护车等医护人员来，第三不可随意乱吃药……这是常识，他已经听过无数次，这种程序早已深入到骨髓，变成了人的第二本能。

但不知怎么，林律师还是感觉心绪不宁，他走到书房，看到书桌上摆着一沓卷宗，才发现不知不觉，又把被告A的卷宗带回家了。

林律师晚上回到家，再晚都要到书房去坐一坐，抽一根烟。女儿在纽约工作，妻子去陪她了，家里就他一个人，但可能因为早年养成的习惯，在这三大间的套房里，他只有在书房才觉得安宁，可以什么事都不做就坐着发呆。

会不会是哪句话刺激了被告A，才使他当场脑病发作呢？他努力回想法庭上的每一个细节，公诉人跟被告A的每一句对话，被告A脸上表情的变化，甚至听众席上当时完全不被他注意的人脸……

当然，如果这时有另一个案子，通常都这样，一个案子还没结束，下一个就来了，有时几个案子就叠在一起，头脑根本无暇停顿。

可现在他有足够的时间来反刍……

或许潜意识里，他不想脱离案子，他不能不思考，头脑想维持过去的状态，需要某种幻觉。

只有翻看被告Ａ卷宗时，他才回到平日宁静专注并略带兴奋的状态。他觉得不安，有种冲动，想一探被告Ａ的究竟。

总之林律师纠缠在这案子里出不来了，越来越觉得它不像表面上看到的那样简单。

妻子从纽约打来电话，让他飞过去，说女儿很想爸爸，准备等他到了租个车周游美国。他很高兴，但放下电话后就把这事忘了。

他只能专注做一件事，非此即彼，妻子不理解，为什么你就不能看书时停一停，压一下电饭煲开关？但他就是不能，老是忘记，根本想不起来。

他打开录音笔，反复听了三遍被告Ａ跟法官、公诉人之间的对话，边听边把想到的问题记下来。这是他的习惯，在纷乱无序之处找出纲举目张的线索。

他先列出几个大问题，下面又分出几个小问题，各自标明处理方法。

一、怀心老人院
1. 设施名义人（查租约权利关系）。
2. 设施资金来源（维持费用是否出自个人）。
二、老人院的管理
1. 人员如何募集，进入条件等。
2. 日常管理。

3. 尸体处理方式及现在在哪里（比如骨灰）。

三、杯心老人院是孤立设施，或属于某个组织

卷宗资料里没提骨灰或尸体，但据A供认，杯心老人院里至少死过三个人。这些是什么人？死后如何处置？

林律师点上一根烟，蜷缩在沙发里，抽了起来。

几天没有被告A的消息。这天，刑警打电话约林律师在浦上饭店吃饭。

林律师比约定时间提早十几分钟到了饭店，他要了一张靠墙的相对安静的桌子。他跟刑警都喜欢这家僻静小店，山区菜，不甜。因为经常来，老板已经变成朋友，每次他们就随老板推荐几碗时令菜，主要是谈话，吃在其次。刑警跟他一样，女儿在美国，家属回老家去照顾生病的母亲，一个人住，独身似的，工作之余就是吃饭读书，喝点小酒，没有其他嗜好。

刑警进来时林律师正喝着酒，边看着一本刚从网上买的书，弗兰克尔的《活出生命的意义》。

喂——你到啦。看到林律师，刑警老远就叫了起来。

根据刑警从多远叫，林律师可以判断刑警这天心情如何。一进门就叫，一定心情好，到了座位还不叫，要他先叫，那心情就坏到极点了。这天刑警心情不好也不坏，走到距离座位几步远的地方就叫了。

林律师抬头笑了，为刑警倒了一杯啤酒。他们都爱喝瓶装青岛啤酒。

我知道你最想听什么，刑警举起酒杯一杯干了下去，很满足的样子，说，是 A 的情况吧？

林律师没回答，光笑。

他还是老样子，没醒。医生说他大约永远不会醒了，不过……刑警说了一半，卖关子似的停了下来。

林律师看着老朋友，等着，刑警比他性急，一定会往下说。

你想不到吧，A 的儿子出现了。果然，刑警先说了。

哪个儿子？大儿子还是小儿子？林律师头脑浮出被告 A 的户籍本复印件，大儿子一九五四年生，现在六十三岁，小儿子一九五九年生，现在五十八岁。

你记得这么清楚。刑警笑了，知道林律师记忆力超群，是大儿子，亲戚从网络上看到 A 法庭上的照片发给他的。

网络上有 A 的照片吗？林律师问。

很多，没想到吧，流传得很广呢。刑警说，不信，你现在就打开手机看看。

林律师立即打开手机，输进去 A 的名字后，出现了一连串照片，包括文字……

……九十岁的杀人犯，杀了八十六岁的人，大约是出于好奇吧……

C 城前所未闻……何止 C 城，不懂世界上……林律师说，看来，是史无前例……

两个人都沉默了。世界在变化，似乎地上某种很坚固的东西摇晃了。

他大儿子说了什么？停了一会儿，林律师问。

说想见父亲。刑警把事情经过详细说了一遍。他知道林律师是个追求精确细节的人。

开庭后的第三天，医院来了个六十多岁的男子，说是被告A的大儿子，要求见被告A。

医护人员请示了刑警。刑警同意在有警察在场的情况下让大儿子探房。虽然被告A昏迷不醒，但程序该怎么走还得怎么走。

大儿子进了病房，站在病床前呆呆看了被告A几分钟，拿出手机想拍照，被旁边的警察制止，说不能拍照。

走出病房时，大儿子被刑警叫住了。

刑警把大儿子带到医院一处安静角落，问了大儿子几个问题。

你问了A怎么进杯心老人院的吗？林律师问。

没有。想留给你问。刑警说。

怎么？我问？

你不正有兴趣吗？这个案子在我们那里已经基本结束了。你知道，被告人躺在医院，基本上再不会醒，结论已经有了。这两天有了另一件大案，这边的人都抽调到那边去了……

林律师沉吟了一下，没有回答。

但不懂为什么，我总觉得这事没那么简单……刑警说。

是。我也这么想。林律师说。

这么说，你有兴趣啦？

兴趣是有，只不过……林律师说。

只不过什么？

有些事到时需要你的帮助。林律师说。

那不是一句话。不懂为什么，刑警对 A 也很有兴趣。

纯属个人调查。林律师说。

三年前，林律师耳朵里有了一种奇怪的声音，嗡嗡嗡似蜜蜂叫，除了睡觉，一天都在响。去了好几个大医院，做了各种复杂检查，都查不出原因，医生的说法也非常混乱，有的说因为累，有的说老年性耳聋，有的说心脑血管疾病前兆……

难道就好不了吗？他问。

谁也说不准。医生同情地看着他，含糊地回答，给他开了一些滴耳剂，嘱咐他多休息，不要太累了。

他又通过朋友介绍，去看了几个有名的中医针灸师，吃了许多中药，折腾了一年多，常常往医院或诊疗室跑，但收效甚微。

妻子本来就对他每天埋在案子卷宗中不满，这下就更有理由了，非要他把工作减掉一半不可。他想想也就同意了，身体回不到原本状态，他没法全力办案。

就这么个小小的耳鸣，难道就治不好了吗？林律师不相信，无法接受。

从小他就接受一种人定胜天的教育，似乎没有什么事做不到，只要努力，只有努力不到……

耳鸣变成日常，嗡嗡嗡声永远竖在他与世界之间，让他心躁，变成屏障，使他跟世界隔膜，所有其他事，包括工作看上去都略略走样。

谁也不能理解他，包括他自己。

过了一年多，有一天，他跟妻子到新疆旅行，走在森林小路上，听见各种各样的鸟叫，叽叽喳喳，清脆婉转，那一瞬耳鸣消失了，小鸟叫声不带一丝杂质，像过去一样好听。

他找了块地方坐下来，在森林里待了很久，他要抓住这种感觉。

那次以后，很奇怪，耳鸣不再控制他，他跟耳鸣和平共处了。

妻子去纽约以后，生活变得简单，时间多出许多，林律师有意无意在事务所待得久一点，听同事们议论案子，经常从一些奇怪的角度提出一些自己的看法。

还行。看来这头脑还可以用。他对自己说。

他跟刑警多次相谈过退休以后的事，两个人都不愿意去美国。去美国干什么？英语不会，当个聋子哑巴半残废还不如就在国内待着算了。

这些日子读弗兰克尔《活出生命的意义》，有一段话给林律师留下极深刻印象——

生命中的每一种情境都在向人提出挑战，提出疑难要他去解决。因此生命的意义要颠倒过来想，人不应该问生命的意义是什么，他必须知道，他才是被询问的人。每一个人都被生命询问，他只有用自己的生命去回答。

他仿佛被一道光击中，被告 A，不正在通过自己生命的极端行为在回答生命的提问吗？

法庭上，A 对他，对所有人呐喊。

他只是像拉磨的驴埋头活着，不提问也不回答，而 A 走在他们前面。他突然有点明白了。

大儿子感谢我们救了他父亲。刑警说。

小儿子跟 A 女儿没来吗？林律师问。

A 女儿在外地，正在路上，小儿子说有什么事，但会尽量赶来。也是，十多年没见的父亲，一看到就是这个样子……刑警口气有点低落，不过，不管怎么说，他总算还活着……

是呀，活着……林律师说，头脑闪过父亲最后在医院病床，身上插满管子的情形。

我已经跟大儿子说过他可以申请中止审理。刑警说。

林律师想起被告 A 拒绝取保候审时的那张脸，他想什么呢？

喔,好像明天他们就都到了。你去见见他们吗?刑警问。

见。林律师说,当然要见。他几乎是脱口而出,仿佛体内有另一个人催促着他。

首先要去杯心老人院看看,十几二十几年前,有些C城人到山区向当地农民租房子,租约一般五十年,杯心老人院也可能属于此类,林律师想。

四

刑警把林律师电话给了被告A的大儿子,让他接到弟妹后马上联系,说林律师有事要问他们。

第二天下午,林律师就在医院里见到A的儿女们了。

他比约定时间提早了一点到医院,A的儿女们还没到,他先去病房看了看被告A。

三个人的病房,A的床位靠窗,其他两个床铺空着。A身上盖着白色略显脏的被子,床头柜上放一台心电监测仪,手臂伸长,插着针,床边有个立架,挂着吊瓶。胃管从鼻孔插入胃内,林律师看见护工拿着一支大针筒,快速往胃管里注射进一筒绿色食物。

A双目紧闭,看上去比在法庭时瘦,皮包骨头,脸色死白死白,原先严厉的伤疤变得平缓松弛,脸上完全没了法庭上那种游移出世的表情。他半张着嘴,呼吸微弱,但听得到一丝喉咙里的声音。

林律师看到了A一排发黄但很整齐的牙齿。

很明显,躺在床上的还是个活人。

林律师又想起父亲,好像被过去的习惯左右,他仔细询问了A的病情。医生跟他解释每一根管子的作用,它们在维持A的呼吸,维持躺在床上人的"活"。

还有醒过来的可能性吗?林律师问。

没有。医生说,除非出现奇迹。

奇迹?林律师重复着医生的话。

林律师不相信奇迹。世界上有两种人,一种人相信奇迹,另一种人不相信,准确地说,很难唤醒他们相信。从古希腊时代起,这种人就只崇拜理性,相信理性。林律师属于后面一种人。他相信科学,相信人类在进步,但不相信奇迹。

医生很热心,拿出A的X光片解释给他听。听得出来,这话他已经不知说过多少遍了,大约每一个有关人员来,他都得解释一遍,毕竟,A是个杀人犯,如果他醒过来,一定会被定罪的。

三点半多,A的儿女们来了,A女儿牵了个三四岁的女孩,后面跟一个二三十岁的女子。林律师跟他们招呼,拿出名片,递给大儿子。

只一眼,林律师就把A的三个儿女都看到眼里了。大儿子长得不像A,个子不高,瘦弱长脸,皮肤很白,戴一副金边眼镜,看起来是个学者。A女儿长得很像A,虽然已经六十来岁,但体型苗条,俊眉俊眼,而且跟A一样,眉宇间也透露出一丝倔劲。小儿子长得跟老大老二都不像，个子不高，但强壮，一副来什么都架得住的样子。

这位是……林律师看着二十多岁女子问。

喔，这是我女儿，这是外孙女，A女儿指着小女孩说，她没见过曾外公，所以这次就把她一起带来了。

离开外公家的时候，我才上小学。A女儿的女儿说，很伤心的样子。

A女儿的女儿是外公外婆带大的，那时候，A女儿工作忙，就把女儿带回老家让父母带，一直到快上小学了才把她接回去。

我不相信爸爸会杀人。A女儿盯着林律师，坚定地说。

林律师打了一下手势，示意她不要再说下去。A女儿马上明白了，就让女儿带着孩子先回家去了。

这简直太不可思议了，想想，老爸已经失踪快十年了，怎么突然就出现了，还是以这种方式……小儿子说。

你怎么看？林律师问大儿子。

我仔细想过，我的结论可能跟他们不一样。我觉得父亲有可能杀人。大儿子说，他曾经杀过人，我听他说过战场上发生的事……

可那是战争时期，不说明问题……A女儿反驳说。

即使说明不了全部问题，但不可否认，跟从来没有杀过人的人还是不一样。大儿子说。

我不同意。A女儿叫了起来，你不能这样说爸爸，从小你就对他有看法，我知道你不爱他……

林律师开头默默听着他们兄妹对话，这时候插了一句嘴，你们想过没有，为什么你们父亲要离家出走呢？

我也想不通。这些年我也一直在想这个问题。妈妈去世以后，爸爸一直一个人住在C城，我们三个人都叫他跟我们住，但他说在C城住习惯了……A女儿说。

他是哪一年失踪的？林律师问。

二〇〇七年夏天，放暑假前，我本来想让女儿回C城，但后来听老师说有暑假补习班，女儿那年上高二，我担心她补习迟了影响高考，考虑了半天，最后还是决定让她留在B城，就打电话跟爸说今年女儿不回去了……没想到，没过多久爸爸就失踪了……A女儿说。

你们是怎么发现他失踪的？林律师问。

我回家时发现的。小儿子说，那年夏天休假日我回家看老爸。到家前一天晚上挂电话没人接，想老爸睡了，也没在意，第二天回家发现门锁着，等到晚上也不见老爸回家，我突然觉得不对……

你爸爸没有留下信或纸条一类的东西吗？林律师问。

没有。小儿子说。

失踪前不久，他有给我写过一封信……大儿子说。

信里都说了些什么？林律师问。

信很短，只说他要离开家一段时间，跟朋友一起出门，可能时间会比较长，叫我们不用担心。父亲不喜欢写信，过去收到的家信都是母亲写的。所以我也没有太在意，想他会不会寂寞了，跟朋友旅游去了……大儿子说。

后来再没有联系过吗？林律师问。

后来就音信全无，我们一直在想父亲怎么会出去这么久，他本来就不用手机，也联系不上。半年多后吧，我们急了，就报了警……大儿子说。

你们想过他为什么要去杯心老人院吗？林律师问。

我想他一定是受了一个人的影响。A女儿立即回答说。

谁？林律师问。

爸爸最崇敬首长女儿的影响。A女儿说，爸爸失踪前几年，我记得每次回家都会听爸爸说起她。

都说了什么？你还记得吗？林律师问。

呃——大多记不清了，印象最深的一次，是爸爸说首长女儿打电话给他，说要来看他。爸爸很激动，自从转业以后，他再也没有见过首长一家人。

后来呢？见了以后你父亲说了什么吗？林律师问。

后来就不知道了。我离开了C城，爸爸在电话里也没提这件事。但我知道他跟首长女儿经常有联系。A女儿说。

也未必。父亲晚年耳朵常常出现幻听。大儿子说。

幻听？林律师想起在法庭上A看着天花板似乎在跟谁说话的情景。

他说过听到什么了吗？林律师问。

经常听到歌声，革命歌曲，诸如《义勇军进行曲》啦、

《我的祖国》呀等等，也有人跟他说话的声音……有一次回家，半夜睡觉起来上厕所，听到爸爸躺在床上在跟谁说话，问他，他说是过去的战友。后来才知道那个战友早就死了。爸爸晚年头脑很不清楚，但表面上一点看不出来，给我的感觉是他常常生活在另一个世界里。大儿子说。

有这些事吗？我怎么一点都不知道。Ａ女儿叫了起来。

我开头也没觉得什么，想只不过是老人沉浸在自己过去的生活里罢了。大儿子说。

但他怎么知道杯心老人院的？总得有人告诉他吧？他又不可能自己找过去……小儿子说。

也许是首长女儿介绍他进去的？Ａ女儿突然灵机一动说。

但首长女儿不过跟你一样大，那时差不多五十岁吧。大儿子说。

可是她有妈妈呀，或许她妈妈就进了这家杯心老人院。Ａ女儿说。

既然有这层关系，你们父亲为什么要选择失踪呢？林律师说。

小儿子和Ａ女儿对视了一眼，满脸茫然，好像林律师问出了他们心里的问题。

大儿子似乎想说什么，但终于没说。林律师看着他。他干脆转头去看别处。

首长女儿叫什么名字？林律师回到实际的问题上来。

陈绍兴。Ａ女儿说。

陈绍兴？林律师重复了一遍。

是。陈绍兴。A女儿强调说。

耳东陈，绍兴的绍，绍兴的兴吗？林律师的声音有点变了。

对。

你们有她联系方式吗？林律师问。

没有。不过也许能找到，爸爸床头柜里有一本笔记本，记了许多电话号码。A女儿说。

五

A养父的林姓在C城是个大姓。据说先祖在晋永嘉战乱中从河南固始逃难进入D省，D省地荒人稀，崇山峻岭，但天候温热，物产丰富，所以林姓先祖得以残喘苟延，一千多年下来，也就枝叶繁茂源远流长。以后分成好几条支脉，年代久远后，相互间如同异姓，互相不认得，也就形同路人，一支脉有一支脉的祠堂，虽在革命岁月中停过一段时间，但后来又复兴了。这些年C城香火旺盛，各路祠堂风风火火，人丁兴旺，每一个祠堂都给族中出人头地者以表彰，名字照片高墙悬挂，大约是些省级处长以上官员或博士。A养父族里有个活络人名升，辈分比A大，A要呼他叔公，但年纪比A小许多，现年八十不到，从小常跟在A后面打转，A打架他就在旁边大喊大叫助威。升对祠堂事务分外热心，四处张罗，挖出 A 家一个博士——大儿子，某大学著名学者教授，所以祠堂墙上，除了 A，又多一张 A 大儿子的照片。这么多年下来，升跟 A 一家一直保有联系，A 失踪的事，也是他传给族里人的。

当时族里人很多疑惑，想不通 A 为什么人间蒸发，有的猜测出于桃花，但更多人倾向出了不测，否则，每个月拿着退休金，儿女又这么出息，放着好好的日子不过，蒸什么发呢？

当 A 事件戏剧般出现在网络上时，族里有年轻人把 A 法庭上照片转给升看。升开始不相信，但议论如潮，各种传说照片越来越多，这使升愤怒了，说，A 怎么可能杀人？我们这一族上上下下多少号人，几百年安分守己清清白白，怎么可能弄出个杀人犯？一定是哪里弄错了。

错的一定是对方。我方不可能错。当年土改升爷爷评上地主被镇压了，但最后怎么样？升总是说，平反了平反了。现在升爷爷的照片已经重新被挂在祠堂高墙上了。人活着没有错，人发财没有错，历史可能会错，但终归会拨乱反正。几十年来，他就是靠这种坚信活过来的。

升把信息发给 A 大儿子，希望他能回来澄清父亲冤情。这样，A 儿女们才算知道父亲的消息，从各地赶回 C 城了。

面对躺在医院里的父亲，三个儿女态度很不一样。

小儿子还在单位上班，态度特别暧昧，他觉得与其有个杀人犯父亲，还不如让他永远失踪。大儿子退休了，他一辈子都在做学问，所谓学者其实就是旁观者，躺在病床上的父亲跟躺在西安土坑的兵马俑有多大区别呢？一切转瞬即逝，活着的人正在死去，死去的人还在活着，世事该怎么处理就怎么处理，实事求是。A女儿生气时说他简直就是个木乃伊，没有感情的动物。他不反驳，反而笑了。谁对他生气他就会发笑，生越大的气他笑得越厉害。这就是人，他在心里说，一种非常令人绝望的动物。

只有A女儿反应最强烈。

收到哥哥微信上发来A的照片后，A女儿好几天夜里睡不好觉，几次被噩梦惊醒。

A失踪后，A女儿偶尔会梦见他，梦里的她总是没长大，还是小女孩，A也还没老。

父亲年轻时候长得很像王心刚，那年代著名影星，A女儿喜欢勾着父亲的手穿过长长的石板路，他们那时候还住在坊巷的大院里，很多路人会回头看他们。她虽然小，但知道他们看的不是她而是父亲。

吃饭的时候，她坐在父亲旁边，父亲总夹饭桌上最好的菜放在她碗里。母亲说父亲把她宠坏了。父亲说女孩就要有人宠。她知道自己不会被宠坏。她功课很好，年年都是优等生，是个听话的好孩子。

父亲爱钓鱼，星期天常带上鱼竿跟一个小桶，带她到江边去钓鱼。江里几乎没有鱼，父亲钓到的差不多都是小虾，但父亲并不急，总是一次又一次放鱼钩进水里，慢慢等，很长时间都坐着一动不动。父亲不爱说话,等的时候也没话,她坐在父亲旁边,静静看着鱼竿,等着父亲把鱼竿拉起来的那一瞬间。有时,她困了,就靠在父亲腿上睡着了。父亲会把衣服脱下来披在她身上。她闻着父亲身上的味道,体会着被父亲包裹住的暖暖的感觉。

这种父亲的气味嵌到她记忆骨缝里了,即便长大结婚生了孩子,她对父亲的柔情也一丝一毫没有改变。

这是她与父亲之间的默契,不需要表达,她相信父亲一定懂得。

可是她万万没想到,最爱的父亲会一声不吭消失掉,她觉得这是一种背叛,很长一段时间,都无法接受这个事实。父亲不可能抛弃她跟另一个女人出走,一定另有原因,只有天大的理由才能使父亲离家出走。

这种类似钢铁的信念,随时间的推移渐渐软化,她开始疑惑,父亲为什么非出走不可?即便不跟兄弟也该跟她说,难道父亲连她也不信任了吗?她做了什么伤了父亲的心,但是什么呢?她想不通。

还是她从来就没弄懂,有另一个父亲隐藏在她熟悉的父亲的身体里面?

她得不出结论,越想越困惑,越困惑就越想得多,一个小线团在滚动中渐渐产生了加速度,以不可控制的力量滚成了个大麻团。

升出现在他们三人面前时,对他最热心的就是 A 女儿了。

不能让你们父亲死掉，他要死掉了，你们就永远没有机会消除世人对他加盖的恶名了。升说。

什么都可以平反，一切都有可能是冤情，这是经历过一九四九年以后反反复复的几十年岁月，升得出的结论。

见到躺在医院病床上A的那一瞬间，A女儿眼泪止不住哗哗直流，柔情漫过她全身。她抓住A的手，不断抚摸，我要保护他轮到我来保护他了……有一瞬她不知道自己说的是什么，但马上明白过来，她咬住嘴唇在心里对自己说，我一定不会离开他了……

A妻子脑中风后躺了八年床，那时候儿女们都忙着自家的事，照顾母亲的事基本都落到A一个人身上。母亲有洁癖，不肯用尿布，每次一定要人扶起来拉尿。有段时间，她一个晚上能起来十几次，几乎一躺下去不到二十分钟就喊尿急，白天就昏昏沉沉睡。A只好陪她晚上不睡白天睡。开头他们请了个阿姨，但母亲只要A，阿姨一碰她就嗷嗷乱叫。他们要帮忙也不行，弄得谁也没办法。A最后把阿姨辞掉，说他跟母亲两个人更简单，家里多一个人，要多操一份心，比如买菜，两个老人不吃肉，可以不买，但阿姨怎么办？总不能也天天不吃肉吧。他们三个没法，只好同意了。

每次儿女们回家，都想帮A，让他歇几天，但无奈母亲只要父亲，他们来就哇哇大叫，好像认不出他们，要把他们赶走。他们回来似乎只会打乱两个老人的生活秩序。所以除了距离比较近的弟弟，几天一次回家看看老人，帮买点菜或什么的，平日A女儿跟大儿子只是多打几次电话，回家住的日子越来越短。这些年A女儿经常反省，责备自己为什么当时没多回去，或许父亲是对他们三个人都失望才失踪的吧？

回到C城，看到父亲后她马上决定，让女儿带外孙女先回去，自己留下来，反正女儿她们都已经不需要她了。

现在最需要她的，是父亲。

六

林律师离开医院时看了看表，已经快六点半，就开车去了环城路艺术学院附近的"心思"酒吧。

酒吧是女儿闺密开的，林律师想女儿或者心情不太舒畅的时候，就会到"心思"酒吧坐坐。女儿闺密老公是个自由歌手，什么歌都唱，特别擅长爵士音乐，但林律师只喜欢听他唱的美国乡村歌曲，略带哀愁，又有点抒情的旋律轻轻在酒吧内回荡时，会把他深藏在心底，连自己也不太清楚的暗淡之气牵引出去，走出酒吧的夜晚他一定睡得特别好。他不明白沉淀在身体底部的气为什么会跟美国乡村歌曲有这种隐秘关联，但人不就是这样的东西吗？所以人才可以没有国界，像蚂蚁一样，可以到世界上其他国度里生存。

酒吧玻璃门紧闭，透出里面灯光。女儿闺密已经来了，正在准备开店。

玻璃门两侧有两个落地大花盆，种着美国红枫，树苗是女儿从美国藏在旅行箱里偷带回来的。女儿和他都喜欢美国红枫，本来种在家里朝南的阳台上，但妻子对花粉过敏，到四月开花季节没完没了打喷嚏，没法，就送给闺密了。

现在树长得比人高了，枝叶茂盛，每次女儿回国来店时，都会在树上挂一两个她从世界各地搜罗来的小玩意——小熊、小狗、小蜜蜂……布、陶瓷、木头的都有，但风格统一，熊不像熊，狗不像狗，蜜蜂不像蜜蜂，都是变形的小生物。

这么多年下来，树上已经挂了十来个小玩意了。

林律师不懂女儿为什么喜欢这种变形小玩意，这使他不安，就像对现代绘画文学音乐毫无兴趣，他对变形物体特别排斥。他的世界边界明确——人就是人，熊就是熊，蜜蜂就是蜜蜂。一切变形都意味着变态，一件东西变形，只有一种解释，心态不对——变态。

他跟女儿辩论过。女儿说他陈腐，散发出棺材味。女儿没见过棺材，只有棺材意象。这就没法反驳了，他认为跟意象较真是一种无聊。

红枫树上绕着几圈闪亮的小灯，使小动物们看上去表情俏皮生动，好像女儿的一部分活力在树里呈现了。

天完全暗了，黑夜从天上降了下来，覆盖在没有被灯光抚爱的树丛房屋与路面上。

女儿闺密出来开门,看到他,喊林伯伯。

女儿闺密从小常到他家玩,有时还留下吃饭,他们很熟。

林律师在柜台前坐了下来。

今天喝什么?青岛啤酒?苏格兰威士忌?女儿闺密看着他,笑眯眯地问。

苏格兰威士忌。林律师说。不懂为什么,到"心思"酒吧,心情不舒畅时他就想喝苏格兰威士忌,想女儿时就喝青岛啤酒。好像身体懂得他的需要,不,准确地说是身体有它的需要,他只是顺从。有一次他故意跟身体作对,想女儿时要了苏格兰威士忌,结果回到家一个晚上没有睡好。

闺密穿了一件印度风紫红色拖地裙,头上戴了个由黄色小花扎成的花环,充满了异国情调。

这让他看着舒服。他喜欢这种漂浮在现实之上的小小游离。

是不是在想那个九十岁的杀人犯?女儿闺密问。

你也听说了吗?林律师吃惊地问。

我们姐妹都把他当作英雄呢。女儿闺密说。

英雄?林律师不解地问。

是呀。不是英雄吗?谁愿意去杀一个八十几岁的老人?要换我才不干呢。林伯伯,要是你,你干吗?

这——林律师不知该怎样回答了。他没有想过这个问题,但有一点是肯定的,他不会去杀人,无论出现何种情况,他都不会去杀人。这是底线。

我可不想活那么长，多麻烦的一件事，想死死不了，还要人帮助……女儿闺密陪他喝着苏格兰威士忌说。

没有一个客人，店里安静极了，流荡着美国乡村歌曲，声音调得很低。

正是林律师最喜欢的《乡村路带我回家》。

那里生命年代久远
比树木古老
比群山年轻
像和风一样慢慢生长
乡村路
带我回家
……
带我回家
……

幺幺（林律师女儿）打电话来，叫我动员你去美国度假……闺密换了一个轻松的话题。

美国？是呀，美国……林律师说。

我猜你包里还放着案件卷宗。闺密说。

被你猜对了。林律师说。

我告诉幺幺你不会去美国。一个每天包里放着卷宗的准退休律师……闺密笑了，林伯伯，其实换一种生活方式或许也会很好……

那你怎么不想去旅游？林律师反问。

我要陪妈妈。不过，林伯伯，你不觉得开店也是一种旅游吗？每天可以见到不同的人，听人说不同的话……

林律师想起，很久以前听女儿说过，闺密的妈妈得了一种什么病，起不来床。没想到这么多年过去，有十多年了吧，她妈妈还活着，难道还躺在床上吗？

你妈妈……林律师含糊地问。

她还躺在床上呢。整整躺了十三年了，从我十八岁生日那一天开始，我曾经都想过自杀。不过，林伯伯，你不用担心，现在好了，我请了一个帮手，你看，我不是活得好好的……闺密爽快地说。

林律师每次来店，闺密穿的衣服都不一样，一会儿印度风，一会儿俄罗斯风，一会儿夏威夷风，都带异国情调……

这十三年，不懂她是怎么过来的……林律师看着闺密开朗没有一丝皱纹的脸想。她有过想要杀死母亲的一瞬间吗？林律师突然想，被自己这个一闪念吓住了……她认为被告A是英雄应该是情有可原的……

走出闺密酒吧，林律师心情不但没有好起来，反倒更坠下去了。

回家途中，接到妻子电话，他手把方向盘，眼睛看着前方，心不在焉地听着她说话。妻子事无巨细，每天总有无数话从嘴巴里流出来。他呢，天气好的时候，就多说点，天气不好的时候，就少说点。当然，多少无关紧要，要紧的是他得听她说。

七

第二天早晨，林律师要了一部车，带上助手，到桃花村杯心老人院去。这是他做事风格，凡事亲力亲为，重要的是现场。不去现场得不到第一手线索。这是刚入律师界时，前辈的一个教训。

出了C城，进了山，空气渐渐好起来了，林律师深深地吸了几口气，觉得混沌了一夜的头脑清醒了许多。

难道真像被告A女儿说的，陈绍兴跟这个杯心老人院有瓜葛？

林律师直觉被告A女儿说的陈绍兴，是他C城某著名高中的同级同学。陈绍兴在高中时很出众，学校的演讲比赛表演节目一类活动，总能见到她的身影，开全校大会时，也经常代表学生上台发言。他们都参加了天文兴趣小组，后来又一同考上北方某城的大学，因为是同乡，寒暑假结伴回C城过几次。那时没有动车,回城得乘四十多小时火车，林律师跟其他两个同乡买的都是硬座票，只有陈绍兴乘硬卧。白天，林律师三个就一起挤到陈绍兴硬卧车厢去，缩着脑袋凑在一起打八十分。他跟一老乡对家，陈绍兴跟另一老乡对家。陈绍兴出牌快狠准，他稳且老谋深算，在关键时刻常杀出绝牌。两个人常常打成平手,对对方都有了几分敬意。遇到吃饭时,总是陈绍兴掏腰包买盒饭请大家吃。林律师要付钱,她坚决不让。次数一多,林律师觉得很过意不去,每次返校时,就会带一些母亲做的卤菜上火车。陈绍兴特别爱吃,他们会要上几罐青岛啤酒,边打牌边喝青岛啤酒边吃卤菜。

结果打上了瘾,平日在学校,四个人只要有空也凑在一起玩牌。召集人总是陈绍兴,她精力充沛,考试前夜还召集他们打牌,说只有打牌才能放松她的神经。三个老乡禁不住她再三请求,没法拒绝,只好听她的。陈绍兴会准备好一大堆吃的喝的,有时一打就打到快通宵,结果考卷发下来时,她跟林律师依然名列前茅,而其他两位就常常垂头丧气了。

有一次暑期结束北上时,两个老乡有事推迟去校,就剩下他跟陈绍兴。他们坐在陈绍兴硬卧车窗前,面对面边喝青岛啤酒边啃林律师妈妈卤的鸭脚。

你真幸运,能经常吃这么好吃的鸭脚。陈绍兴说。

你要喜欢,我叫妈妈天天给你做。林律师脱口而出。

陈绍兴深深瞥了一眼林律师,好像林律师的话里有深意似的。

林律师突然脸红了。

两个人都有点不自在起来。

陈绍兴不说话了,默默啃着鸭脚,林律师低着头,盯着她放在桌面上的那只左手看。

陈绍兴的手指下鼓上尖，手背白白肥肥的，手指关节处有四个可爱的手窝，几根细细的汗毛，温柔和祥，跟陈绍兴脸孔表达着不一样的意思。阳光透过玻璃窗照在手背上，过隧道时，手变得更白了，四个手窝看上去深了，黑了，像四只眼睛，会说话似的。

这是一只女子的手。

林律师莫名其妙被打动了。他有点吃惊，怎么现在才发现，坐在眼前这个人是个女子。

他想伸出手去摸它，但不敢。

那只手就这样留在林律师的头脑里了，多少年以后，回想起陈绍兴来，他最先想起的总是那只左手。

如果陈绍兴没有出国留学，林律师的人生或许会是另一种样子。但没有如果，家里给她弄到欧洲留学机会，陈绍兴一句商量话没有，临走前三天告诉他要走了。

林律师一句挽留话没说，知道说了没用，说了陈绍兴也一定会走。

三个老乡牌友一起请陈绍兴在大学边上的小饭馆吃了一餐涮羊肉。

陈绍兴吃得最多，整整吃了三大盘，边吃边说了很多话。林律师几乎没吃，只默默一杯接一杯喝青岛啤酒。

喝青岛啤酒的习惯是陈绍兴带出来的，带出来以后就不仅是陈绍兴的习惯，也注入他的身体，成为他的习惯了。

即便陈绍兴远离中国，习惯也不会随她而去，以后几十年都没有改变过。这很可悲，他想，一个人走了，却可以把某种东西移植到另一个人身体里。当然，想到这一点时，他已经人过中年了。

陈绍兴走后一封信也没有，开头据说跟某女生通过几封信，但以后就失联了，从地球上蒸发了似的。

她现在在哪里呢？

每次同学聚会，总会有人问起陈绍兴，但谁也不知道她在哪里。唯一一次，某同学说，似乎她在荷兰待了多年以后回国了，据说还出过书，成了某机构理事会会长。

他以为自己早已把她忘了，可那天一经被告A女儿提起，他突然发觉，这么多年来，她一直深藏在他心里。

到了杯心老人院，只看了土楼一眼，林律师就断定它可能跟陈绍兴有某种关联。

陈绍兴喜欢这种建筑。她曾经给他看过几张照片，全是土楼，她回父亲老家时拍的。

你喜欢这种建筑吗？他问。

喜欢，但没有住过。陈绍兴说。

想住吗？

不想，陈绍兴说，但很喜欢。

林律师没法理解，他认为一个人既然喜欢某种建筑，就应该想住。

喜欢什么呢?

那种感觉,走进洞穴,某种远离尘世的感觉。陈绍兴想了一下,很认真地说。

你不会体会到这些的。陈绍兴微笑着看着他说,你是个彻头彻尾的头脑人。

头脑人?什么意思?

靠头脑而不靠身体在活的人。陈绍兴说。

林律师还是没听懂陈绍兴的话,但也许正因为听不懂,这句话就留在他心底了,极其偶尔,每次都要隔上个七八年,会回想起来,奇怪的是,每次回想起来,他对这句话的解释都会有些变化。

开头他想她认为他是个想得很多的人。的确,熟悉他的人全都这么说,但渐渐,他就觉得,这句话有更深的意思了,靠头脑活只是前半个意思,关键在后半句,不靠身体活,这意味着他身上的动物性在退化,明显比同辈人退化。这他承认,比如他到小学四年级了还不会系鞋带,他的手特别笨。她是说他五官迟钝,所以就算走进土楼身体也不会有感觉。再后来,他进一步想,原来她想说的是他们是很不一样的两种人。她是靠身体在活着的人,靠感官在活,而他,却刚好相反。

原来,不管怎么说,虽然不懂,他觉得这句话是褒义的,但现在变了,他觉得这句话在陈绍兴嘴里,基本上是贬义的,靠头脑活着的人,意味着情感迟钝,四体不勤,不善于跟人打交道。

或许正因为他具有这个特点,所以在法院工作了两年以后,他总感觉不满意,又去考了律师资格证书。他现在觉得这选择是对的。他适合当律师。

人怎么可以这样来区分呢?他起初不以为然,但这么多年下来,他越来越觉得这种分类有一定道理。孔子说的四体不勤五谷不分,就是这个意思,指的就是这一类人。

那时陈绍兴才二十来岁,她怎么可能对人有这么深刻的了解呢?

她现在变成什么样了呢?那只手……这时那么清晰地浮现在林律师脑海里,他甚至感觉到她手上的体温……

他突然很想见她。

土楼门口边的屋檐下放着一辆板车。

虽说才三月底,但天气很热,年轻人打开大门,马上一团舒心的凉气扑了出来,林律师立刻想起陈绍兴说的洞穴两个字,跟着他走了进去。

他曾经看过一个资料,说C城附近山区有几个村落,居住的房子跟洞穴几乎一样,窗户很小,距离地面很高。

门进去是个大厅,铺着普通的杉木板,墙面用白灰刷成白色,正面靠墙摆一古旧的横案桌,桌面上空空的,桌前面两侧各摆一对古旧太师椅,跟乡下富裕家庭无多区别,唯一隐约显出屋主人与众不同风格的是正面墙上挂的横幅,写着"悲欣交集"四个大字。

林律师直觉这幅字对陈绍兴胃口，虽然三十多年没见，但林律师相信，人身上的某种特质，是时间洗涤不掉的。

比起照片，现实的大厅跟房间，可能因为高，看起来都显得大。十二个房间中一共十五张床，其中几个房间看来已无人住，床架上空空的，只有两个房间的床上铺着被褥，其中一个房间比别的房间多出一个书架，上面连同桌面上叠放着很多书。

按刑警推测，这可能是被告A的卧室。林律师抓起几本书翻了翻，看到《死的考古学》一书中有几行批注，笔画刚健，字迹潦草。

这些字迹似乎在哪里见过……一个念头从林律师头脑里划了过去。

他拍了书架和桌面上书的照片，挑了其中几本，和其他一些东西准备带回去。

另一个就是案件发生的房间，空空荡荡，只剩下些简陋家具。从墙上方窗户透进来一点光，屋里显得很暗，林律师打开灯，简陋的家具，并排有两张原木床，靠窗一张床上铺着被褥，应该是被害者睡的。

二进大厅后面的浴室、厕所跟厨房，设备很先进，跟C城套房没什么两样。厨房用的是煤气罐，碗筷杂物收拾得整整齐齐，但数量不多。林律师大略数了一下，饭碗二三十个，碟子二三十个，面碗十七八个，另外大盘十来个，加上小碟小碗等零零碎碎的东西。电饭煲是大型的，一次大约可以煮十几个人的饭。

厨房墙角有个大水缸，上面悬着一节通往室外的竹管，流着细细的水，水漫出水缸流到地上的水槽，水槽通往屋外。

设施里干净整洁，无一丝异味，平日应该有人定期打扫。

这么小的地方，一次容纳的人最多不会超过十几个，林香梅说住过几十上百号人可能吗？林律师想。

也许是多年积累下来住过的人数？从哪里把这些老人弄来呢？这些人都到哪里去了呢？A说他帮助三个人死过，尸体呢？怎么处置了呢？

到后面去看看。林律师对助手说。

屋后是一块空地，背后是山，一片竹林，空地靠边上有二垄菜地，疯长着地瓜叶跟杂草，中央偏后地方立着一个石碑，大约四十厘米宽、高一百七八十厘米，顶上盖一块四边比下部宽出十厘米的石板，石碑正面写着四个大字：悲欣交集。

林律师停在石碑面前，看了好久，又绕着它走了两三圈，凑近仔细看石碑上的每一个细部，最后用手挪了一下顶盖，果然会动。

这石碑里面可能是空的。林律师说，叫助手帮忙把顶盖移开了。

石碑里面叠着十来个大口的陶瓷坛子，叠成几层，碑壁发黑有火烧过的痕迹，林律师摸了摸，手上粘了几粒灰点。

这是什么东西？助手叫了起来。

嗯，有可能是这里死去人的骨头，林律师说。

看取出的两三个坛子，果然，里面装的都是死人骨头。骨头很长，整块，不像普通火葬场烧的。

林律师马上打了个电话给刑警，告诉他在杯心老人院发现死人骨头的事，刑警说马上派人去。

恐怕要把所有的骨头都拿回去检验一下。林律师说。

对。给老头吃个饱。刑警顺口提了一句丁法医。

林律师大学时特地跑到附近大学听过哲学系的逻辑学课。他喜欢逻辑，认为事物一定会按照它的逻辑发展。而受过一定教育的人，都有着某种相似的思维定向，逃脱不掉。除非有天才参与，否则，只要你用心，大约总能找到隐藏在表象后面的东西。

这是焚尸炉吗……不像……碑里空间太小，当然也可以把尸体敲碎了再烧……附近会不会还有个焚烧炉……林律师边想边往后山走。

后山有一条小路，路边长满了竹子，走几十米后，竹林没了，出现一小块平地，周围全是灌木，中央有一棵大樟树，发出很香的味道，再往前走，小路又出现了，顺着路爬坡百十米，看到天光，到了坡顶，眼前突然开阔，林律师看见对面山坡几百上千个坟堆，有大有小，从上到下，密密麻麻在阳光下沉睡。

林律师一惊，心紧了一下，突然感到一种神秘的力从对面山坡压了过来。

这地方不可能有焚尸炉,他马上掉头往回走。

到底尸体去哪里了呢?

离开杯心老人院时,林律师回头看了一眼土楼,再次觉得不可思议,这些老人肯定不像普通老人院是募集而来,是什么理由让他们选择住到这样一个远离家人和城市的地方呢?他们都是"失踪者"吗?

八

林律师一行二人到山下的村子时已经下午一点,先去了村委会,因为事先联系好,村主任已经在办公室里等他们了。

我准备了一份材料,你们先看看。村主任说着,拿出一张纸来。

一份土地兼房屋租赁合同,时间是二〇〇七年十月三日。

内容大约如下:甲方应付乙方二十万元人民币,租乙方某乡某村土地多少平方米(包括后山南面),连同土地上面的建筑(含十多个房间,土木结构)。甲方可以在土地面积内任意翻修拆盖房屋。租期五十年。

甲方签名是十来个外文字母,边上盖着篆书体的红色印章。

能复印一份给我吗？林律师问。

已经准备好了。村主任说。他看上去四十来岁，黑黝黝的脸，眼白特别白，笑起来露出一排大大的牙，牙缝发黑。

能说说签合同时的情况吗？林律师问。

签合同时老村主任在，具体事情我不清楚。村主任说。

老村主任现在在哪里？林律师问。

他住在桃花村的老房子里，已经八十多了，脚不好，基本不出门，没办法走下山来……

你能带我们去看看他吗？林律师问。

当然可以。我已经跟他打过招呼了。村主任很热情地说。

早先所有村民都住在半山坳的桃花村，到一九八几年，有个先发家的村民从村委会批了一块地，搬到山下，盖了栋新房，之后陆陆续续，有条件的人都跟着仿效，到二〇一〇年，绝大多数住户都已经搬到山下，现在山里只剩下两户人家，说是两户，其实只有三个人。老村主任一家两口，还有一个寡妇。

见过老村主任，还想去拜访一下林香梅。林律师说。

林律师不说寡妇，这两个字让他踌躇，说不出口，他习惯叫人名字。

林香梅是谁？村主任问。

在杯心老人院里做事的那个女人。林律师说。

喔，是她。你们要去找她吗？村主任问，脸上的表情瞬间变得暧昧起来。

怎么，有什么不方便吗？林律师问。

没有没有……村主任连声否定，我就叫人上去通知她一下。

村主任怎么会不知道林香梅的名字？那村里人叫她什么？林律师头脑里划过一个问号。

车顺着土路弯弯曲曲，爬了一段很长的坡，最后停在半山坳桃花村口，一片布满裂缝的水泥地坪上。坪有七八十平方米，过去供村民晒谷子用，大家搬到山下后，晒谷场就废了，边上中间到处长了杂草。他们下了车，跟在村主任后面，顺坪边上一条土路往村里走。

阳光明媚，偶然传出几声小鸟在空中啼叫的声音。

村子被山环绕，山上的层层梯田，现在全种着果树，村主任说这一带已经没有人种稻谷了。

村子一片死寂，沿路有些长期废置的土楼，星星点点延伸到这边那边山坡上，木门木窗几乎都七歪八斜、腐朽不堪。林律师看见一扇窗后吊着一块肮脏的破布，在微风中轻微掀动。

突然，从一栋废楼后闪出一个中年汉子，头发蓬乱，穿一身满是油腻肮脏的西装，打赤脚，冲着林律师说，我知道你是谁。

林律师停住脚步，打量着闯入者。

去去去，傻瓜。村主任不耐烦地朝中年汉子摆手，边走边说，走一边玩去。

汉子朝村主任做了一个怪脸,跑了。

这人是谁?林律师望着汉子的背影问。

一个傻瓜,村主任说,别理他。

听他的话好像认识我呢?林律师半开玩笑说。

他疯疯癫癫,说的话怎么能听。村主任说。

他住这村里吗?

是,他是老村主任的儿子,每天都在山上游荡。有一次我差点被他吓死……村主任说。

怎么啦?林律师好奇地问。刚才见过的那张脸在头脑里晃过,傻瓜可能有那对清澈如水纯净的眼睛吗?他想。

他们拐进一条小路,开始上坡。坡很长,有一百多米,一边是条沟,沟里没水,长满野草。

那天半夜,我从这里回山下,经过杯心老人院那个路口,傻瓜突然蹿了出来,我以为碰到鬼了,吓得半死……村主任说。

这么说,他知道杯心老人院了。林律师说。

是。村主任说,喔,你看,老村主任的家到了。

眼前出现了一栋土楼,一个角凸到路上。

老村主任姓林,住在山坡深处,早些年,老村主任大儿子就已经搬到山下新家,但老村主任执意不搬,说都搬走了,谁留下来陪列祖列宗。看父亲不走,傻瓜小儿子也不肯走,就陪着老村主任留下来了。村主任说。

门口空地上有四五只鸡在啄地,老村主任坐在走廊矮凳上修箩筐，身边放着一些竹篾条，见到人来了，微微往前欠了欠身子说，来啦？声音不大，但结实，略显浑浊。

林律师特地从C城来拜访你啦。村主任欠了一下身子，恭敬地说。

到里边坐？老村主任问林律师。

不啦，这里就挺好。林律师说，在老村主任身边蹲了下来。

依发，到里面搬几张板凳出来。老村主任对村主任说。村主任小老村主任两辈，要叫他舅公。

好嘞。村主任大声应道，到屋里搬了两张矮凳出来。

林律师瞥了一眼屋内，大厅正面墙上贴一张福寿图——满面微笑的老寿星，一手挂拐杖，一手托仙桃，下面是张横案桌，中间有台座钟，两端各摆一个花瓶。

林律师一行人坐下了，村主任站在旁边。

想问什么？老村主任问。

刚才在村委会看到了杯心老人院跟你们村民二〇〇七年签的合同。林律师把合同复印件从包里拿出来，递给老村主任看。您还记得当时的情况吗？林律师问。

我们这个村是杂姓，五个姓，陈林郑黄何。老村主任说，大祖是晋永嘉二年从河南固始入D省。当时交通极为不便，先祖在汀洲将息垦荒，后人丁繁衍，耕地不足，先后经过三次分支，先到建阳再到闽清，到明万历年间，陈氏先祖才移居此地，时逢春天，野桃花盛开，于是取名桃花村。

后林姓姐夫、黄姓妹夫、远亲何某郑某携家带口前来投靠。经四百来年，众姓人辛勤劳作，繁衍生息，到上世纪五十年代，村里人口达七百六十三人，一百五十三户，到八十年代初，有些年轻人外出打工，后来走的人越来越多，村里差不多只剩下老人妇人孩子，有两户人家赚了钱搬到山下……老村主任背书似的，没有直接回答林律师的话，从遥远的过去开始讲起了。

不管什么样的上头人来找，老村主任的话总要从我们村是陈林郑黄何杂姓、大祖晋永嘉二年入D省开始说起。这已经成为惯例，要是谁中途打断，不让他把话说完，他就会又从"我们这个村是……"开始说，谁也拿他没办法，大家都习惯了。

老村主任又说到计划生育，当时村里有谁谁谁逃到外村，直到生了男孩才抱回来，又扯到谁谁谁发了财，也跟着两户人家搬到新村，一个一个接着讲，虽然路上村主任说过老村主任的这个习惯，但林律师还是以为他早已把他的问话忘了，没想到老村主任最终记得把话题绕回来了。

……是个男人来签合同的。老村主任说。

他看上去几岁？林律师问。

城里人年纪看不出来，至少也有三十七八岁了吧，呃，戴眼镜，说话像女人……

林律师嘴角弯了一下，觉得好笑，这么多年过去了，一个乡村村主任居然会记得一个城里男人的声音。

就他一个人吗？林律师问。

不，他身边还跟着一个男人，几乎不说话，看上去有七十来岁。老村主任说。

是这个人吗？林律师从包里拿出 A 的照片。

呃，有点像，不过不记得了……老村主任看着照片说，语气含糊。

林律师直觉他没有说实话。

他们是怎么找到你们村里来的？通过介绍人吗？林律师问。

是。是那栋房子在 C 城的亲戚带他们来的。老村主任说。

您之前见过他们吗？林律师问。

没有。老村主任说。

签合同时他们有提出什么其他条件吗？林律师问。

没有。老村主任说。

这房子是伯公的……村主任插话说。

在他之前，有别人看过那房子吗？林律师问。

没有。老村主任说，看着林律师。

林律师没有说话。

您等一下，老村主任突然站起来，拄着拐杖，一拐一拐朝屋里走去，等一会儿传出声音叫村主任进去，村主任出来时，一边手端一个碗，里面各有两个荷包蛋。

吃，吃，不是什么好东西。老村主任把碗往林律师手里塞。

不用客气不用客气。林律师推辞说。

还是吃了吧,要不舅公会不高兴,这是我们村的规矩,客人来了,礼数一定要到的。这是桃花村的祖训。村主任在旁边说。

后来林律师听村主任说,入D省时,河南出来的三百号人仅剩四五十,大祖派人四处探访都无结果,在临终留下遗言,凡陈林郑黄何人来访,均以家人招待,其余诸姓后代,均以族人招待,所有来村客人,都要以礼相待。

这传统一直保留到现在。

老村主任笑眯眯看着林律师他们吃蛋,很高兴的样子,跟刚进来时判若两人。

他们又聊了一会儿,虽然不能说因为荷包蛋,但的确,气氛变得很友好。

您是律师?老村主任站起来送客时,突然问。

是。林律师说。

这么说,你是读书人了。

这……算是吧。林律师想了一下说。

您是这些年来村的第一个客人,想来,在我死前,再不会有客人来了……再说,您姓林,还是本家……有几句话,憋在心里几年,没有人说,我就对您说了吧。我是活不久的人了,我要死了以后,这村就废了……老村主任停住,抬眼看了看坡下的村子,神情暗淡,沉默了一会儿接着说,一想到这,我晚上就睡不着,怎么会变成这样?我想不通,痛心呀，我哪里有脸去见列祖列宗……您走南闯北，以后要有遇见从这个村子里出去的人，就告诉他们，让他们有空回村看看，祖宗等在这里……

林律师看着老村主任满是皱纹的脸上充满希望的眼睛，深被打动，一时不知道怎么回答才好。

走出老村主任家，林律师问村主任，老村主任姓林吗？

是。村主任说。

林在村里是大姓吗？

是，第二大，最大的姓是陈。

林律师呃了一声，他想起一件事，前些年族里几个亲戚为了修族谱的事来找过母亲，他虽然捐了一点钱，但从不过问，修好的族谱寄到母亲家，有他一份，但当时他正忙着办案，没及时去拿，后来母亲生病去世，他就把这事忘了。

他的林跟桃花村的林会不会来自于同一个源？他跟老村主任之间系着一根远古的线吗？他突然想去把族谱找来看看。

杯心老人院原来住的是什么人？过了一会儿林律师转了个话题问。

那房子是伯公盖的，一九五〇年以后就没人住了。他有五个儿子，老大土改时被关在牢房死去，老二老五很早就离开家，都去了外地，参加革命，跟老家断了关系，老大死后家里人陆陆续续都走了，房子就一直由老村主任帮着照看……

那土楼为什么会独独一栋盖在远离村子的山上？林律师问。

听说伯公从 C 城请来风水先生，在村里转了一圈后，看中了村口那座山……村主任说。

难道陈绍兴或签合同的人也相信风水吗？否则为什么会选中这个山村？C 城周边有很多地方，条件比这里好得多。林律师想不通，在逻辑上找不到一个恰当的理由。

村里人对杯心老人院有什么议论吗？林律师问。

有些闲言碎语，早就有了，村主任瞥了林律师一眼，传说那屋里有鬼，所以一九五〇年以后就一直空着，没人敢住……

有鬼吗？林律师问。

我也说不清。村主任含糊地说。

九

寡妇林香梅打扮得干净漂亮，在家里等林律师一行人来。

她腰身特别细，但臀部大，街上买来的衣服都不合身，要显出腰了臀部就进不去，臀部要进去了就显不出腰，所以她都要亲手加工衣服，加上一两朵绣花呀，捏个腰身呀，扎个衣边呀，等等。她穿上衣服，总显得腰特别细，臀部特别大，走在村镇路上时，男人们总要回头去看她，女人们也看，但看了就不高兴。桃花村没有人叫她名字，男人们叫她香嫂，女人们背地里叫她香骚。

林香梅知道人家看她，臀部扭得更厉害了，好像被人眼牵动起来的了。她喜欢人家看她，看了以后说什么就不关她的事了。只要有人看就行。她见过许多男人，就算她走在Ｃ城，男人们也回头看她，能不看她的男人没几个，Ａ算是一个。

林香梅是个怪女人，看她的男人她不看，像村主任，多少年下来就想让她看一眼，甚至趴在屋后看她脱光衣服洗澡。她清楚，让他看，但心里鄙视，就是不睬他。可是呀，不看她的男人她总是想尽办法要让他看，所以呀，她算命里撞上克星Ａ了。

她看见Ａ的第一下就对上眼了，她喜欢Ａ的骨架。男人的肉不重要，男人重要的是骨架，骨架要有样子，不能松松垮垮的，松垮了以后肉就塌了，肉一塌男人就完了。

Ａ的骨架有棱角，撑得住Ａ身上的肉。她一看就喜欢了，肉也有条有纹，紧紧扒在骨架上。男人的脸不重要。所以Ａ的脸尽管有点老，但林香梅不在乎。

可没想到Ａ不看她，不是说真不看，而是没看到心里去。林香梅对男人看没看、看到哪里可敏感，她一眼就看出Ａ没在看她。

以后，只要有机会她就在Ａ面前晃动，但就算她臀部摆得再厉害也没用，Ａ还是只顾干自己的活。这就更加使林香梅上劲了,她不相信世界上有一个男人可以不看她。

早晨,A起得迟,大家都吃过早饭了,厨房里就剩他跟林香梅两个人吃饭。开头,林香梅会做点好吃的诱惑A,但很快发觉,A对吃没有感觉,给他什么他反应都一样,都觉得好吃,都吃得一样快。往往一碗粥,稀里哗啦,不到两三分钟就吃完了。问他,A说是在部队养成的习惯,饭吃不快就没得吃。

这么快吃饭怎么吃出味道?林香梅说。但没有用,A虽然离开部队几十年了,这习惯还是改不过来,不吃快好像没吃的感觉。

况且,A不觉得自己吃饭快,他感觉周围人跟他一样,当然,这感觉也是部队留下的,但有了这种感觉,别的感觉就进不去了,大约那些吃饭慢的人都被他眼睛漏过去,看不见了。

后来有一个夏天下午,A穿着裤衩躺在后院空地树下睡午觉,林香梅在几步远的地方装模作样干活,其实一直在看A,后来感觉有点异样,走近一看,发现是他下面挺起来了,把裤衩顶出一个山峰,就情不自禁走上前去握住它。A一直闭着眼睛,但林香梅感觉他已经醒了,而且喜欢她搓他。她松开手,俯到A身上。果然,A翻过身体压住她,剥掉她的裤子。以后,他们有时就在一起了,每次都在那棵树下,即使到了冬天,他也还在树下,好像只有在树下他才硬得起来。林香梅虽然不懂得浪漫这两个字,但还是可以感觉到 A 抱住她身体时燃烧着的热量。

她迷上了这种树下的浪漫,想跟 A 结婚。她觉得跟一个男人就是要跟他结婚。但 A 不听她说。在那种时候她不能说话,一说话 A 就软了,她发现后,就再不敢在那时候说话了。

但话憋不住,她在别的地方说,比如吃饭的时候,但 A 从不接她的话。她一厢情愿把 A 的沉默当作默认,于是追问,A 不回答。林香梅很生气,不给 A 做饭。她不做饭 A 就不吃,饿着。这反倒让她心疼了,下顿只好又给他做。最奇怪的是后来林香梅发觉自己就喜欢 A 这种类型的闷骚,平日对她爱理不理,但干起活来比年轻人还长久。

她在给 A 熬的汤里加上一种乏力草,据山村里的老人说吃了这草壮阳。她不知道 A 还能活多久,但他活一天她就想跟他在一起一天。

但这些,她能跟谁说呢?她在村里没有一个朋友,女人跟她成不了朋友,男人跟她,就更不可能成为朋友了。

她远远看见村主任带着林律师一行往这边走来时,脸上露出一副不屑的神情,全是男人,而且是那个村主任带来的。

这天,她没有什么心情,自从 A 被警察带走以后,她心情没有好过,虽说她还是化了淡妆,抹上了鲜艳的口红,但她坐着,把身上最好的部位藏在椅子里。

漂亮女人很难老,男人们不让她老,她想老也老不了。

林香梅对林律师第一印象很奇怪,说不上喜欢,也说不上不喜欢。通常,只要一眼她就可以断定这个男人的价值,但林律师波涛不惊的眼神,像一道透明墙,使他超然,性别模糊了。

但不管怎样,林香梅是个聪明人,知道从林律师嘴里,可以得到A的消息。等林律师脚跨进家门,她的脸,包括身段,不自觉地马上就妩媚了起来。

倒是村主任心神不宁,没待上一分钟,就推说有事匆匆走了。林香梅不跟村主任打招呼,正眼没看他一下。但这,倒让林律师多看了她一眼。

林香梅穿半新粉红色胸前绣了花的上衣,下身是黑色宽裤腿裤子,一双黑绒鞋,看上去很年轻,三四十岁之间(身份证五十二岁),修长的身体,混沌的风韵,一双妩媚的丹凤眼,瓜子脸,皮肤白里透红,但手上的肌肉很结实。

林律师感觉她化了一点淡妆。

是为他们来才化还是每天的习惯呢?林律师想,这是一个男人对她有兴趣、她也对男人有兴趣的女人。被告A的样子浮现在林律师头脑里,这两个人是一种什么样的关系呢?

林律师把她归到外表风骚但内心坚硬一类的女人里去了。

为什么她一个人住在桃花村,没有搬到山下去呢?

林律师眼睛扫了一下林香梅房间。

房间不大,两间,门都开着,收拾得很干净,厅里桌上放着个上漆的木头柜子，漆脱落得很厉害，上面摆着一个小花瓶，里面插着几枝黄色的小野花。

端上来的茶杯也很讲究，白瓷的，细细小小的，跟乡下人一般用的大碗不一样。

我没什么可说的，该说的都对刑警说了。寡妇林香梅没等林律师问就开口说。

你进去时杯心老人院里住了多少人？林律师问。

我跟刑警说过，记不清了。

你说过可能有几十、上百……林律师说。

我说过吗？林香梅否认了。

说过。

我随便说说的，谁知道那里住过多少人呢？林香梅态度泰然。

你第一次见到A是什么时候？林律师没有追究下去。

我记不清了。林香梅说。

林律师注意到她的眉头微微皱了一下。

你跟刑警说过，你第一次见A是秋天……林律师说。

我说过吗？林香梅倒不显出惊慌。

这里有记录。林律师说，从包里拿出被告A的卷宗，打开，翻开里面的一页说。

林香梅不吭气了。

平日A在设施里都做些什么呢？林律师问。

也没什么，平平常常的。

那其他人呢?

其他人各干各的,该念经就念经,该吃饭就吃饭,该睡觉就睡觉。

那他们个人卫生,比如洗澡呢?

能动的都自己动,不能动时基本是我。

还有别的工作人员吗?

没有。呃,不过,忙时A也帮一点。

他帮你什么?

比如帮我把人抬起来,擦身子,他有力气。

吃饭呢?你喂老人吃饭吗?

喂饭?林香梅显出吃惊的样子,从来不喂,没有人喂饭……

那他们自己吃不了的时候怎么办?

A说自己吃不了时就不要吃。

这么说在怀心老人院不会自己吃饭的人就是在等死了?林律师问,皱了一下眉头。

我怎么知道?林香梅反问说。

煮饭是你吗?

是。

一天三次吗?

对。我的工资里有包一日三餐。

A喜欢吃什么?林律师话题一转。

辣的东西。林香梅说。

你也吃辣吗？

本来不吃。

林律师瞥了一眼饭桌上的辣酱。很明显，现在她一个人吃饭的时候也吃。

你知道 A 在法庭上昏倒的事情吗？林律师换了一个话题问。

不知道。他跟我没有关系。林香梅突然提高声音，好像被什么东西刺激了一下。

林律师明显感觉她在撒谎，为什么？她有必要撒谎吗？

你现在能不能陪我们到杯心老人院去一趟？有件东西想让你看一看。林律师说。

好吧。不过不能太长时间，我还有事情。林香梅不太情愿地站了起来。

离开家时，林律师看到傻瓜蹲在门口。

你有事吗？林律师问，很有兴趣地看着傻瓜的脸。

傻瓜脸上露出一种困惑的神情，好像听不懂林律师在说什么。

他没事，自从 A 走后他有空了就蹲在这里，以为在这里能找到 A。林香梅说，顺手给了他一块芋头。

傻瓜接过芋头吃了起来。

他做事吗？林律师问。

做呀，他很有力气，什么活叫他干都能干，不叫他干，他就在山里晃荡。林香梅说。

大家往前走，林律师回过头，看到傻瓜跟在他们后面。

到了村口晒谷场，要上车子时，林律师问，他知道我们要去哪里？

应该知道。林香梅说。

要不要叫他坐车一起去？

不要。林香梅说着把脸转开。

车开动后，傻瓜跟在他们车子后面跑。

车上没有人说话，一路大家都沉默着。

到了杯心老人院，林律师带着林香梅到了屋后的空地上。

你知道这碑里面有东西吗？林律师指着石碑问。

里面有东西吗？要有也是死人骨。林香梅说。

你知道碑里面是空的？

谁都知道。

你知道有人在这里烧过什么吗？

知道呀，烧人骨。林香梅说。

这倒让林律师愣了，他没想到林香梅回答得这样爽快。

是 A 吗？

是 A。林香梅不情愿地回答。

他把死去的人放到炉子里烧吗？

你是问在这里死去的人吗？

对。在这里死去的人。

那倒不是。但反正 A 有烧过死人骨。

死人骨？

对。

不是烧死人,只是烧死人骨头?你亲眼见过?

倒也不是,我看到 A 在烧什么,但没走近。

A 没对你说过什么吗?

没有。

你也没问过 A 吗?

没有。我后来看到一堆死人骨。不过,就算是烧死人也没什么稀罕的。现在人死了不时兴烧掉吗?

私自烧死人是不行的,人死了不能私自处理。林律师很严肃地说。

林律师,林香梅突然笑了,脸上开了花似的,你不是在开玩笑吧?怎么不行?我爷爷死掉时……

你爷爷?怎么死掉的?林律师问。

瘫痪了躺在床上,妈妈喂饭他不吃,嘴巴闭得紧紧的,连水也不喝,就这样死掉了。

没送去医院吗?助手问。

村里哪里有医院。奶奶也是这样死的呀。奶奶说老人自己不能吃饭就不能活。桃花村就这个规矩,老人都这样死掉的。犯罪?那我们全村人,连祖宗都在犯罪。林香梅说。

林律师心里一动,意识到这个世界上可能存在着特殊的角落,而这种角落不在他的"秩序"里面。

这里的老人你都认识吗?林律师问。

什么叫认识?林香梅说。

比如说知道他们是谁，从哪里来，曾经做过什么工作。林律师说。

那应该就算不认识。林香梅说。

大家都互相不"认识"吗？

这个我不清楚。

你有亲眼看到A闷死老人吗？

没有。林香梅肯定地说。

林律师不觉得她是在撒谎。

看到了我也不会帮他。我讨厌杀人。我为什么要去杀人？多吓人啊。林香梅说。

跟林香梅谈完话以后，林律师更加困惑了，碑里的骨头真是老人院里死去人的骨头？有可能是别的人吗？谁？

谈话进行到一半时候，傻瓜出现了，在距离他们几步远的地方蹲下来，好像在注意听他们说话。

你知道这碑里面是什么吗？林律师突然转过头来问傻瓜。

西装服说要有人问你什么，你就说不知道。傻瓜说。

西装服？

就是A。他叫A西装服。林香梅说，转过头对傻瓜，乖乖，到一边去，一会儿姐给你糖吃。

嘻嘻嘻，傻瓜傻笑起来，伸出一只手。

林香梅果然从口袋里掏出一颗糖，塞在傻瓜手里。

傻瓜听话地走到一边掰开糖纸，把糖塞进嘴里。

他很听A的话吗？

很听。A的话就是圣旨,也不懂被A灌了什么迷魂药……

原来这样,难怪他对这里很熟悉,林律师想,他跟林香梅是什么关系?林香梅看起来不愿意我们跟他说话,为什么?

林律师到黄昏才离开桃花村杯心老人院。

在车上,他回头看它一眼,渐渐浓了的昏暗包围过来,土楼变得朦朦胧胧,看上去像林中的妖精洞窟,幻梦又神秘。

十

林律师离开山村回到家,直接走进书房,把从杯心老人院带回来的一叠东西跟包往书桌上一放,也不开灯,就一屁股坐在靠窗的沙发上了。

窗外,夜色朦胧中的C城灯光闪烁,横穿城中的江水发着黑色的光。

他头脑里浮现出合同上甲方签的那几个英文字母,不懂是不是陈绍兴的护照名字。

沉思良久,他想到书橱底层柜放着一些旧照片,或许其中有陈绍兴,就站了起来,打开顶灯。

林律师有收藏癖,他的每一段历史,从上小学开始,点点滴滴,都会以某种形式整整齐齐叠在书柜底层,就连在最荒唐的年代也没有烧毁过。

当时高中优秀同学有合影过，他在，陈绍兴也在。他记得特别清楚，那天天气很热，陈绍兴穿了一件白色略有缩腰的短袖衬衫，衬衫底边与袖边镶嵌着绿色模样的抽纱绣花，使陈绍兴看起来显得身材更苗条，非常别致……

他翻箱倒柜，高中成绩单、老师评语、奖状、毕业时他跟几个男同学的留影……一份不落收藏在一个纸盒里，但没有那张照片。

找累了，他坐下慢慢回忆，不可能丢掉，只有一种可能性，他把这张照片特地收藏起来了，没有跟其他东西放在一起。

没有人会进书房动他的东西，妻子对他的书毫无兴趣。

妻子是大学数学老师，可是对数学没有兴趣，反而只对看得见的东西有兴趣，比如植物宠物食物。星期天她可以在菜市场上逛两个钟头，花很多时间跟那些卖东西的女人们谈话，对比一条鲜鱼跟另一条不那么鲜的鱼之间的区别，那些小摊贩都成了她的朋友。

夫妻两个没有话说，准确说是林律师没话要说，更精确说是妻子没让他有机会说。反正只要两个人在一起，就都是妻子在说话。妻子有说不完的话，从青菜可以一下跳到西湖，再一跃到天空，流水般碰到石头拐了个弯又流了下去，流到哪里算哪里。

她嘴巴里怎么会涌出那么多话？林律师心不在焉边听边想，这些没有经过头脑的话是怎么从嘴里流出来的呢？

开头他认真对待，但很快发觉没有必要。一，他不知道要接她的哪个话茬，话在他头脑里要转一下才出得去，等他转完想出一句要说的话时，妻子的话题已经改变，他又接不上去了；二，妻子说话并不需要他回答，他只要在适当的时候呃呃两声，就足以使她继续说下去了。

以后他观察其他女人，发现她们中间有些人也这样，爱说话，说话也同样如流水。于是他明白了，说话对某些女人来说，犹如穿衣吃饭，是生活必需品。

但从妻子角度看，就觉得林律师木讷，碰到女人连话也不会说。这么无趣的男人哪有女人钟情？所以她从来不担心他有外遇，谁都可能有女人，就他不可能有。

妻子很放心去美国陪女儿住了。

直到晚上九点多林律师才觉得肚子饿，就起身下楼到小区附近的夜摊上找吃的。路灯下几张简易的桌椅，老板四五十岁，一张黝黑充满欲望满足的脸，头上绑着一条用红手巾扎成的带子，声音洪亮地招呼过往客人。

他要了炒白粿、炒田螺和一罐青岛啤酒。

旁边桌坐着三四个大学生模样的青年，正在热火朝天议论足球。林律师旁听了半天什么也没听懂，突然其中一个人压低了声音说：我找到那个杀手年轻时候的照片了，是一个叫某某的人传上来的……

哪个杀手？有人问。

呃，我看看。另一个人凑上前去，不会是假的吧，怎么看上去像电影明星呀……

怎么会是假的？你看他在法庭上的那张照片……

林律师也很想凑上去看一眼，但忍住了。

来来，你们听，我编了一个老人杀手系列之二……另一个说。

你们真残忍，怎么赞美一个杀人犯。杀人就是杀人，就是犯罪。唯一的一个女生说。

可要看杀的是谁，消灭一个八十六岁的废物，就是这么回事，这种人活着有什么用？能有什么社会效益？只会消耗社会资源，而这个世界的资源是有限的……一个说。

照你这么说，那些残疾人跟老人就得去死了？女生说。

那也没什么不好，物种的自然规律——弱者淘汰强者生存。我们人类现在在做一件严重违反自然法则的事……一个说。

你是说老龄化问题？我们国家还谈不上。一个人说。

事不关己你当然可以随便说，你敢说如果被杀的人是你父母，也会说同样的话吗……女的说。

喂，你们到底还听不听我的老人杀手第二……另一个说。

听听听。几个人一起叫了起来。

……

林律师一边有意无意地听学生们议论，一边拿着牙签小心地旋转，把田螺从壳里面挑出来。

好香呀，林律师把田螺放进嘴里慢慢咀嚼，他想不通，为什么正规饭店炒出来的田螺就不如这种街边夜摊的好吃，单纯是氛围的缘故还是真的味道不一样？

虽说跟菜场小贩混得很熟，但妻子从不到街边小摊吃东西，还不让他去，嫌脏，可林律师喜欢露天夜摊的气氛，无拘无束，过路的车声人声、爆炒锅的声音、年轻人的胡言乱语，使每一碗菜都有了一种特殊滋味。

回家路上，学生讲到人类物种自然法则的话在林律师的头脑里浮现出两三次。这三四十年，林律师早已远离了人类物种这样的话题，但听起来特别亲切，仿佛酒坛盖被打开的那一瞬间，陈年的醇香味顿时溢满全身。

到了家，林律师把这天的所见所闻在头脑里整理了一遍，写了一份备忘录，标明下一段该做的事项。

一、焚烧炉里灰的检验。
二、整理现有失踪老人名单。

根据这一段的调查，林律师认为杯心老人院应该是孤例，一个偶然松散的存在，跟组织没关系，是一群老人的汇集，A跟这些人是什么关系呢？

这些人属于自愿从人类中消失的人群吗？

有什么隐藏在这些表象后面吗？

林律师思路总是严格按照逻辑进行，他并不相信自己眼睛看到的东西。世界上的事物分两种，一种看得见，一种看不见。最明显的就是人体，人能看见的只是自己躯体、四肢和头发，关键的脸鼻子眼睛嘴巴不通过媒介看不见，更不用说决定身体顺畅运行的五脏六腑了。看不见的东西比看得见的东西重要得多，但人通常只相信自己眼睛，被事物表象蒙蔽。

他看到的是事物本质吗？

这个案件是不是跟陈绍兴有关系？他希望她没有，但冥冥中，感觉她有，并且，在案子进程中，他将有机会见到她。

这是否成为他热心追踪这个案子的动力？他自己也不知道。

他打电话给刑警，请他查C城近年有多少失踪老人。

第二天就接到刑警电话，说想见个面，他们约在浦上饭店，好几天没见面，林律师觉得有很多事情要谈。

林律师第一次见到刑警是在办公室，那时他刚到法院工作不久。一天他提早上班，看到从外面跑进来一个满头大汗的人，一进门就说，我找某某某。办公室里就林律师一个人，知道是在问他，就回答说，他还没来上班。这人听完话掉头就走，没等五分钟，又进来，问同一个问题，林律师回答了同样的话，可没想到，才过五分钟，他又来了，还问同一个问题。林律师笑了，很耐心地说，你要不要进来坐着等，说着，还给他倒了一杯水。来人也不客气，接过杯子，咕噜咕噜一口气把水喝干了。林律师又给他添了一杯,就这样,两个人熟了,很快就成朋友了。

这个人就是现在的刑警。

林律师现在知道自己为什么会马上认可刑警,有时候一个小动作,会解开隐藏在一个人身上重要的密码。

几十年过去了,刑警性子还那么急。但林律师知道,这只是在某些人面前才这样,一般场合,刑警已经变得很沉稳了。说一句玩笑话,刑警身上百分之七十的细胞都已经换过,剩下的百分之三十沉睡着,只有见到老朋友或至亲,比如林律师等,才能把那百分之三十的细胞唤醒,使刑警变回过去一点。

出门前林律师对着镜子梳头发时,就又想到那颗掉了的门牙。虽然没人说什么,但人不说不等于人没看见。

还是去补一下吧,总不能就这么下去。他想。

浦上饭店老板一看到林律师进来,就问,从乡下刚到的新鲜兔肉,要不要来一点?

林律师从不点兔肉,小时候家里养过兔子,每天放学他都要到家附近的田野摘兔草,印象最深的是一只母兔,生了六只小兔,他帮助妈妈接生的。几个月后,小兔子长大了,妈妈宰了母兔红烧,挑一块大腿肉给他,说他功劳最大,但他不吃,兔子影子在他眼前晃动,他吃不下去。

也怪,他喜欢吃的全是肉眼直接看不见的东西,诸如贝壳类，鸡鸭牛羊的内脏，等等，对直接看见的肉鱼不感兴趣。妻子说他内心古怪，不像表面那样正经。正经人一定爱吃正经东西，妻子说。林律师觉得妻子说的话有一定道理，他或许内心真有点怪，要不，他怎么理解得了那些稀奇古怪犯罪者的心理呢？

前几年他曾经为某事去找过一个据说会通灵的老妇。老妇有个本事，什么人丢了东西她都能找到。他不信，但无奈事急，经不住同事再三说，他们就开两个小时车到乡下，老妇一看到他脸就说，你这个人六十岁那年有祸，最好做些法事避一避。他笑了，完全没往心里去。虽然根据老妇用扶乩的结果，他们最终找到证据，但他想那纯属碰巧。他信奉孔子对鬼神的态度：敬鬼神而远之；未能事人，焉能事鬼。这世间就算真存在另一种他看不见的东西，也可以当作没有。

但奇怪的是，他不仅没忘老妇说他六十岁有祸的那句话，偶尔还会想起，特别近一两年。

也许是因为老了吧，思想摇晃了，没有气力支撑起年轻时候的信念，他想。

那就来一点吧。他说。刑警爱吃兔肉，但因为他的缘故从来不点。

他破例要了一杯地瓜烧。许多客人都喝地瓜烧，香味经常从隔壁桌飘过来，闻过多次后，他有了尝试的愿望。老板说地瓜烧是老乡自家酿的，一年也就几桶，卖完就没了。

一般客人我还不卖呢。老板说。

刑警进来的时候他已经喝了大半杯了。

好香。刑警在两步远的地方就闻到香味了。

不错，怎么样，要不要来一杯试试？林律师说。

还是算了，医生说我不能喝高度酒。刑警说。

就试一次，尝个味道，我保证你不会失望。经过他们身边的老板说。

那好，就试一下。刑警说。

怎么样？最近有什么新闻？林律师等酒上来，看刑警连声说好香好香喝了一口后问。

你先看这个。刑警放下酒杯，说着，从包里拿出几张纸递给林律师。A开庭后没几天，局里开始陆续接到好多电话，都是失踪者家属，询问A的情况，有的人跟A一点关系扯不上，还有人找来局里，吵吵闹闹，说我们隐瞒实情……我让小金拟了份名单。

你打算怎么办？林律师接过纸张瞥了一眼，名单有二十来个人，备注栏上注明跟A有关系的可能性、失踪日期，等等。

还能怎么办？照实回答，A住院昏迷不醒，等情况好转时再联系。刑警说，只要跟A有点关系的人，都怀疑自己家属被A杀害。我整理了一下，名单上有红钩的是我觉得可能性比较大的。

我带回去研究一下。林律师说。

还收到一封信。你一定有兴趣。刑警说着,又从包里掏出一个信封。

好多年没有看到这种纸质的信封了,林律师觉得稀罕,拿起来看了一眼。

粗糙的牛皮纸信封,边是斜的,一看就不是商店卖的,是自己用纸糊的。

信封上写着 C 城公安局领导收,下面署名 A 镇某村黄太白郭春华,字迹倒还工整,一笔一画写得很用力。

> 尊敬的警察同志:
>
> 我们是 A 镇某村村民黄太白和郭春华。听村里人说,你们前几天办过一个 A 的案子。我儿子刘医生,三年多前失踪了。A 妻子曾经是他的病人。据医院人说,A 跟我儿子接触很多,我儿子很受他影响。儿子的失踪跟他很可能有关系,请尊敬的警察同志帮助查一查。
>
> 万分感谢!
>
> 祝你们健康长寿!长命百岁!
>
> 黄太白郭春华

呃……林律师问。

刑警说,这是个怪人,听说有一段时间天天来局里找人……我们也到他儿子工作过的医院查过,没查出什么,但我直觉他儿子的失踪跟 A 有关系。

为什么？林律师问。

说不上为什么，一种直觉。刑警说。

呃——林律师沉吟了一下。

这件事还是引起了相当大的社会反响。刑警说，除了失踪者家属来信，还有社会上各种人写信来，打电话来。有人把 A 比作什么修女。

特蕾莎修女？林律师说。

对对对，说 A 是在做善事，而且还是大善事。刑警说，当然还有骂的，说 A 是恶魔，A 这样的人是中国人中的败类，我国传统美德是孝道。A 所作所为丧尽天良。

嗯，情理之中。林律师说。

奇葩的事也有，有人希望公安局告知杯心老人院的地址，好像出了这种事还想住进去。刑警说。

你们怎么处理？林律师问。

刑警摇摇头，回到正题说，最重要的是到现在我们还什么都不清楚，无论是死者人数，还是尸体的处理方式……刑警说。

是呀，尸体，他们能怎么处理呢？林律师半自言自语地说。

火化？土葬？刑警说。

周边都查过了吧？林律师问。

查过了，什么都没发现。

林律师想起陈绍兴，心底里，更坚定了要找到她的决心。

刑警夹了一大块兔肉放进嘴里，咀嚼了一会儿说，这肉有点老了，不过味道不错。

喔，失踪老人名单查到了吗？林律师问。

呃，你说怪不怪，不查不觉得，一查还真吓了一跳，你看看，光C城这半年，就接到六起失踪老人家属报警。刑警说。

还不算那些没报警的。林律师说。他夹了几段鸭肠送进嘴里。鸭肠用辣椒加洋葱炒的，他慢慢咀嚼，让香味在嘴巴里一点点扩散。

是呀，问题是不是真那么简单……刑警说。

送去的死人骨头分析结果出来了吗？林律师换了一个话题。

还没有，我明天催一下丁老头。

别催了，那怪物你敢催？林律师笑了。

怎么不敢。刑警也笑了。

被他们称作怪物的丁法医是他们的老朋友，一个富有幽默感的老头，有两个怪癖，一爱唱卡拉OK，二喜欢向人讨酒喝，谁有事了，不管公事私事，都要请他喝酒、上哪里去吼上一阵才行。在他眼里，私事是公事，公事也是私事。他的口头禅是：事就是事，跟人不一样，人分公母，事不分。谁要不请他喝唱，他就显得无精打采，要问他，他就说，酒在哪里？没有酒提不起神呀。局里所有人都知道他这个脾气，遇事就请他喝一通，再吼几下卡拉OK，就解决了。

老头神通广大，是个电脑通，英语行日语也行，还懂得俄语，西班牙语也会，闽南话广东话客家话四川话湖南话无所不通，许多年轻人不服他别的，就服他这一手。到他手的事，不管有多难，他就用两招对付，一面对尸体，二面对电脑，一边喝酒一边干活，可以几天几夜连续加班，有时连家也不回，一直到问题解决。这么多年下来，他的检验报告几乎从未出过差错。

那就等吧，林律师说，沉默了片刻。

我知道你在想什么。刑警说。

什么？

想去找黄太白了吧。

对。怎么，被你猜出来了。林律师说。

谁不知道你的办事风格。刑警说。

任何人或事，只要可能，林律师非要亲临现场。虽然理论上，他并不相信眼见为实这一说，但这并不等于说不看是对的，能看就一定要看，只是要切记一点，"看见"不是一切。

虽然知道基本没有希望，但他还是决定去A镇找黄太白了解一下情况。

十一

林律师到A镇时，黄太白老婆郭春华正在往镇南郊的太化寺走去。

她手里提着一个篮子，里面装着十二个糯米团子，绿红白黑四色各三个。这是她昨天费一整天做的。三个绿色艾草团子，野地摘的草，萝卜丝馅；红的是红豆粉加糯米粉做皮，红豆馅；白色纯糯米粉皮，糯米粒加肉丁馅；黑的是黑米粉做皮，花生白糖馅。

黄太白夫妻从乡下搬到A镇已经数年，住在一栋刚盖了一层、屋顶竖着几根水泥柱的房里。房子面积不小，一层有六十来平方米，除了白灰墙、简易的卫生间厨房，没有任何装修，几件简陋的家具和日常用品，全从村里旧家搬来，没买一件新的。

黄太白是个孤儿，人长得很瘦，脸长长的，平日沉默寡言，但任何事，只要决定了，他就一定要做到。老婆春华比他大五岁，长得也不好看，脖子上有块很大的紫斑。黄太白看中的，一是她是孤儿，没有兄弟姐妹，二是她勤劳，三是她温顺。A镇地区娘舅权力大，对夫家事可以指手画脚。黄太白这只铁公鸡，一毛不拔，不想给自己讨来个管家。

结婚以后，果然一切事都是黄太白说了算，就算春华偶然不服，也从不敢违抗丈夫意志。春华除了新婚时添置的春夏秋冬各两套衣服外，没买过一件新衣服。偶尔两个人赶集，春华会在衣服摊子前面逗留一下，黄太白也不说她，径直往前走去，钱包在黄太白口袋里，春华平日连一角零花钱都没有。看了几眼，春华也只好无奈地离去。她不敢向丈夫开口,知道开口了也没用。新婚那天晚上,丈夫就跟她算账,说这次为了跟她结婚花了多少钱,办酒多少,买衣服多少,甚至连为办酒席,在院子里拉电灯的电线钱也算进去了。黄太白说现在得省着过日子,要开始为他们以后的儿子攒钱了。

要是生了个女的呢?妻子胆怯地问。那时候,计划生育抓得非常紧,村里几个怀孕几个月的妇女被强行拉去打胎结扎。

我们的孩子一定是男的。丈夫说。

丈夫承包了一座山种橙子,那时候正是春天,第二天他就带着她上山干活。后来有人跟春华说,她老公就是为了让她干活,才把结婚的日子定在一年中最忙的开春。

很快她就怀孕了,结果生下一个女孩,她怕丈夫发火,吓得要命。没想到老公火倒没发,但第二天就把孩子送掉了。她掉了几滴眼泪以后也不再哭了。丈夫是个硬心肠人,不喜欢看到她掉眼泪。丈夫月子伺候得很好,杀了八只鸡,自己一口不吃,全让她吃。

没过一年她又怀孕了,好不容易等了十个月又生下个女孩。她恳求丈夫把孩子留下,但老公没听,又把女孩送掉了。照样给她伺候月子,这次杀了十只鸡。

不管生几个,你一定要生出个男的来。丈夫说。

生到第五胎才终于生下个男孩,她又惊又喜,大哭了一场。满月那天,丈夫破天荒办了一桌酒,请乡里人吃了一天。

那天晚上他对春华说，现在要开始攒钱让儿子上最好的学校了。

于是他们又缩紧裤腰带，一分钱掰成两份花。儿子长大果然争气，考上C城医学院，毕业后当上C城一家大医院的医生。

儿子知道父母的艰难，在大学期间勤工俭学，帮初高中生补课，寒暑假也极少回家。妻子想儿子了，很想到C城看看，但黄太白坚决打消了她这个念头。他称这些念头为怪念头，说还要准备一件大事——给儿子娶媳妇，为此得盖房子、准备彩礼和办喜酒。

一起生活了这么多年，妻子对丈夫已经很服气，知道他说的没错，别说三件，光盖房子，就足够让他们头痛了。

好在儿子特别懂事，挣钱后省吃俭用，把钱存下来都寄回家了。

没想到这种关键时刻丈夫脚摔了，骨折，好了以后虽然可以走路，但重担子挑不动了，很难上山。黄太白决定把山转掉，搬到镇上，找个保安的活儿，一个月挣的钱虽然不多，但也够他们花的了。

山换得的钱只够盖一层房子，丈夫决定先盖一层，等凑足钱再盖第二层。按照他们的开支，用不着两年就可以存够。可就在这当口，儿子失踪了。

儿子最后一个电话，说要去西北支边一年，然后从此音信不通。一个多月后，妻子去儿子住处敲门，遇到陌生面孔，什么也不懂，到 C 城医院，谁都没听说支边的事，同事告诉她儿子没来上班已经有一段时间了，没人知道他去了哪里。

她回家，丈夫听后只说了一句，报警。

丈夫一个人去了 C 城公安局。这么多年来，不论发生什么事，他没有一天误过工，但这天他请了假。

天蒙蒙亮他就出了门，走路进城。从 A 镇到 C 城公安局徒步要两个小时，他迷路了，走了三个多小时。到公安局，一个穿警服的中年女公安接待了他，听说儿子失踪的事，很同情，给他登了记，叫他回去等，问他手机，他说没有，问他家里电话，也说没有，最后女公安说，那就写信吧，留下他家地址，说有消息了马上会通知他。

从公安局出来已经快十一点，他走到路边一栋大楼门口，蹲在台阶角落，把家里带来的馒头塞进嘴里，没喝一口水，吃完后开始往家的方向走。

回到家，他对妻子说，你放心，儿子没事。

妻子瞪着眼睛看着丈夫，不明白这话是什么意思，但什么也没问。

以后，倒过来了，虽然在钱上，还是那么抠，但过去不爱说话的丈夫话变多了，过去话多的妻子话变少了。

丈夫跟人调了个班，变成上夜班，从傍晚五点到清晨五点。除公休日，每天一下班，回家吃个饭，他就往 C 城公安局走。到了公安局，看到中年女警察的脸，就看着，什么话也没问。女警察朝他摇了摇头，他就往回走。女警察忙时，他就静静地站在旁边，等女警察忙完。有时女警察不在，他就等着，别人问他等谁，他也不说话，一直等到女警察来了对他摇头了才走。

从公安局回到家，他一定要对妻子说一句话，你放心，儿子没事。然后夫妻才开始吃饭。吃饭时两个人不说一句话。吃完饭丈夫就去上班，把妻子一个人留在家里。

后来妻子就开始去太化寺了。她不敢去抽签，怕抽到不好的签毁了儿子。她总是买一根香，点上，一天插在寺进口处的香炉上，一天插在寺里面的香炉上，一天插在大殿的香炉上，就这样轮番插过去。香点上以后，她就默默合掌闭眼，等香烧尽了才离开，然后跪在大殿最后一排左边的蒲团上，一跪就是一个钟头，每次总要到脚麻木了才站起来。

只有到了寺里，她一颗乱七八糟的心才能安顿下来，面对着菩萨，她觉得儿子一定还在这世界上的哪个地方。

寺里人多的时候，她不跟人争，总是耐心地等到最后才点香插香，后来她学着其他人，站在大香炉前，用右手把冒上来的烟拼命往鼻子扇，很快，她就觉得，这是世界上最好闻的一种味道了。

去的次数多了，不仅寺里的和尚，连常去的香客也都认得她了，问她事，她支支吾吾不说。后来一个住她家附近的女香客告诉香客们她儿子的事。有些热心人怂恿她去抽签，她听着，从不反驳，但从不去。她们也不强求她，任她去，经常塞给她一点水果点心。她不拒绝，都收下，然后拿去供在菩萨前面。

每逢初一十五女香客们都会带一些食物来供。她也学了，最早是带一些饭菜，后来就做一些儿子爱吃的小点心。儿子小时候，她经常带他到家附近山地里挖野菜。她会做很多种野菜糯米团子，儿子都很爱吃。

周围人都觉得她儿子一定死了，但她相信丈夫说的，儿子没事。她信了丈夫几十年，丈夫的固执倔强，像一根钢柱支撑她站着。

几年下来，公安局女警察被黄太白感动了，私下里帮着他到医院里了解到许多情况，包括儿子跟A走得很近的事。

丈夫六十五岁那年，晚上值班时又摔了一跤，养了一段虽然好了，但无法走那么远的路了。他只好换成写信。女警察叫他放心，让他不要写，不用浪费邮票钱，说无论怎样，只要得到一丝消息，都会立即告诉他。但他还是写，一个星期写一封。他叫妻子买来一版八分钱的邮票，一星期撕一张。

林律师看到的那封信是女警察让黄太白写的。她告诉他有个姓陈的女人知道A的情况。

黄太白拿着名片看了好久，不明白这个姓林的律师来找他干什么。我想了解一下你儿子黄医生的事。林律师说。

他看着林律师，脸上毫无表情，半天走到屋角，抱过来一个褪色的木头箱子，打开，里面堆满课本笔记本和一筒卷纸。

黄太白先拿出卷纸，解开绳子，打开纸张让林律师看，全是他儿子上学期间得到的奖状，有镇里颁布的三好学生、劳动积极分子、数学比赛一等奖等等。

箱子里有一大沓课本、作文本，林律师随手拿起一本，翻开，是他儿子小学五年级的作文，题目是《我的妈妈》。

> 我妈妈是劳动妇女。她清早五点钟起床做饭。我们家爸爸吃地瓜干饭。我和妈妈吃地瓜干稀汤。妈妈说爸爸白天要干活，吃稀汤没力气。但妈妈也干活，她跟爸爸一起上山，给橙子树施肥喷农药。我一放假也上山帮忙干活，没到中午肚子就饿了。我对妈妈说我饿了。妈妈说，你说不饿你就不饿了。我连说了好几遍不饿，肚子还是饿。但妈妈问我还饿不饿的时候，我说不饿了。妈妈说等我长大了，能上山干活了，早上也能吃地瓜干饭。
>
> 我想长大。我想早上吃地瓜干饭。

我要见姓陈的女人。等林律师看完，黄太白说。

我知道了。林律师回答，现在我们还不知道她在哪里，等我们找到她，一定转达你的话。

离开黄太白家,林律师心里非常沉重。来之前,他曾经犹豫,要不要告诉他儿子已经不在了的消息。但看到黄家没有盖上去的屋顶、空荡荡的房间、收藏儿子旧物的箱子,黄太白浑浊但充满希望的目光,他完全打消了这个念头。他突然觉得他儿子选择失踪是对的。对把一切希望都压在儿子身上的老人,一丝光总比彻底黑暗好。

这两个老人,这个家需要真相吗?

林抵达呀林抵达,林律师对自己说,你这一辈子都在追求真相,你认为世人都需要真相……难道你错了?到底有多少人需要真相?

十二

被告Ａ的情况没有任何好转,Ａ的两个儿子绝望了,只有Ａ女儿固执地相信Ａ还会醒来。

跟受过的教育没有关系,Ａ女儿像乡村文盲农妇一样相信奇迹。小时候暑假妈妈常把她寄在外婆家。外婆家里常年供着一尊观音,每天早上,再穷再饿,即便一九六〇年代初的困难时期,外婆也要在观音面前供一点吃的,拜三拜。外婆相信奇迹,跟她说过两件事。

那时,外婆逃难到山区,住在土屋。一天晚上,她坐在桌前剪纸,突然感觉脚边凉凉的,一看一条很粗的蛇盘绕在脚边,她吓坏了,一动不敢动,拼命在心里念菩萨保佑,等了一会儿，居然相安无事，蛇游走了。过两天蛇被人打死，是剧毒蛇。

另一件事，外婆打摆子，发了几天烧，没有奎宁，已经快不行了。那天晚上，她迷糊中看到一个面容慈爱的老人走到床边，用手摸她的头说，孩子，你没事了。第二天她的烧居然退了。母亲说她看到的老人是菩萨。

三尺之上有神明。外婆经常对她说，人做好了天会助。

以后几十年，各种忙乱工作结婚生儿育女，到父亲失踪以后，A女儿才又想起外婆的菩萨。这救了她，使她从未彻底绝望。只有奇迹才能让她重见父亲，她想。

奇迹果然出现了，A女儿欣喜若狂，她相信这一切都是外婆菩萨保佑的结果。

去法院申请中止审理，让父亲回家吧。他已经十年没有进过家门了。大儿子提议说。

怎么可以？爸爸这种样子回家？万一醒来时身边没有医生怎么办？A女儿说。

大儿子不说话了，他知道没法说服妹妹父亲再也不会醒了。

公司经常加班，我不可能天天来看他。弟弟说，口气冷淡坚硬。

你们都走吧。我留下来陪爸爸就行。A女儿说。

你要原谅弟弟，他心里也很苦。大儿子说。

难道我不也是吗？A女儿心里想，但没说出来。

两个儿子真的走了。A女儿很难过无奈，觉得孤独，但也更坚定了陪父亲的决心。

白天，她在医院陪A，等医生查房，仔细听医生说的每一句话。隔几分钟瞟一眼床头柜上的心电监测仪，生怕它停止不动。有一天护士量体温发现父亲莫名其妙发低烧，她急得团团转，好像父亲快要死了。什么事都没有做，她坐在床边，摸父亲的手，跟他说话，或看一会儿手机，等护工来给父亲打胃管吃午饭。

大儿子隔两三天都会打电话来询问父亲状况。挺好的挺好的，你不用担心。她总是说。大儿子已经退休了，照理可以留C城陪父亲一段时间，但她没流露出不满，说话声音柔柔的，使大儿子心安理得。

让A女儿气恼的是弟弟，不仅不来，连电话也没有。虽然在远郊工作，但弟弟从家到医院开车只要四十多分钟。星期六同学聚会，A女儿本来想叫弟弟来替她一下，但弟弟说要开车送女儿上补习班。都高中生了，用得着每次接送吗？再说弟媳妇是干啥的？A女儿跟大儿子发牢骚。你该忙就去忙，父亲半天一天没人守，也没事的。大儿子安慰A女儿。那怎么行？星期六医生查房，没人在怎么行？A女儿说，对大儿子轻描淡写的态度很反感。

她体悟到父亲的无助，替他难过，看着他永远朝着天花板一动不动的脸，有几瞬甚至怀疑他不在呼吸，越发不能原谅弟弟。

日子一天天一秒秒在流失，父亲还剩下多少天呢？还能陪他多久？难道这种时候，还有比父亲更重要的事情吗？

十三

星期五晚上，林律师把从杯心老人院里带回来的书拿出来，准备花时间浏览一下。

有批注的《死的考古学》，林律师已经翻阅过几次，但还是回忆不起来是谁的笔迹。

一大开本的《木乃伊全身解剖》，四个对视戴鹰嘴木雕女子头像的封面吸引了他。

书是英文的（林律师英文不够好，但能看懂一些），里面有许多大幅照片，木乃伊巨大头像、尼罗河、金字塔……

他见过骷髅，跟古埃及木乃伊看起来几无区别，再想到几十年以后的自己，他突然意识到，木乃伊跟他之间，存在某种不可思议但实实在在的联系。

它象征着不死，承载着古人的理想在活着。它是一种启示：活与死之间存在另一个空间。人可以不死，不完全死，但又不活着。

他正往它走去，不仅他，所有他身边的人，都顺水漂流，源源不断在向它流去。现在跟过去，现在跟将来也不会有丝毫改变。

他们在一条河里。

这难道不是世界上最不可思议的现象吗？林律师坠入沉思。

书里夹了一张薄薄的纸，像发票，不懂哪国文字，反正不是英文，日期是十几年前的，价格跟印在书上的数目不一致，应该是旧书店的发票。

书都只有一个主题——死亡。

林律师第一次看到死是在八岁，爷爷在自己房间去世，棺木停在家的一进大厅，中轴线偏左边横头桌前面。棺木漆成大红色，前后架在两张凳子上。每天早上，这个大家族全部儿孙都要一个个轮流跪在棺木前面，手拿甩子往地上扔，问爷爷今天想吃什么，甩子落地，两片朝向一致，就等于爷爷同意了，如果不一致，就要重新问，问到爷爷同意为止。

爷爷棺材在大厅里放了七个七，按照算法，一共放了四十九天才出殡。每天家里人进出家门，都要经过棺材，他照样在棺木边上跟小伙伴们玩弹珠抓虫子。

那时候，死对他是多么遥远的一件事呀。

这个周末，林律师什么地方也没去，连门也没出，除了睡觉，一直手不离书，甚至连吃饭时也没放下来，才把它们粗粗翻完了。

都是好书，打开其中任何一本都等于在你面前展现出一个世界。这类书他久已未读。这些年他只读跟工作有关的书，法律、经济、社科类的，总之跟现世关联，着眼于现世的。

但这些书关注点不同，是超现世的。

这期间，好几次，他放下书，站起来，在屋里徘徊，他喜欢边走边思考问题，脚的动作有益于激发脑的活动。

他走到阳台上，看到了夜晚天上的月亮，前面楼房一层层窗户映出的灯光与人影。

月亮、灯光和人影之间笼罩着巨大无边神秘的黑暗。他第一次发现，黑暗也可以是一种有。

他隐隐约约看到对手了。这是个着眼宇宙的人，关注的是大问题，非世俗问题。不能只着眼 C 城，但又必须从 C 城开始。

这些书不可能是 A 的，他不懂英文。

如果是陈绍兴呢？林律师想。

他头脑里浮现出陈绍兴的脸，叠在这些书的封面上，没有发现任何不协调。上大学时，陈绍兴英语就已经非常好，能看英文报纸了。她人大气，心胸宽阔，是有可能从天上看这地上人间的。

他突然想起，书上的批注是陈绍兴的笔迹。

他兴奋了起来，又一次想起那张找不到的高中照片，突然一个念头冒了上来，有一次整理照片，他把几张他认为珍贵的照片放到镜框里了。

现在这个镜框正挂在他书房墙壁上。

他站在椅子上把镜框取了下来。镜框里镶着两张全家福照：一张是他十岁时照的，照片上四个人，爸爸妈妈妹妹跟他；另一张是女儿去美国前照的，就他们一家三口，他、妻子跟女儿。

他把镜框背面卸下，果然，在全家福背景纸后面，夹着几张照片，其中一张就是他和陈绍兴的高中同学的合照。

照片上一共有十来个人，陈绍兴站在他旁边，他们肩膀靠得很近。她扎两根小辫子，垂到肩上，穿一件白色衣服，可能是因为阳光强烈的缘故，微微皱着眉头。

她现在变成什么样了？他端详着照片上的陈绍兴，突然想起他有个朋友对人脸有研究，可以凭一张照片，在电脑上描绘出这人年轻或年老的样子。

朋友姓周，他拿出手机，找到周的手机号码。

没问题没问题，你把照片发给我就行。周说。

照片发过去了。

两天以后，周回信来了，模拟像上的陈绍兴脸上线条僵硬，胖了一些，表情冷漠。

这不是她，林律师想。他不相信陈绍兴会变成这样一个极其陌生的女人。

十四

星期一上午，林律师一到办公室就接到 A 女儿电话，说是陈绍兴电话号码找到了。

太好了。怎么找到的？林律师问。

有个笔记本，我过去见过，爸爸总放在床头柜里，但开头怎么就找不到……A女儿说。

最后在哪里找到的？林律师问。

在一个爸爸已经不用的包里。A女儿说。

我马上过去。你现在在家吗？林律师问。

在。A女儿说。

林律师让A女儿在家里等他来。

A家在C城某大学附近，跟林律师的律师事务所刚好两个方向，路上堵，林律师开了一个多小时车才到。

A住在某大学宿舍小区，二十世纪九十年代的建筑，预制板楼房，很旧，没有电梯。A住在三层，门口靠墙放个小架子，上面摆两双女人旧鞋。

你父亲怎么样了？林律师问。

好像有点好转了，有一次我看到他嘴唇轻轻动了一下……A女儿说。

你说的那个电话号码呢？寒暄了几句后，林律师问。

A女儿拿出一本小红皮笔记本，扉页上印着烫金的毛主席语录——下定决心，不怕牺牲，排除万难去争取胜利——两行字。A女儿打开笔记本后面一页，递给林律师看。

那一页上记着六七个电话号码，但没有陈绍兴的名字。

有呀有呀，你看，第一个不是阿兴吗？A女儿用手指着笔记本说，阿兴就是陈绍兴，爸爸从小就这么叫她。

能肯定吗？林律师问。

肯定。除了陈绍兴，没有别人叫阿兴了。A女儿说。

林律师掏出笔记本，把阿兴的电话号码记了下来。

这本笔记本能让我带回去看看吗？又聊了几句，林律师问。

当然可以。不过只是些爸爸的杂记……A女儿说。

知道，我过几天就还你。林律师说，又要了一些A熟人的照片。

回到车上，林律师马上把笔记本掏了出来。

笔记本前面十几页是摘抄的毛主席语录，一九六六、一九六七年流行的那些话，钢笔字，字体工整有力，因为年代久远，已经褪色了，中间空了几页，然后就是A的杂记，有好几页。

从十一月三日开始（不懂是哪一年），第一天只有一句话：

接到阿兴电话。

这引起了林律师兴趣，为什么接到陈绍兴电话后A会想去记日记？

11月5日，西湖宾馆上午十点。
11月7日，蓝山酒家下午六点。

11月8日，桃花村。

林律师眼睛停在桃花村这三个字上，会不会指的是杯心老人院呢？

6月1日，采购。
6月2日，采购。
6月3日，采购。
6月4日，桃花村。
6月5日，桃花村。
6月6日，桃花村。
6月20日，陵园。
6月21日，蓝山酒家下午六点。

字数就这么多，总共不到一百字，都集中在十一月、六月，以后就没有了。

A为什么要记录下这些日子？提醒自己还是提醒别人呢？

林律师把思路顺了一下，所有事情都是在接到阿兴电话以后发生的。比如十一月五日，A可能是去西湖宾馆见陈绍兴了，十一月七日他们在蓝山酒家吃饭，十一日陈绍兴带他到山村，应该就是去看杯心老人院，二十一日他们又在蓝山酒家见。杂记间断了半年多，假定这段时间A做好了准备，人员也基本确定，到了六月，A花了三天采购，去了杯心老人院三天,去了一趟公墓,最后在蓝山酒家见了谁……

当然这些纯属推测,但不是完全不可能的。

林律师给A女儿打了一个电话,问,你知道蓝山酒家吗?

没听说过。A女儿想了一下说。

你记得母亲是几月几日去世的?

十月二十日。

哪一年?

二〇〇七年。

假设开头的日记是二〇〇七年的,那接到陈绍兴电话距离A妻子死不到半个月。林律师在笔记本上做了个记录,准备到西湖宾馆去查一下当时的记录。

你母亲的骨灰埋在陵园吗? 林律师又问。

嗯。是。A女儿说。

家里还有其他人的骨灰埋在陵园吗? 比如爷爷奶奶?

没有了。

你父亲有去陵园扫墓的习惯吗? 林律师问。

好像没听说过。母亲死时,留下话把骨灰扔到海里去,爸爸想照母亲说的做,但我们三个都不肯。爸爸说要尊重母亲的意思,活人不能把自己的意思强加到死人头上。但我们一直坚持,我说人有时会不懂得自己在说什么。再说,就是投票,也是三比一,爸爸绝对输。爸爸最后什么也不说,但看得出来,他完全没有接受我们的看法。A女儿说。

你父亲是二〇〇八年离家出走的吧？林律师又确认了一次。

是。二〇〇八年。A女儿说。

既然A平时都不去陵园，那为什么六月二十日那天要特地去陵园？是为了看一眼妻子吗？这一眼含有告别的意思吗？即是，他准备离家出走了？

虽然没有年份，无法确定杂记是否A离家出走前后那两年写的，但林律师直觉是，而且，这一切跟陈绍兴有关系。

林律师把A的笔记本细细看了好几遍，想了好久，最后翻到记着阿兴电话号码的那一页，掏出手机，打了过去。

手机通着，但没有人接，响了几声后转入留言状态。林律师没有留言，把手机关了。

陈绍兴的手机居然通着……当然有种可能性，手机已经不在陈绍兴手里，而是另一个人在用。这个人，有可能跟陈绍兴有关系，他或许就碰巧知道陈绍兴的下落，当然，不排除另一种可能性，手机号码换主了……

林律师的手微微颤抖，有点激动起来。这让他有点吃惊，没想到这么多年过去，陈绍兴这个名字还是会让他激动。

一整个下午林律师都心绪不宁，卷宗打开了也看不下去。到了傍晚，他想干脆开车出去散散心，顺着江边宽阔的大道开了一阵，看到江滨公园，就把车停下，走了进去，找了个僻静地方，在长凳上坐了下来。

这是他第一次来江滨公园，长凳面对宽阔的江面，有两三艘船一动不动停在江心，看得到对岸耸立的楼房。有必要好好想想，林律师茫然地看着眼前这一切，对自己说，但什么也想不起来，所有的思绪似乎都顺江水远离而去，正在这时，手机响了，一看，是陈绍兴的手机号码。

喂——他还没想清楚该说什么，电话来得太突然了。

刚才是哪位打的电话？对方问，一个低沉饱满的男声。

不是陈绍兴，果然，手机已经不在她手里了。

我是林抵达，想找陈绍兴……林律师匆匆说，生怕对方挂了。

你找错了……对方说。

你认识陈绍兴吗？林律师又问了一句。

不认识。对方说，把手机挂断了。

也奇怪，这电话倒让林律师安心了。不是陈绍兴也好，他可以放手去查。他不愿意任何一个人，包括刑警，插在他跟陈绍兴之间。

他马上发了一条短信给刑警：紧急，帮我查一下这个手机号码现有主人。

中午林律师接到刑警短信：手机号码从二〇〇七年延续到现在，当时没有实名制，不知号码主人是谁。

问：那现在的电话费从哪里扣？

答：A户头。

问：跟A退休金一个户头吗？

答：对。

问：查一下通话记录与通话费。

答：好。

有可能陈绍兴的手机是A的，要不怎么会常年从他户头上扣钱呢？

之后连续两天，林律师在充分准备、在可以立即定位对方手机的情况下，用不同的手机拨过几次号码，但再也没听到对方的声音了。

十五

丁法医家的门关着，刑警敲了几下没有人应。

这老头到哪里去啦？刑警对站在旁边的林律师说。

有人送酒来。我去取了。背后传来老头的声音，怎么，有意见啦？

谁敢对你有意见。刑警说。

无事不登三宝殿，你们来干什么？不会来催我的吧？老头说。

哪里敢哪里敢。刑警说，我们是来讨酒喝的。

这就对了。我请你喝酒。老头对林律师说。

那我呢？刑警问。

你呀，你免了。三天两头见的。

你明明知道老林不喝葡萄酒，这不有请等于没请吗？刑警呛了老头一句。

我叫老林喝老林敢不喝吗？他还要不要我做事啦。老头一边手举起酒瓶晃了晃，另一边手从口袋里掏出钥匙开门。

三个人前后走了进去。

老头从厨房抽屉里拿出开瓶的起子，扔到桌子上对刑警说，你来，这你在行。

刑警听话地拿起起子，把瓶塞打开了。

这是法国有名葡萄酒庄出产的葡萄酒，一个老朋友从欧洲带回来送我的，正牌货。老头说。

给我来一杯。林律师说。

咦，你也喝葡萄酒啦？刑警吃惊地问。

看谁的酒。林律师说。

这就对了。好酒嘛，就要对着合适的人喝才有劲。老头高兴了，拿出三个酒杯，给每个人倒上一杯。

不错不错，好酒好酒。老头尝了一口高兴地说。

算下来，死人骨交给老头已经一个星期了。但林律师在老头那里什么收获也没有，老头一句不提死人骨的事，两个人也不敢问，光喝酒，三个人把一瓶干光了。林律师回到家，昏沉沉睡下，到第二天半夜十一点，手机响了，打开一看是法医老头打来的。

快请我喝酒快请我喝酒。法医老头说。

林律师一下清醒了，没问题，你想喝什么酒？

最好的。法医老头说。

那就喝青岛啤酒，我认为最好的。林律师开玩笑说。

你不会是认真的吧？法医老头在手机那头声音都变了。

开玩笑开玩笑。任你挑，你说喝什么就喝什么。林律师说，他知道法医老头一定有好消息要告诉他。

那就喝苏格兰威士忌。法医老头认真地说。

好。什么时候喝？林律师说。

还用说吗？就现在。法医老头说。

好。你家吧？林律师问。

被你猜对了，我还能在哪里。法医老头说。

我开车去接你。林律师说。

林律师打了个电话把刑警也叫上，去接了法医老头，三个人一起到了"心思"酒吧。林律师打电话确认女儿闺密酒吧还开着，那里没有陪酒小姐，很安静，可以放心谈话。

这里有C城最好的苏格兰威士忌。林律师对法医老头跟刑警说。

三个人找了一个角落的位置坐下。

拿一瓶最好的苏格兰威士忌。林律师对女儿闺密说。

这是二十年的苏格兰威士忌，上次朋友去苏格兰旅游带回来的。女儿闺密捧着一瓶酒走过来，拿出三个很雅致的玻璃杯，给他们各倒了一点。

法医老头举起酒杯闻了一下。

怎么样？林律师问。

嗯……法医老头尝了一口，让酒在嘴里停了一会儿，才慢慢咽了下去。

好酒。法医老头点点头说。

林律师给法医老头添酒，什么话也不问，他知道老头自己会说的。

果然，两杯酒下肚，老头开始说话了。

你挖到金矿了，我很兴奋，我一辈子没有见过这么壮观的死人骨……

林律师跟刑警看着老头没吭气，等他说下去。

你拿来的骨头检验已经有了初步结果。一，确定是人骨；二，初步断定，这些骨头是十几个人的。

怎么样？了不得吧？老头问。

了不得，有可能是十多年内积下来的……刑警摸了摸头脑说，怎么找得到这么多想死的人？

怎么找不到？我最近就在想，要准备找一个等死的地方了。死是一件很私人的事。老头对刑警说。

可总要有消息来源呀，比如广告什么的，但我最近很留意在网上查，一点这方面的信息都没有，甚至连杯心老人院这名字都找不到……刑警说。

时间呢？那些死人骨，能确定他们是什么时候死的吗？林律师问。

你问到点子上了，老头看着林律师说，我也觉得奇怪，其中大多数人，基本可以确定，死了有几十年了，应该是上世纪五十年代和六十年代……

这么说大多数人不是死在杯心老人院的……林律师问，

那能确定有几个是死在二〇〇七年到现在的吗？

很遗憾，一个都没有。老头说。

大家都沉默了。

喔，那些骨头你用完了告诉我一声，我要把它还回去。林律师说。

没问题，我就喜欢你这种一板一眼的办事作风。法医说。

死心眼。刑警说，给自己添累。

那些死人骨到底是谁？杯心老人院那些死去的人到底去哪里了？林律师想，看来得另找出路了。

失踪老人那方面有什么进展了吗？过了一会儿，林律师问。

时间太久了，当时资料很多已经找不到了，一些能找到的，打过去也都是空号，看来很难搞清楚……刑警说。

别想什么都搞清楚。老头说，我看了审判的录像啦。

林律师跟刑警同时抬头看了老头一眼，他们知道老头从来不看活人的录像。

A讲的话不知你们全听懂了没有？老头眼光先停在林律师脸上，然后又在刑警的脸上停了一下。

怎么？你觉得我们哪里没懂？刑警笑笑地问，显然，他内心不服。

但林律师很注意地看着老头，他相信老头不会凭空说这句话的。

你们想为什么A要去闷死林？老头问。

A不是说了吗？林吃了药没死……刑警话说了一半停住，好像想到了什么。

问题就在这个药上。你们知道世界上允许安乐死的国家，他们在这方面有很健全的法律，一个人不想维持自己生命了，可以去申请，经过医生等的审查，法律认可，这事就可以成立了。死亡执行的时候身边一定有医生在。前些年他们也发生过这样的事，药吃了不死，这时候就要由医生帮助申请人死了。但现在很少有这种情况发生了……老头说。

你的意思是，林律师看着老头说，如果A用的是好药，即现在的药，就不太容易发生这个问题……

对，如果是进口药就不会，他用的可能是过期的或仿制药。老头说。

仿制药？刑警吃惊了。

中国生产的吗？林律师问。

不知道。老头说。

验尸的时候查不出来吗？林律师问。

查不出来，但药的元素都在。老头说。

国外医生在发生病人不死情况的时候是怎样处理的呢？林律师问。

一般他们都是打针。老头说。

那为什么A不打针呢？刑警问。

有可能他手头没有这种针……老头说。

A说一共闷死过三个人……林律师想了一下说，是一开头就没有准备针还是说准备了针但A没用……

现场没有搜到针筒一类东西。刑警说。

三个人不可能是同一天闷死的，这事可能发生在好几年时间内，一次只一个。当时杯心老人院一定还有其他人，难道就没有人看见吗？还是看见了不说？林律师说。

如果这次不是有人报案，也不会发现……

查到报案的女人了吗？林律师问。

没有。除了那个寡妇，找不到其他嫌疑人。刑警说。

林律师简短地说了他在桃花村见到林香梅的情形，说她似乎想跟A结婚，A不干……

跟九十岁的A结婚？老头笑了，好呀好呀，好事一桩。

她不知道A的岁数，再说，女人嘛……刑警暧昧地说。

正在这时，林律师的手机响了，一看，是陈绍兴号码打来的。

喂——你好。他打了一声招呼，顺便看了一下手表，十二点过五分，这么迟了……

你好。一个女声。

林律师浑身肌肉紧了一下，站起身来，走到离座位几步远的地方。

你是——他不敢往下说了。

你猜对了。我是陈绍兴。女声说。

你现在在哪里？林律师问。

我在 C 城，刚刚下的飞机。陈绍兴说。

十六

第二天上午十点，陈绍兴到林律师家附近来了，他们约在咖啡厅见面。林律师提出要去拜访陈绍兴，被拒绝了。这样也好，林律师舒了一口气。他不想请陈绍兴到家里来，但如果她提出来，他知道自己无法拒绝。从来都是这样，对他，她可以随意拒绝，而对她，他无可抗拒。

奇怪，那天晚上居然睡得很好，林律师一点也不激动。不知道她在哪里时老有的漂动游移的不安感消失了，取而代之的是马上就要见到她的安心与喜悦。虽然心底深处，他隐隐约约感到某种危险正在向他逼近，但这种恐惧，有可能是他随意想的，况且，即使有，他知道，也无可逃脱。

出门前，他又想到门牙，不过这次他没有到镜子前照，就让她看看缺了门牙的他吧，这样或许更好，他想，不知道为什么。

林律师提早二十来分钟到了约定的咖啡店，他挑了一个靠窗的座位坐下，落地大玻璃窗外是 C 城公园，可以看见一排郁郁葱葱的大树，水池中央一个红顶小亭……

他喜欢这家咖啡店安详的氛围，飘在空气中古典音乐安静的钢琴声，男招待生整齐干净的服饰，宽敞座位之间隐隐的隔断……

他给自己要了一杯苦茶。这种茶他没喝过,甚至听都没听过,但眼光扫过菜单,看到这个陌生名字时,他突然有了一股冲动,想尝一下。

他从包里掏出一个信封,里面装着一张照片——租约合同上的甲方签名照片,放在桌面上。他想看看陈绍兴看到照片时脸上的表情。

他看了看手表,距离约定时间还早,就拿出那本《木乃伊全身解剖》,出门前没想带书,但临走时不知怎么顺手就放进包里了。

他打开书,试图看,但一个字也看不进去,却不抬头,他想等她发现他。过去就这样,当他还茫茫然找她的时候,她已经叫过来了。他喜欢这种感觉。

嗨。他听见她熟悉的声音。这么多年过去,她声音居然一点没变,还是那么年轻。

他猛地抬起头,一下碰到她的目光,不自觉站了起来。

她的眼睛在笑,脸上发光,看起来还是那么灿烂。

他咧开嘴笑了。

你一点没变,陈绍兴盯着他的脸,半玩笑补充一句说,只是缺了颗门牙。

林律师脸微微红了。他知道她会说,他愿意让她说,喜欢被她说。

看起来怎么样?他问,脸微微红了。

很好呀,像个人了。她半开玩笑说。

他一惊，不懂她话的意思，但没往下问。

她穿一件黑色紧腰身衬衫，一条橙红色围巾从她脖子两边长长垂下来。他想说的是她的整个感觉还在，而且，比过去多了一点妩媚，感觉更女性了，但这些，是言语无法表达的。

好多年没见了。停了一会儿，林律师说。

是，快三十七年了。陈绍兴说。

你对数字还是那样精确。

比不上你。

两个人坐了下来。

茶端上来了，装在一个精致蓝色小花模样的茶壶里，绿色的叶子在水底看起来像花张开着，非常漂亮，一股淡淡的清香飘了出来。

林律师拿起杯子喝了一口。

你要的是什么？陈绍兴问。

苦茶。要不要尝一口？

陈绍兴真的拿过他的杯子尝了一口，说，味道很特别，不错。

林律师不懂陈绍兴说的是不是真话。她连菜单也不看，就挥手让招待生过来，要了一杯卡布奇诺。

林律师又给自己要了一杯美式，颜色好看但味道太淡，林律师宁可让它摆着看。

喝了几十年，我还是喝不来纯咖啡，一定得加牛奶跟糖。

陈绍兴说。

我没喝几年咖啡，但从一开始，就不喜欢加糖和奶。林律师说。

陈绍兴笑了，说，你一点都没变。

林律师也笑了，说，你也一点都没变。

两个人都意会了对方的话中话，过去的感觉回来了，而且，好像从来就没有中断过。

这些年在做什么？陈绍兴问。

还不是在混，你知道我后来当了律师。林律师说。

我还知道你结了婚，有一个女儿，现在跟妻子一起在美国……陈绍兴说。

你什么都知道呀。林律师又笑了。这像陈绍兴，她从来就是这样，什么都懂的样子，不过，现在林律师知道，其实，她还是有许多不懂。

能够一眼看穿的都是表象，像穿着衣服的身体，跟脱下来时相比一是沙漠一是蓝天。

可我对你什么也不知道。林律师说，不笑了，你现在在干什么？

跟你一样，在混，只不过，混的地方不一样罢了。陈绍兴说。

你长住在哪里？不会跟我说在 C 城吧。林律师开玩笑说。

当然，我长住欧洲。

荷兰？

你知道？

猜的。林律师看着陈绍兴的眼睛说，我还知道你见过 A，带他到过杯心老人院……

你知道的可真多……陈绍兴没有否认。

停了一下，林律师把桌上的照片推到陈绍兴面前，这张照片是杯心老人院租约合同上的签字，你见过吗？

陈绍兴看着林律师的眼睛，不置可否。

我想问，可以吗？虽然陈绍兴表情冷漠，但林律师直觉她一定见过，追问了一句。

今天不行，你知道我是个女人，我们有几十年没见了。今天我只是想看看你。难道你不想看看我吗？

这你知道。林律师声音低了下来，继而口气一转问，你不会逃走吧？

怎么会？陈绍兴目光坚定地看着林律师说，你知道我这个人，从来光明正大，我不需要逃走。

是，我知道。林律师说，用一种略带忧郁的目光看着陈绍兴，停了一下说，我看过你在那土房子前面拍的照片。

那是父亲祖上的房子，不过五一年以后就废了。

那你一定知道房子后面石碑里的骨灰是谁的了？他本来没想问，但话已经冲出口了。

没想到陈绍兴什么障碍也没感觉似的回答了。

知道。里面是十三个族亲的骨灰，父亲死前有交代，让妈妈跟叔叔商量，请师傅捡出散在各地族亲的骨头，烧好，立一个石碑，把骨灰全部放在里面，还好这事赶在六几年挖墓潮之前，要不肯定就做不成了。

埋在地下不好吗？为什么要做个空心的石碑呢？

你知道伯伯是地主，五几年死在监狱，谁知道那家里会发生什么事？所以父亲就找石匠设计了那个墓碑。

村里的人知道这事吗？

应该没有人知道，石头是加工好从外地运来的，石匠也不是本地人。父亲心思很长，生前把一切都想得清清楚楚。

所以那石碑就保留下来了，没有被人砸掉。

是。那时候有多少人祖坟被挖掉，我就很佩服父亲的先见之明了。

你父亲四九年以后有回老家去过吗？

一次也没有。听说伯伯被抓后，父亲老首长找父亲谈过话，叫他跟伯伯划清界限。我后来想，也许正因为这些，所以父亲一直觉得对不住家里和族里人，所以才动了捡骨的念头。

那你父亲的骨灰在里面吗？

没有。我开头一直想不通，为什么父亲没想把自己的骨灰放进去……

呃——为什么呢？林律师想，照理不应该这样。

后来想，会不会因为在心里，父亲觉得自己曾经背叛过陈家？陈绍兴长长叹了一口气，眼睛看了看窗外。

窗外是一棵树，绿色的叶子在微风中轻轻晃动着。

好了，不说那些过去的事了。陈绍兴回过脸来看着林律师说，我可以问你一个问题吗？

当然可以。

在法庭上你有看到 A 穿的汗衫上印的字吗？

看到了——不要抢救我。

是。你当时怎么想？

说实话，当时很乱，我什么也没想。回家后有想过，A 为什么要穿这样的衬衫呢？说明他的一种信念。但现实中，在那种情况下，叫救护车是常识。谁会尊重他本人的意愿？这么说吧，头脑里根深蒂固的常识跟第一次映入眼帘的几个字，哪一个更强大？依据哪一个行动？一目了然。再说，叫救护车，等于你做好事，谁都会认为你在做好事，事后可以拔高自己人格，不救，尊重他的意愿，难保你以后不受良心谴责。这么举手之劳的事，为什么见死不救？可能吗？我也做不到。

可是，他现在躺在医院里，一个植物人，身上插着很多管子，死死不了，活活不成，人们就不会受到良心谴责吗？

眼不见为净。多少人这样活着，我有两个朋友，一个这样活了十四年，一个这样活了八年……这已经成为常识了，虽然内心可能有一些挣扎，但如果有这样躺在医院里的人，家属里谁会出头提出终止治疗呢？

那你呢？

我？林律师想了一下说，我不知道。如果是我本人，我肯定不愿意这样活着，如果是我妻子，我会尊重她本人意愿。

可是如果她那时已经无法表达自己的意愿了……你会怎么办？

我会……林律师认真想了一下说，我会根据她日常的行为言语来推断她的意愿，当然这非常主观，但没有办法。

我知道了，就是说，照 A 这种情况，你是赞成终止这种治疗了？

是。对。林律师这次说得很干脆。

陈绍兴中断了说话，低下头，用勺子转动杯子里的咖啡，好像陷入沉思。

林律师静静等着，什么话也没说。

突然她抬起头，缓缓地说，抵达，你知道，四十岁那年我得了一场病，死过一次，住院的时候我想到你，我们那时候挤在火车车厢里打扑克……我那时就想，要是我有事请你帮助，你一定会答应。

林律师看着她，点了点头。

沉默在两个人之间游荡，但却是温馨的。

你还看书吗？过了一会儿，陈绍兴问。

看。林律师说。

那我送你一本书。陈绍兴说着，从包里掏出一本书来。

林律师接过书，瞥了一眼，《死亡哲学》。

A 有个女儿，每天都在医院，你想认识吗？

她知道我，我有她家的电话号码。

生死是天的事，我帮不了你，你也帮不了谁，但我能帮你人的事。林律师说。

我知道，理解，你做了几十年律师，管的都是人的事。陈绍兴说。

回到家里，林律师把书打开，扉页上有陈绍兴的钢笔字，刚健有力：抵达，留念。

林律师在心里把自己的名字念了三遍。很久，没有人这么叫他了。

第二天一醒来，林律师就给陈绍兴发了一条短信，很短，就一句话，昨天很高兴。但没有接到回信，林律师试着拨了一下电话，不通。

怎么回事？她又消失了吗？

几天以后，林律师已经觉得那天见到陈绍兴是在梦境中了。

第二部

一

电梯慢慢上来，停住，门打开。

涌出一些人，最前面是个女人，一股风信子花香味，A女儿眼光跟了过去，清楚看到了女人的脸。

熟悉的香味。

一个喜欢香水的闺密，法国旅行回来送给她一瓶潘海利根牌风信子香水，造型质朴的玻璃瓶，瓶颈上浅蓝色的蝴蝶结，甜中带涩的香味，她一下就喜欢上了。小时候何丹家的蓝铃花，开花时就这味道。

她白天不敢用，一没有配这种香水的衣服，二害怕同事目光（没有人用香水），只好晚上临睡前闻几下过个瘾。很快她发觉闻了香水后容易睡着，但老公说她是幻觉。

谁知道呢？或许，女人就需要幻觉，有了幻觉女人才会变美。

C城罕见有女人用香水，用潘海利根风信子花型香水的女人就更没见过，所以，那一瞬，A女儿都想上前跟女人招呼了，忘了谁说过，喜欢同一香型的女人有共同脾性。

女人的脸似曾相识，谁呢？过去一定见过……公交车上，A女儿又一次想起女人来。

女人的脸很好看，是那种会抓住男人的好看，A女儿已经活过半辈子，知道这是一种什么样的脸，除了顺眼的五官，更引人注目的，是洋溢在脸上的光彩、喷发出的那种张扬的生命力。年纪在四十五岁到五十岁之间，但其实，这种脸跟年纪没关系，不管到了几岁都可以吸引男人。

到底是谁呢？

回家前A女儿拐到小区土特产店买了几样东西。这家的食品，老板娘说全是从老家山区运来的。我们老家是黑土地，跟别村不一样，别村是黄土地，黄土地里的蔬菜水果跟黑土地的味道不一样。老板娘说。这个三十来岁的女人，很会做生意，凭一张嘴一副笑脸，敢把东西卖得比附近店都贵。

生意人谁不说自己东西好，但语言力量难以抵挡，A女儿还是被吸引，先买了腐竹，感觉的确好，就又去，次数一多，就发现鱼目混珠，但脚路走熟了，图方便，就没有去计较。

上午经过土特产店，看到老板在门口剁肉，举着一把大砍刀，对准垫板上红白分明的猪肉砍。

好肉，她想，突然发觉回 C 城后，一次冬笋肉没烧过。

冬笋肉是父亲的最爱，但母亲不喜欢。小时候每年冬笋上市，母亲就会恩赐父亲说，烧一次冬笋肉吧。父亲很高兴，但总是不烧。家里一个月只有二斤半肉票，父亲总是用肉票买排骨，做母亲爱吃的香菇炖排骨，自己吃红烧冬笋。

跟咬木头一样。母亲看着父亲吃时说。

为了跟母亲作对，A 女儿偏偏去吃红烧冬笋，大声说好吃。父亲说奶奶烧的冬笋肉才好吃。

但等不用肉票了，父亲还不做，她就奇怪，问。父亲说，你母亲不喜欢我煮这道菜。为什么？她弄不懂。煮了家里几天都是冬笋肉味。父亲说。她惊呆了，忽然明白了许多，可怜起父亲来。

等有了自己家，她学做冬笋肉烧给父亲吃。父亲很高兴，夸她做得好。

她越发爱做了，做的时候就盯着锅，看着肉一点点变色，溢出香味，越变越浓。

她喜欢这一刻，这一刻总让她想起父亲。

晚上躺在床上准备睡觉，那张脸又一次跳了出来，一个名字像闪光划过 A 女儿头脑——陈绍兴。对，那女人是陈绍兴。

接着，跟陈绍兴有过的几次交集，接连从 A 女儿头脑里跳了出来。

第一次好像是小学一年级，父亲带她到陈绍兴家玩。夏天，陈绍兴穿一件红色抽纱花边连衣裙，长头发用红绸带扎起，像风一样飘到父亲和她身边。上世纪六十年代初，这种打扮极少见，新鲜艳美，看上去那么与众不同，A女儿一下被她吸引了。更令A女儿吃惊的是，她家里柜子上，摆着一个装满上海大白兔奶糖的大玻璃瓶，没有人拥有这么多奢侈，那简直就像闪耀着天堂的光辉。

她掰开一颗奶糖往A女儿嘴里塞。A女儿舍不得吃，趁她不注意，捡起糖纸，从嘴里掏出奶糖包上，藏进裤兜，想带回去给弟弟吃。

没想到被陈绍兴看到了，她用手指刮脸羞她，伸手把她裤兜里的糖抓出来拿给父亲看。父亲看着陈绍兴笑，什么也没说。A女儿满脸通红，不知所措，羞得想找个地洞钻下去。

陈绍兴什么也没觉察，临回家前，从玻璃罐里抓出一把奶糖塞在她裤兜。A女儿愣愣地站在那里，很吃惊，头脑一片白。她不懂一个人怎么可以那样羞辱她之后又表现得这样慷慨大度，但正由于这种反差，她更加被她牢牢吸引过去。

有好几天，失去父亲的恐惧使A女儿惶惶不安。也许是嫉妒，她偷看父亲，揣测他，看他是不是跟自己疏远了，甚至去试探他，吃饭时故意碗里剩下几口，看父亲会不会像过去一样在意。但同时，那几天又隐藏着巨大快乐，她跟弟弟哥哥分糖吃。她背着母亲，把糖藏在床垫底下，一共五颗糖，她每天拿出一颗，把糖纸掰开，让弟弟先咬，然后哥哥，最后才轮到自己，有时咬到最后，只剩下一丁点，但她心满意足，快乐被撕成碎片还是快乐。

以后还见过陈绍兴几次，她更漂亮了，总穿与众不同的衣服，一双越来越锐利的眼睛，但Ａ女儿躲得远远的，不敢靠近，生怕心境又被她搅乱。但也怪，只要陈绍兴一背过身，她就不由自主去看她，被她身体散发出的强烈气息所吸引。

她恨不得她离开父亲远远的，只要有她在，父亲就被分割去大半，她就陷入惶惑不安。她想不通为什么她要黏父亲，也不懂父亲为什么那么在意她。

出国后陈绍兴寄过几张照片给父亲，照片上的她依然光彩四射，只是眼睛少了几分锐利，多了几分从容。

照片应该还在，Ａ女儿从床上跳起来，开灯，打开床头柜抽屉，里面有父亲一些重要东西：几张写满字的纸、笔记本、两本相册……她把相册拿出来，翻了一遍，没有，又找了书桌柜子，最后在父亲常用的包里找到一个信封，里面装着三张照片，用白纸包着。

三张照片都在农村土楼前拍的，陈绍兴面带微笑，短发，穿白衬衣，看上去很精神，土楼大门敞开，里面堆着一些木料，两个工人爬在屋顶上干活。

就是她，今天在电梯口碰到的那个女人，那模样那气质不可能错。

她来医院干什么？A女儿倒抽了一口冷气，来看父亲？对,恐怕是。一定是。她想干什么？从那张充满生气的脸上，A女儿本能地感到危险正在逼近。

虽然躺在床上，但有时候她会感觉父亲眼睛在盯着她看。他看得到，知道是她在守护他，她想。她相信哪一天会出现奇迹，父亲能清醒过来。

可是，这个女人出现了。为什么她总要来破坏她的生活呢？她一定会把一切都搅乱……

A女儿认定，除了陈绍兴，没有人能说动父亲离家出走。

这一夜A女儿睡得很不安稳。她该做些什么来保护父亲，免受陈绍兴出现的搅乱呢？

二

A女儿是个完美主义者。所谓完美，即非圆，呈方形，有棱角，放在哪里都立得起来，不随波逐流。这就给自己添麻烦，也给别人添麻烦。她对自己很严格，这像母亲，事情就应该这样，人就应该这样……但她长得像父亲。所以长大后她就总跟母亲磕磕碰碰。她的角跟母亲的角顶在一起，互不相让。母亲很革命，事事要求上进，晚饭后在家里读报纸，有重大事件时，会读上一个钟头，跟学校领导一样,还特别认真,要求他们老老实实坐着听。

上了中学以后,母亲叫她争取早日入团,在班级她表现积极,劳动总找重活苦活干。老师找她谈话,叫她写入团申请书,但她支支吾吾不写,就为了反抗母亲。母亲问她,怎么样?组织找你谈话了吗?她总是面色呆滞内心得意地摇头。她希望看母亲失望。全家人都知道母亲在争取入党,但努力了几十年还没有入。虽然党叫干啥就干啥,比如党叫支援新建工厂,她第一个报名,放弃局里干部编制,到郊外工厂上班,来回要三个钟头。她有个姐姐,寄在保姆家,五岁得了肺炎,父亲出差,母亲不请假,照常上班,结果来不及送医院,死了。

A女儿爱看小说,家里有本《林海雪原》,第九回"白茹的心"跟第二十三回"少剑波雪乡抒怀",她看了几十遍,看得心惊肉跳,脸色通红。有一次从书上抬眼发觉母亲正盯着她看,过两天就发觉书上那几页被裁掉了。她一下想到母亲,但不敢说,憋在心里。晚饭后母亲读报时她就跺脚,发出很大声响。母亲可能心中有鬼,忍了几下,但终于忍不住大叫:"不要跺脚。"她不听,照样跺,她豁出去了。你找死呀。母亲跳起来甩了她一巴掌,被父亲抱住了。她想狠狠用眼睛盯母亲,但眼泪却噼里啪啦往下掉,她一下冲出房门,在街上狂走。父亲赶出来,跟在她后面,并不跟她说话。她一直走到江边。夜晚,江水发黑。她坐在码头石阶上,父亲也不叫她,在她旁边坐下。

好久，她目视着江水说，她为什么这样对我？你妈也不容易，她，地主女儿，不得不表现……父亲说。她吃了一惊。她知道地主，小学三年级，班上有个同学写作文时，用了"一位地主"这个词，结果被老师狠批了一顿。黑五类地富反坏右，地主排第一。地主是敌人，母亲原来是地主的女儿，半个敌人，低人一等。难怪母亲要天天大声读报，就怕邻居听不到。

一切好像突然有了答案。

你能答应我以后不跟她顶撞吗？父亲问，看着她，目光中充满了期待。

她知道不能背叛这目光，最终点了点头。

父亲的话打动了她，不是话的内容，而是父亲对她说，让她分享母亲秘密这件事本身。她感觉父亲爱她，这种爱抚慰了她。

以后，母亲说她时，她就盯住母亲看。她是地主的女儿，她想。这使她高傲，占据了精神高地，可以居高临下，鄙视母亲。

她守住了答应父亲的话，但不说并不意味着示弱，鲁迅先生说过，最高的轻视是无言，连眼珠也不转。

第二天父亲带她去山上看鸟。每次，她跟母亲有过激烈的冲突后，父亲都会带她出去看鸟。

父亲总是带三个馒头，里面夹点咸菜，走累了，他们就找个干净地方坐下吃饭。

就是那天她第一次看到红嘴相思鸟。

山里坟墓很多,她看到两只小鸟停在远远的灌木顶枝上。

红嘴相思鸟。父亲对着她的耳朵悄声说。

她举起望远镜,看到两只头顶橄榄绿的小鸟,肥肥的橙色胸部,鱼尾状尾巴呈深黛翡翠色,紧紧依偎在一起,用小喙儿互相梳理羽毛,一只不时发出咕儿咕儿悦耳的啼声。

她从来没有见过这么可爱的小鸟,一下喜欢上了。

为什么叫相思鸟呢?她问。

你看它们总是在一起。父亲说。

不分开吗?

不分开。

她突然羡慕起那两只鸟来,想她也要跟父亲永远在一起。

申请的中止审理批下来,最初的忙乱过去后,A女儿很快上了轨道。每天清早她上医院,带一颗柑,捏出小半碗汁喂父亲。护士开头反对,怕病人呛住,但A女儿坚持,父亲能吞咽,虽然速度慢,每次要等几十秒甚至更久才能咽下去,一点汁有时要喂半个小时。但A女儿很满足,很有成就感,然后她开始给父亲按摩半个小时。她给护士医生带点小点心,面含微笑说几句温馨话。所有人都需要微笑跟温馨话,这是她在办公室工作了几十年总结出来的。果然,没多少天工夫,她跟病房里所有护士医生包括警卫都处得很融洽了。

谁都说她有恋父情结,她自己也承认,不认为这有什么不好。父亲是世界上唯一不会背叛她的男人，这几乎等同于她的信仰。因此父亲失踪以后，她遁入黑暗，好几年像被剪掉了翅膀的小鸟，惶惑内心充满怨气。

医院条件还好，但医药等费用比较贵，A女儿向法院申请转院。族人升的侄女熟悉一家市中医医院的医生，那里条件比市医院差一点，但费用低很多。A女儿想把父亲转过去，但病床紧张，暂时没有床位。升的侄女说等一有床位马上就可以转过去。

为了调节，她常常晚上看电影消遣。有一天，偶然下载了一部阿莫多瓦导演的电影《对她说》，看完以后她呆住了，一整个晚上翻来覆去睡不着。

人是可以被唤醒的……需要性的刺激……电影中贝尼诺每天抚摸植物人女孩阿里西亚，最后让她怀孕的镜头无数次涌出她的头脑，这些画面的暗示是那么清晰，它们的结论是那么显而易见无可躲避——

性……

A女儿不知道该怎么办了。

……总不成让她用性来唤醒爸爸……A女儿被自己这个念头吓坏了。不行，这怎么行！她坚决地对自己说。但奇怪，越是这样想，越是把这个念头压下去，这个念头就越频繁出现在她头脑。去医院看到躺在病床上的A时，有几次，她眼光会无意识停留在他下面的位置上，虽然那个地方被棉被捂得紧紧的。她赶紧把眼光移开，但不用多久，又情不自禁去看它。她赶忙离开医院，想眼不见心不烦。可事情没那么简单，这个念头顽固地停留在她身体里，时不时出来冲击一下她的脑袋。有几个晚上她睡不好，做了一个梦，她手握父亲的下面拼命搓，最后看到父亲突然坐起来，醒来时梦里的情景还留在她头脑里不走，又惊又羞。

A女儿希望自己没有看那部电影，但没办法，她看了，看了电影，她就不可能不做什么，不做她会难受，在良心上责备自己，觉得自己没有尽力。

这是天意，上天大约就是这个意思，A女儿想，要不不会这么巧，让她在这时候看到阿莫多瓦的电影……

A女儿挣扎了几天。有一天去医院，她在床前坐了很久，那天父亲的脸出奇地干净平和，睡着了的样子。小时候她跟父母亲一起睡，偶然一次早醒，看到父亲的脸就是这么干净平和。她突然一阵心酸，想哭，她一定要让父亲醒过来，只要醒一次，她要告诉父亲，虽然他没有告诉她就离开家，让她痛苦了好多年，怨恨伤心过，但现在她愿意原谅他。这么多年来她第一次觉得终于有可能原谅父亲了。

病房里一个人都没有，护工出去吃饭了，还要很长时间才会回来。她眼光又在父亲下面游移，突然，不顾一切地，她伸出手按在它上面，就隔着被子，她开始搓。开头很小心，怕弄坏了它似的，但渐渐越来越用力，她的脸因为用劲而红了。这事并不难，不难，比想象中容易多了。她眼睛看着父亲的脸，试图寻找父亲脸上细微的变化，但搓了半天还是没有出现。

当然不会这么快,贝尼诺抚摸了阿里西亚整整四年,奇迹怎么可能在一天内出现呢?

第二天比第一天坚定多了,她掀起棉被一角,把手直接伸到父亲身体上。她很镇定,没有一丝踌躇。父亲的下面很冰凉,跟父亲身体上任何地方一样。她搓呀搓,非常缓慢地,它一点一点热了起来。她很高兴,好像真切地看到了希望。

以后,事情就变得容易了。每天,在护工出去吃饭那一阵,病房里一个人都没有,她就给父亲搓,一边搓一边看父亲的脸。她觉得,虽然极其细微,但父亲脸上的神色还是有一点点变化。

她没有告诉任何人,这是她跟父亲之间的秘密,像小时候一样。她目标明确,越来越坚信父亲会醒来,不会不听她说一句话就离开。

她为父亲竭尽全力了,谁也不可能做的事她做了,这使 A 女儿自豪。但同时,她感到羞耻,但正因为羞耻,就更加充实。

三

林律师挂了几次电话,林香梅都没接。

会不会故意不接呢?上次见面把电话号码留给林香梅

时，她脸色就很难看，显然不愿意跟他有什么瓜葛。

他打了个电话问村主任，意外得知林香梅已经离开桃花村，搬到 C 城亲戚家住了。

村主任从知情者那里要来地址，林律师挑了个清晨去找她。

早市还没结束，小区大门前路两边摆满了各种摊子，附近农民的菜担子，推板车卖肉的，三轮车卖鱼的、卖水果的，等等，路当中挤满了人。虽然很少买菜，但林律师喜欢菜市场，各种各样的人在闹腾的鲜货中穿梭，空中弥漫着热气，总使他感到一种活力。

林香梅亲戚家门关着，他按了几下门铃，没人应。一个五十多岁妇人从下面楼梯上来，手里提两个装满食品的透明塑料袋，看到他，就说，香梅不在。

出门了吗？她亲戚呢？林律师问。

她最近不住这里，她亲戚在 C 城另外有家，这里平日没人住。妇人说。

林律师不敢透露自己身份，只说有急事要找林香梅，问妇人能不能帮忙打个电话。

妇人富有意味地瞥了林律师一眼，很热心地掏出手机拨了个号码，响了几声，林律师听到林香梅熟悉的声音，刘姐呀——

有人要找你，妇人说着，把手机递给林律师。

我是林抵达。林律师说。

呃？对方愣了一下。

上次我们见过面，杯心老人院……林律师含糊地说，感觉到妇人热热的目光一直盯着他看。

喔，知道了。林香梅声音马上变冷了。

有件事需要你的帮助……

什么事？我很忙。

只耽搁你一会儿时间，你在哪里？林律师问。

你不能到这家来，我现在给人家帮忙。林香梅急了。

当然当然。林律师赶紧说，我们约在那家附近的咖啡店怎么样？我请你喝咖啡。

那好吧。十点钟，在某某路的上岛咖啡店见。林香梅懒懒地说。

某某路是C城高档住宅区，附近有好几家有名的咖啡店，女儿从美国回来时，经常跟朋友约在那里喝咖啡，有时林律师会开车送她去，所以对那一带很熟悉。

你以后不能再来找我了，我找到一个好人家，你们警察不能破坏一个公民的正常生活。林香梅一看到林律师就半撒娇半认真地说。她穿了一件很时髦的红色连衣裙，黑紧身裤，头发烫着，染成棕色，姣好的脸上洋溢着一片光彩，看上去像城里时髦的年轻人，虽不合年纪，但不使人讨厌，显得有点可爱。

她用公民这个词，使林律师微微发笑。林律师一笑脸就显得很和善，这，好几个人说过。林律师知道这个，有时候为了让谈话对象安心会笑一笑,但这天不是,林香梅是真让他笑了。这也许就是这个女人的魅力。他想。

我不是警察。他说,我是律师。

反正都一样。

坐下来以后,林香梅叫了一声服务员,也不看菜单,就点了一杯卡布奇诺。能点个甜品吗?她问。

可以,你尽管点。林律师说。

再来个提拉米苏,林香梅对服务员说。我喜欢这里的提拉米苏,你要不要也来一个?林香梅问,口气使人感觉好像是她在请林律师。

不要,我不吃甜点。林律师说。

可惜可惜,这么好的东西。林香梅毫不掩饰自己的某种优越感。

林律师又笑了,想,这个女人不知从哪里学来的这种小资腔调。

等咖啡跟提拉米苏上来,看林香梅有滋有味吃了几口,林律师才从包里拿出 A 女儿给的照片,你对这几个人有印象吗?

林香梅接过照片仔细看了一会儿,说,这三个人见过,她用手指陈老师夫妻跟何老师。大家叫他陈老师,她是陈老师老婆,大家叫她赵老师,他叫何老师。

你到杯心老人院时他们就都在里面了吗?

林香梅点了点头说,对,都在。呃,我刚去时何老师好像去哪里了，几天后才回来，不过他房间里东西都在，我进去打扫过。

何老师妻子你没见过吗？

没有。他一直一个人。陈老师跟我说过他妻子在美国，不愿意回来，而他不愿意去，就一个人留在C城了……

林律师瞥了一眼照片上的何老师，个子瘦小，戴眼镜，长脸，穿蓝色条纹西装，一副不苟言笑的模样。

你是不是觉得他很难相处？林香梅顺着林律师的目光也看了何老师一眼。

也许吧。林律师模棱两可地说。何老师属瘦型人，这种型的人他接触过几个，都有癖。

他有怪癖，林香梅说，几乎一整天不说话，就抱着书看，到了吃饭时间，你要不叫他，他肚子也不饿，你叫他他肚子才会饿。真怪。不过他从不发脾气。有一次，他端汤时把整碗汤都洒在地上，也不说，就这么走过去，坐下来吃饭。我看见，急了，骂了他几句，他也不回嘴，光听着。我心就软了，又给他装了一碗汤，他端起来就喝，一句道谢话没有，真让人生气。其他老师从来都会说谢谢，就他从不说。

他只是不善于表达……林律师说。

喔，陈老师也这么说。不过，呃，有说过一次。那天下雨，他散步回来浑身淋透了，我不让他进去，怕水弄湿屋子，叫他在门口换衣服，但他死不换裤子。我说不换裤子你就不能进去，谁帮你擦地板？他真的乖乖站着不动。我看他可怜，就说，算我倒霉，你进去吧。你说怪不怪，他说了声谢谢，吓了我一跳……

他是有名的数学教授，对函数很有研究。林律师说。他不愿意林香梅对何老师抱着这种印象。林律师在网上搜索过，何是有些名望的学者。

陈老师也这么说，不过，有什么用？这种人如果在我们村，早就饿死了。谁会每天三餐叫你吃饭，你要不来你的份早被人抢光了……林香梅说。

他后来呢？林律师问。

不知道，有一天突然就没了。那几天母亲生病我请假回家，回来时没看到何老师，问陈老师，说他死了。

他有病吗？林律师问。

没看到他吃药，不清楚，别人也没提过。林香梅说。

有人来看过他吗？林律师问。

反正我没看到过。有时我也奇怪，他儿子跟妻子不是在美国吗？怎么就没来看过他？想来是他把他们得罪了……

他死后怎么处置你知道吗？火化了？

林香梅摇了摇头说，不知道，我也觉得奇怪，人死了，总得抬出去烧吧，但从没见火葬场车来过，你知道，那么小的地方，来一辆火葬车就是一件大事，谁都会知道。

你问过陈老师他们吗？

当然问过。林香梅说，但就这一件事谁也闭口不提。

陈老师只说何老师走得很安宁，他去了他想去的地方了。我追问什么地方，陈老师说你以后就知道了，但直到今天我还是不知道。算了，也不想知道了，反正人总是要死的，死了以后去哪里还不一样，只有活的时候在哪才不一样。林香梅语速比平常说话快，像背书一样。

林律师直觉她在撒谎，但她看起来什么也不会说……会不会连老村主任也是个同谋？他突然想。

杯心老人院一共住过几个人？林律师换了个话题。

十一个。林香梅想了想说。

你进去的时候就十一个人吗？也许是吃了提拉米苏，她心情变好了，林律师想，第一次感到甜食在女人身上起的微妙作用。

开头十一个，后来陆陆续续少了，后来又多一个，不过总共没超过十一个。林香梅很肯定地说。

他们平日是怎么度过的？

各干各的，不过大家每天都打坐，有的念经，有的不念……

你记得他们的名字吗？

记不全。他们平日不叫名字，都叫何老师黄老师什么的……

不管叫什么，你能把这些人的称呼写下来吗？

林香梅没有踌躇，用林律师的圆珠笔把这些人的称呼一一写下：

A

陈某某老师夫妻

林老师

小黄老师（后进来）

老郑头

春瑛

韵君（铃兰母亲）

瘦何某某老师

胖何某某（后离开）

黄某某老师金某某老师夫妻

他们把尸体怎么处置了？林律师想，把纸很细心叠好，收进包里，正准备拿出黄太白儿子照片，突然听到林香梅发出一种娇滴滴女人味十足的声音说，说了这么多，我饿了，你要不要酬谢一下，请我吃一餐好吃的？

没问题，你想吃什么？林律师问。

我想吃日本餐。林香梅说。

林律师愣了一下说，除了日本餐，什么餐都行，我不能吃生鱼片。

这是实话，林律师吃不来生东西。

那就吃意大利餐。林香梅说。

C城最热闹的街口，新近开了一家意大利餐馆，林律师还没有进去过。

你的口味很丰富呀。好。林律师打趣她道，心想这女人把他视为猎物了。

真的可以吗？太幸福了，谢谢林律师。林香梅像小女孩叫了起来。

女人真跟孩子一样，说变天就变天。林律师想。

林律师到了意大利餐馆，香梅仔细看过菜单，点了一份有蔬菜沙拉的比萨套餐。林律师要了一份意大利面。

你不想再要点别的？林香梅盯着他说。

他摇摇头。

林香梅好像松了一口气似的说，吃饭我请客……

林律师瞪大了眼睛问，为什么？

我有件事要请教你，你是律师对吧？

对。什么事？

那家里的老头对我有意思……林香梅说，脸莫名其妙红了起来。

哪家里？林律师问，现在的东家吗？

对对，就那老头。他是老干部，过去是卫生厅厅长，医院都归他管，底下有好几千号人，退休后一个月还能拿一万五千多块钱，医药费全报，有小车用，住房二百多平方。我在犹豫，你说，要是我跟他结婚，他房子能归我吗？

他有儿女吗？林律师问。

一个儿子一个女儿。儿子在外地，很少回来。我来了以后，女儿回来勤了，问这问那，监督我似的，怕她老爹跟我太亲近。

老头说把房子留给我，还有存折。我说空口无凭。他说可以签字。我决定了，他要不结婚我就离开他。

要有遗嘱，还得公证。林律师说。

呵，对。要不他老头一死，他女儿不找我打架？我凭什么要伺候他到死，给他按摩，一天两次，一次一个小时，每天做好吃的，伺候他跟老爷一样。你看他的照片。林香梅打开手机，把老头照片调了出来。

老头红光满面，身体很壮，看上去不像有八十岁。

我可不是坏女人，也是没有办法，不像你律师赚大钱，我有什么？要没点积蓄，生病都不敢，除了钱，我靠谁？老头倒也精明，工资卡牢牢抓着。再说，我也不贪，没想得他所有东西，我只要房子，工资、存款就归他儿女好了。

我叫老头立遗嘱，你帮我写个稿，我叫他照抄就可以了。林香梅说。

行呀。你把房子的产权证、你东家和你的身份证复印一份给我。林律师说。

好，我的事说完了。现在你问吧。林香梅说。

你看看这张照片。林律师从包里拿出黄太白儿子照片。

他是你说的小黄老师吗？林律师问。

对呀。林香梅说。

你知道他是医生吗？林律师问。

知道，他给其他人看病。

他什么时候住进来的？

三年多前吧。

跟黄太白信里说的失踪时间一致。林律师问，后来呢？你最后一次见到他是什么时候？

去年春天，三月吧，他起不来床了，疼痛经常发作，人越来越瘦，躺了两个月床，剩得皮包骨头。记得那天院子里的桃树开花了，他喜欢桃花。临回家前，我摘了几枝，找了个玻璃瓶插上，放在他房间。他很高兴，说谢谢我。第二天就没有见到他了。林香梅说。

那时候老人院里还有几个人？

除了A，还有一个就是林老师。

就是A案件中的林老师吗？林律师不自觉地没有用杀这个字。

对。林香梅说。

事情发生那天你在杯心老人院吗？

在。不过A叫我第二天不用再来了……

这是说杯心老人院要关门了吗？

是。A说多发给我三个月工资，可是，你说，这算什么？能这样解雇人吗……林香梅恨恨地说，哼，不过，那时，我就知道林活不过晚上了。

你怎么猜到的？

嗅出来的。

嗅出来的？

对。我发现了几次，只要 A 一整天不进食，只管打坐，第二天总有一个人失踪。林香梅有点恶毒地说。

呃——原来是这样，那一瞬间林律师断定向公安局报案的一定是林香梅，作为 A 解雇她的报复。

你想过没有，那些失踪的人到哪里去了？林律师问。

我也觉得奇怪，不过，这跟我有什么关系？我只要能拿到工资就行。

林律师知道林香梅绝不是拿到工资就能满足的女人。他想她一定知道，但就算她对 A 有很多抱怨，这一点她还是会替 A 保密。

林律师让林香梅记下她记忆中十一个人的称呼、失踪的顺序，又问了几个问题。

这餐饭最终还是林律师付的钱。林香梅分手时跟他说，你这个人不错，我知道我在你眼里是什么东西，不过，你还是陪我来了……林香梅眼里竟然出现了一丝丝依恋的神情，除了你，你们这种人谁也不会陪我到这么好的餐馆吃饭……以后有事就说，我也不会让你请吃饭了。

这倒弄得林律师有点狼狈。

离开林香梅后，林律师回到办公室，复印了几张名单，一份发给刑警，让他查查失踪人员里有没有这些名字。

我先到火葬场去确认一下。刑警说。

对，我也这么想。林律师说。

过两天，刑警给林律师电话，告诉他火葬场没有这些名字。

既然连林香梅都不知道,那些人的尸体到底去了哪里?

四

第二天天一亮A女儿就起床,饭也没吃就往医院跑,那种不安没有因白天的来临而减弱,反而加强了。

看到父亲安安稳稳躺在病床上,伏下身子,听到他微弱的呼吸声,A女儿才略略放心下来。

上了楼,她看见孙护士在值班室,就问昨天有没有人来探望过父亲。

没看到,怎么,有什么人要来吗?孙护士说。

有个亲戚说要来看父亲。A女儿随口说。

护士忙进忙出,不一定就能看到每一个进出病房的人。她准备再问一下隔壁床家属,但等了半天老太婆没来。

会不会她不是来看父亲的?A女儿想,但不论怎样,这事应该告诉林律师。

A女儿看了看手表,已到上班时间,就给林律师拨了一个电话。

没人接听,林律师不在。

她下了电梯,到附近小吃店吃了一碗锅边糊。小吃店虽然简陋,但料放得足,味道不错,每天客人都很多。

走出店后她给A的大儿子打了个电话,说了陈绍兴来医院的事。

她怎么知道父亲住在哪个医院？大儿子问。

A女儿说，从网上看到的吧？

网上没有父亲住哪家医院的信息。大儿子肯定地说。从C城回家以后，每天，大儿子都会上网查有关父亲的消息。

那……

一定是她有意打听……不过，她为什么这样关心父亲呢？大儿子自言自语地说。

父亲的失踪肯定跟她有关……A女儿脱口说出这句话，自己吓了一跳，很多事情似乎连成了一片。

一个九十岁的老人，对她有什么用呢？大儿子说，你回家再找找看，有没有父亲跟她来往的记录……如果父亲的失踪真跟她有关，你可以找她了解一下情况。

A女儿没回答。她不想去找陈绍兴，她害怕跟她有任何瓜葛。

除了林某某，这些年父亲跟谁经常在一起？说不定其中有我们认识的人……大儿子说。

是呀，怎么从来没这样想过？A女儿下午回到家，把父亲东西又翻了出来，一件一件看过去，最后目光停留在一张毛笔画上。

这画她看过几次了，从来没觉得有什么。

画中央一张床，上面躺着一个人，是女的，床头站着一个男人，床边围坐着八个人，日期是二〇〇七年十月三日。

画风很熟悉，应该是父亲在大学的画家朋友画的……黄晋华。对，就这个名字。她叫他黄叔叔。他教国画，还会一种绝活——微雕，把比蚂蚁还小的字雕刻在一枚印章里。他经常来家跟父亲一起喝酒。他爱喝福建老酒，父亲爱喝二锅头，他来时就带一瓶福建老酒，很想让父亲喝。但父亲永远拿出一瓶二锅头，他们俩老为了这事吵架，都说自己的酒好，谁也不服谁，喝了多少年都一个样。两人喝酒不要菜，只要花生米，这点两人意见很统一，都只要B县红皮小花生，不要名牌蒜味或大花生米。他妻子叫金敏娜，A女儿叫她金阿姨。有时金阿姨也来，跟父亲一起喝二锅头，从不跟老公喝福建老酒。这种时候母亲就也喝上了，陪黄叔叔喝福建老酒。黄叔叔高兴起来就说金阿姨，你北京人懂什么？C城人自古就爱喝福建老酒。父亲就反驳他，说自己从小就在C城生活，怎么就爱喝二锅头。你当了几年兵变种啦。黄叔叔大声说。于是他们俩又开始争执。

他们有一个女儿在美国留学，公派，好像很早，上世纪八十年代初就出去了……

母亲去世后的二〇〇七年十月到二〇〇八年之间，父亲身边到底发生了什么事？画上的这些人是谁呢？她又想到陈绍兴，她一定知道，问她最方便不过了……但坚决不行。

A女儿把父亲的相册拿出来，一页一页翻过去。照片下角有时间标注，二〇〇七年十月以后的总共有十来张，除了两三张，其余好像都是在家庭聚会上拍的。

这些人的名字A女儿都记得，包括他们的儿女。胖何老师有三个女儿，两个到澳大利亚留学了。另外一个念什么大学？记不起来了。瘦何老师只有一个男孩，从小书念得特别好，一中优等生，考上清华，毕业后到美国念硕博，以后就留在那里。陈老师没有孩子，夫妇两个都是大学教授，一个教历史，一个教物理，感情特别好，从来形影相随……

二〇〇七年十月到二〇〇八年春节之间，一定发生过什么事，跟父亲的失踪有很大关系，这些人当中一定有知情者。A女儿想，第一个就找胖何老师，他家过去也住这个大院，后面的十一号楼三层。

这些年，C城建了许多新楼，很多人家搬走，剩下的老住户已经不多了。

第二天A女儿找过去，从楼里出来一个面熟的老妇，问她，问她，说何老师住养老院，他妻子走了，现在他们女儿住在里面。

哪一个女儿呢？但愿不是何丹。A女儿想。

A女儿跟何丹同龄，初中曾经同班过三年。何丹长得一般，一直是班委，学习成绩中上，活泼上进，喜欢表现。A女儿数理化成绩居中，但英语跟语文总位居班上前两名，因为长得漂亮，有许多男同学暗恋她，但她不知道。有一年，班上排一个小剧《风吹桃李》，剧情很简单，一女中学生捡到一个钱包，失主是一孤寡老太太，通过归还钱包她们认识了，女中学生热心帮助，使老太太重新获得生活热情。学校音乐女老师导演，她开头选Ａ女儿演女中学生，何丹演老太太。但何丹想演女中学生，找音乐老师要求调换角色。音乐女老师开头没同意，何丹又去找班主任，让他去跟音乐老师说。班主任是剧作者，音乐女老师最后勉强同意，把Ａ女儿换下来，叫了另一个女同学演老太太，说Ａ女儿不适合演老太太。

几个男配角演员不服气，怂恿Ａ女儿找音乐女老师，但她不去。

演出很成功，获得了市里的奖，何丹大出风头，由此被评上市三好生。但从此，Ａ女儿跟她有了淡淡的过节，虽然见面照样招呼，但上下学从没有走在一起了。

Ａ女儿依照老妇的指点，找到三楼靠左边单元。

铁门很新，深灰色，跟楼道肮脏陈旧的墙壁成鲜明对比，门两边贴着一副对联——春雨一篇苏子赋，秋烟半壁米家山。

Ａ女儿按了按门铃，没有人应，等了一会儿，又按了几下，还是没有动静。Ａ女儿有点失望，离开前往门缝里塞了张纸条，写上自己名字跟电话号码。

父亲这些年怎么过的？跟谁在一起？难道说他真杀过人？为什么他非杀人不可呢？难道非找陈绍兴才能弄清这一切吗？

五

林律师在网络上搜索过好多次陈绍兴，但每次输进名字后，总跳出一百多万条信息，有海军出身的领导，有阿里巴巴旺铺，有公司产品大全……什么也没发现。没办法，他只好交代年轻助手，年轻人比较在行，经常能从网络大海中淘出宝来。

果然，不到一天工夫，助手就查出几条跟他的陈绍兴有关的信息，集中在一个话题上——女作家陈绍兴：追问安乐死的现状……

二〇〇七年底C城地方报纸的电子报刊，有介绍陈绍兴的讲座，主标题是她写的一本书——《选择安乐死——另一种完结》。

演讲的内容包括三方面：一，什么是安乐死；二，国外安乐死现状；三，高龄者的安乐死。

有两张当时讲座的照片，一张是会场正面，讲台右侧竖着一广告牌，陈绍兴站在正中央，手上拿着话筒，左侧摆张桌子，后面坐着一个中年男人，台底下看见几排听众的背影，大约有十几二十来个人。另一张是会场侧面，可以看到一些听众的侧脸。

林律师把照片放大，仔细观察每一张听众的脸，发现坐在第一排边上的那个人长得很像A。

把这本书找来，林律师指着照片上的书名对助手说，另外，把这个人跟A的照片对照一下，看是不是同一个人。

果然是，很快助手的答案就出来了。

把每个人脸放大一下。林律师指着侧面那张照片吩咐助手说。

助手走后，林律师坐在办公桌前，看着照片沉思了好久，这是哪里的会场？不像书店，会场虽然不大，但每排椅子前面的桌子都铺着桌布……

演讲日期是二〇〇七年十一月五日，距离A妻子去世大约半个月……不对呀，十一月五日，这个日期好像在哪里见过……

他想起什么，跳起来，抓起公文包，抓出A记事本复印件，果然，日记上记着：十一月五日，西湖宾馆上午十点。

二〇〇七年十一月五日A去西湖宾馆是为了听陈绍兴讲座。

一个小时后林律师出现在西湖宾馆大厅，女总经理接待了他。

这个会场是你们这里的吧？林律师拿出照片。

是。女总经理说。

这个人你认识吗？林律师把坐在台上左侧中年男人放大照片拿给女总经理看。

女总经理笑了，说，认识，他原是这里办公室副主任，提早退休了。

你能不能帮忙打个电话，我想去拜访他。林律师说。

当然可以。女总经理说，马上拿起电话，又写了张纸条给林律师说，这是薛志芳家的电话号码。

门打开，林律师看到一个上身长下身短的矮小男人，戴眼镜，说话声音有点像女人，很斯文的样子，头上扎一块红布，运动衫，拖一双紫色的透气塑料拖鞋。

快请进快请进。他说。闪到一边，让林律师进门。

窗帘拉着，厅很暗，开着灯，暗红色的胡桃木地板，中间铺着一块色彩鲜艳的高级地毯，四面墙角各放一个大音箱，正播放着音乐，是小野丽莎的《西波涅》。

去年小野丽莎来C城演出，朋友送过两张票，那旋律林律师听过一次就记住了。

音响效果非常好。林律师在沙发上坐了下来，环顾了一下四周说。

大家都这么说。薛志芳说。

这些旧东西，效果比现在的还好。林律师说。

看来你也是个内行人。薛说着，拿起遥控点了一下，音乐停了，想听什么？

靠墙红木台子上放一台老式唱机，边上架子上放着几排唱片。

有卡朋特的《昨日重现》吗？林律师问。

恰巧有。薛志芳说，站起来，从架子上找出一张唱片。

两个人闭上眼睛，静静地任卡朋特的声音在房间里流动。有一瞬林律师真的把什么都忘了。他喜欢卡朋特的声音，那声音里充满了生活隙缝堆积下来的沧桑。

您看，光顾听音乐，差点把您的事都忘了。听完音乐，薛志芳说，我准备了一本书，应该是您需要的，您先翻翻，我去泡茶，肖总已经把您的来意都告诉我了。

他把茶几上的一本书推到林律师面前，陈绍兴的《选择安乐死——另一种完结》。

林律师看着男人微微跛着走进厨房的背影想，这个人很有趣，他跟陈绍兴是什么关系呢？

林律师拿起书的时候，闻到一丝轻微的香水味，不是从书里发出来的，他凑近沙发闻了闻，对，是上面发出来的。这味道他熟悉，但一时想不起来在哪里闻过。

几分钟后，薛志芳端了个托盘进来，茶壶很精致，两个茶杯，他泡了一杯茶，放在林律师面前。

西湖龙井，朋友送的，今天第一次泡。薛志芳说。

林律师尝了一口，味道很纯正，这么好的龙井普通市面上是买不到的。

这本书我能带回去看吗？林律师问。

当然可以，就是准备送给您的。薛志芳说。

您记得那天这本书发布会的情景吗？林律师问，把几张照片摆了出来。

薛志芳拿起照片一张张看过去。西湖宾馆弄过几次新书发布会，那是第一次，所以印象还是有的。

那天来的听众多吗?

比预计的多。原先估计这个题目没多少人感兴趣,没想到倒来了不少,包括一些年轻人。

有多少?

三四十个吧。

有这个人吗?林律师拿出一张 A 照片。

记得。这个人会后留下来,跟陈老师聊了很多。

有几个人留下来?

七八个吧。男人说。

都是老人吗?

差不多,也不一定,有几个年轻的,记不清了……

都聊了些什么呢?

杂七杂八的,想不起来,总是有关安乐死的吧。

这个新书发布会是谁组织呢?林律师问。

出版社一个朋友介绍过来的。薛志芳说,刚好那段时间我们宾馆也想搞一些活动,就同意了。

你们原先跟陈老师不熟吗?

不熟。那次会上是第一次见面。

后来还有跟她联系吗?

有过几次,有些听众想买书,要陈老师签名,麻烦过她几次。薛志芳说。

现在呢?

完全没有联系了。薛志芳说,怎么?您想联系她吗?

要不要我问一下出版社的朋友，或许他跟她还有联系。

谢谢，到需要的时候就拜托你。林律师说。他直觉男人在撒谎，他跟陈绍兴还有联系，甚至知道她现在在哪里。

离开薛志芳家，在打开车门的一瞬间，林律师突然想起来，那天陈绍兴身上就散发出这种香味……是，应该不会错，林律师对自己的气味记忆很有信心。如果这点确实，那么，很可能，他到薛志芳家的前一刻，陈绍兴正坐在他坐的那个沙发上。

假定薛跟陈绍兴真有关系，审讯A的那天，他应该会出现在法庭上，林律师想。

把那天审讯A的法庭录像全部调出来。回到办公室，林律师对助手说。

每次出庭，林律师都会吩咐助手把审讯经过和在场的每一个人都拍下来，作为档案保存。

果然，没花多少时间，录像画面中就出现了薛志芳的面孔，他坐在前面第二排，距离律师席位很近。

林律师拿出女总经理写的纸条，在薛志芳家电话号码下面写上陈绍兴的手机号，然后给刑警打电话，请他查一下从前从一个号码打出去的电话中有无后面这个手机号。然后他让助手去搜集一下有关薛志芳的所有资讯。

很快，回音来了。

没发现这个手机号。刑警说。

怎么会呢？难道她还有另一部手机？还是说……他们

联系的时候连手机都不用？他自言自语道。

有关薛志芳的报告：薛志芳一九八〇年毕业于某大学，进入A市政府工作，一九九〇年辞职留学澳大利亚，二〇〇〇年回C城创立了新海广告公司，二〇〇五年转让，进西湖宾馆任办公室副主任，二〇一六年离职。

此人独身，经历丰富，交友甚广，在西湖宾馆口碑很好。

查一下薛志芳的车型颜色与车牌号，林律师对助手说，也许哪一天有用。

林律师目光在报告单上停了好久，头脑里浮现出薛志芳扎红头巾的脸，这个人做事细心周到，兴趣广泛，人缘又好，如果他是陈绍兴在国内的联系人，许多事情很轻易就能办到……

林律师又想起那股淡淡的香水味，会不会她经常出入薛家，或者干脆就住在那里？

林律师不想惊动刑警，就打了个电话给熟悉的侦探老赵，让他盯住薛家，监视进出薛家的女人。

六

两天过去，A女儿没有接到何丹电话。

这天中学同学聚会，晚上，约在钦龙大酒家吃海鲜。

这些年微信发达，A女儿手机上有几个群，大中小学同学，几十年没见的人突然就冒出来了，常常名字有点熟，但脸认不出，跟名字对不起来。

因为父亲失踪后A女儿不想回C城，常年都在外地，所以这是她第一次参加中学同学聚会。

没见到何丹，意外见到平日跟何丹联系很多的沈，她告诉A女儿说何丹去北海道旅游了，她父亲住在郊区的老人院。

痴呆了，连何丹都不认得……沈说。

A女儿问了何丹父亲住的老人院，第二天就去了。

老人院在C城中心，名字很好听，叫恭和苑，何丹父亲住在三层一个两人间。

房间拉着布帘，靠窗床上躺着一个老人，身上盖着被子，两只手腕被绑在床架上，她看见床头贴着一张纸片，写着何某某。

看到她走近，老人用眼睛瞪她，目光锐利发亮，枯瘦陌生的长脸。她吓了一跳，不敢相信，眼前的老人跟何老师是同一个人。记忆中的何老师文质彬彬，戴眼镜，说话前，总喜欢从口袋里掏出一块雪白的手绢，捂住嘴巴，轻轻咳一声才开始说，吐字清晰，细声细语，目光亲切，用您称呼她，好像她跟其他叔叔阿姨一样是大人。但眼前这个老人使她害怕，她往后退了一步。

你是谁？老人张开嘴，发出浑浊的声音。

我是小云，来看你了。A女儿赶紧回答，想起沈说何老师几年前就痴呆了，经常连自己家人都认不出来。

小云小云，老人嘟囔着，好像在想什么，你是Ａ的女儿小云，是吧？

Ａ女儿吃了一惊，没想到老人会认出她来，点了点头，说，是，我是小云。

Ａ在哪里？我要找他……老人双手抓住床架，挣扎着想坐起来，但上身微微抬起，就又落了下去。

Ａ女儿这才发觉，老人的身体也被绑在床上。

挣扎了几下，老人突然狂躁起来，嘴里发出啊啊愤怒的声音。

Ａ女儿赶紧抓住老人的手，说，何叔叔，爸爸来不了，他也在住院……

你就是Ａ女儿小云呀，我倒要看看……

Ａ女儿听到旁边有人说话声音，一看，不懂什么时候隔壁床布帘打开了，床边坐着一个老太太。

每个来看他的男人，他都把他当作Ａ，每个来看他的女人，他都把她当作小云，把自己女儿都当作你了……老太太说。

呃，原来这样。Ａ女儿想。

他整天在叫Ａ的名字，叫他来把他接走。隔壁床老太太说。

接走吗？Ａ女儿吃惊地反问道。

好像是你爸爸答应过他，要把他接走。

是吗？Ａ女儿说，他在说糊涂话。

好像不是，老太太说，他有时候头脑清醒着呢，他说过好几次，A有两个儿子，一个女儿，大儿子叫某某，小儿子叫某某，女儿叫小云……没错吧？

A女儿点点头，看了老人一眼。

你爸爸答应来接我走……老人很生气的样子，他怎么不守约？

接您到哪里去？A女儿问。

天堂。老人说。

天堂？

他说的是死。老太太解释说，他经常半夜叫，我要死我要死，A你快来接我去死，吵得别人不得安宁，护士只好把他嘴堵住。

堵？A女儿问。

把布塞进他嘴里。老太太说。

什么？A女儿一惊，头脑出现一幅阴暗的画面。

有什么办法，他太吵了。老太太说，觉察到A女儿的不快。

这时候，一个护士模样的人走进来，她们中断了谈话。

不能给他松松绑吗？A女儿问。

不行，一松他就会跑掉，弄了好多次了，谁也没法负这个责任。护士走到老人床前，拍了拍老人的面额，问，今天都好吗？

老人不理她，把脸扭到一边。

你要听话，听话了就带你出去兜风。护士笑笑地说。

兜风吗？A女儿问。

逗着他玩的。护士对A女儿悄悄说。

A女儿吃了一惊，突然非常同情起老人。

他住进来多久了？A女儿问。

有七八年了吧。护士说。

A女儿打了个寒战。

走出老人院时A女儿很伤感，想起过去父亲说过，进了医院你就身不由己，就任人宰割了。

把自己交出去？像这样，能把自己交出去吗？A女儿想起护士那张轻松带笑的脸，越想越恐惧，突然觉得父亲还是幸运的。他没有意识，已经不知道自己还活着了。

七

林律师离开薛家后，陈绍兴打开卧室门，从里面走了出来。

到了C城以后，她一直住在这里。薛志芳是她前夫弟弟，当年他们仨一起住过很长一段时间，虽说后来她跟老公离婚了，没有孩子，但薛志芳很欣赏她。他们关系一直很好。

都听见了？薛志芳问。

这么近，能不听见吗？陈绍兴说。

林并不相信我说的话，他已经注意到你了，我看你还是打消那个念头吧。薛志芳说。

不可能了,你知道,我是特地回来处理这件事的。陈绍兴说。

那太冒险。薛志芳说。

陈绍兴耸了耸肩膀,没有回答。

要不你交给我来办。薛志芳说。

不行。这事不行,我亲口答应过 A。陈绍兴说。

薛志芳不说话了,沉默了一会儿说,我去给你泡一杯咖啡。自从回国以后,陈绍兴吃得很少,经常只喝点咖啡果汁酒一类饮料。

陈绍兴点了点头,薛志芳离去后,她陷入深思。

陈绍兴看到薛志芳发来 A 在法庭上的录像时,第一个念头是,为什么 A 要闷死林,而不用通常的药呢?还是说药出什么问题了?

但很快,这个问题被忽视了,一是无意识在抵制她往下想,二是有更大的问题需要她去解决。

她突然决定回 C 城,出现在薛志芳面前时,他大吃一惊。

你这种时候回来干什么?薛志芳问。

我要去医院看 A。她说。

我不同意,姐。薛志芳叫了起来,你看录像不就可以?我录得足够清楚了。

陈绍兴没有回答。一定要亲眼看到 A,她才能懂得他的状况。她不相信视频,画面会产生错觉。你以为懂了,但其实没懂，甚至更糟。懂是视听触嗅觉的组合，要用五官去触摸，像学游泳，在岸上比画没用，一定得下水，身体得到水里才行。

更不用说Ａ的事了。

陈绍兴一次又一次看法庭上Ａ躺倒在地上的录像。她发现，虽然他身上"不要抢救我"几个字异常醒目，但周围没有一个人的目光停留在这几个字上，哪怕一秒钟，包括来抢救的医生护士。

谁都无视，就像那几个字根本不存在。

为什么他们可以这样无视一个人的意思表达呢？Ａ明白说了他不想要人抢救，虽然没用嘴，但文字表达得非常明白。他们怎么可以把自己意思强加在Ａ身上呢？

当然，陈绍兴知道，医生有医生的立场，护士有护士的立场，当时在现场的每一个人都带着自己过去的历史站在那里，理所当然在做自己认为应当做的事。

没有人尊重Ａ的意愿。但在陈绍兴看来，一个人的意愿至关重要，比天还大。

什么都没有变，陈绍兴想，从来就是这样。那时候她还小，父亲躺在医院病床上，肝癌晚期，上世纪六十年代末，化疗后父亲变得很瘦很小，印象最深的是父亲在床上打滚，痛得死去活来，大叫，谁来给我一枪让我死！你们让我死，让我死！

那画面那声音到现在还出现在她头脑，令她心酸。

可是没有人理他，母亲拼命叫医生打吗啡，但越来越不管用，最后隔不到半个小时痛就再次发作。

折腾了半年多，她算得清清楚楚（父亲从住院到死总共是二百零一天），父亲终于死了。死去以后，父亲的脸变得异常安详，好像解脱了，痛苦被死抹平了。

那张脸也永远刻在她心里了。

随着年龄增大，她越来越经常想，那二百零一天，对父亲的意义是什么？父亲是活着，他在呼吸，他心脏在跳动，他还能说话，一直到最后，头脑都非常清晰。但那能叫活吗？能呼吸，心脏能跳动，头脑清晰，这些一般意义上的活，在那么激烈痛苦的煎熬下，活唯一的意义就是受苦跟煎熬。

父亲几十次几百次呼叫过让他死，让他早点解脱，但没有一个人理他。

后来她终于想通了，那二百零一天，对父亲是负意义，父亲是为了满足身边所有人，包括她的心愿而活着，不，准确说不是心愿，而是某种惯性。每个人都出于惯性做出相应的举动。

她并没有那个心愿，看到父亲那么挣扎，她觉得父亲早点解脱了好，她问过母亲，母亲也说同样的话。医生呢？护士呢？虽然她没有问过，但他们的眼神都流露出对痛苦的恐惧。但没有一个人出来阻止父亲活。医生护士的职责是让病人活，多活一天算一天。母亲跟她的职责是听从医生的话。

所有人都是帮凶，包括她。

当死亡来临的时候，为什么要阻止它？为什么不尊重父亲的意思？为什么要把活强加在他身上，让他遭受那样的煎熬呢？

陈绍兴用了二十年慢慢把这个问题想通了——那二百零一天对父亲来说毫无意义，但对她有，父亲用生命教会了她，让她懂得了——当死亡来临的时候，不要阻止它。

有没有一种好的死法，像好的活法一样？

有一年回国见到 A。A 问她，万一他是杯心老人院留下来的最后一个人，她会回来帮助他死吗？

会，我会。陈绍兴坚定地说。

那我就交给你了。A 说。

你放心。陈绍兴说。

那次临分别时，她轻轻抱了一下 A。

是的，她会，无论遇到什么样的事，就算她病了，她也一定会回来，一定会亲手帮助他死。陈绍兴知道，除了父亲，世界上只有 A 才会完全遵从她的意愿，绝不会违背她去做一件她不愿意做的事。他曾经忠诚于父亲，现在忠诚于她。如果她哪一天不想活了，叫 A 杀死她，A 会，但母亲不会，世界上任何其他人都不会，包括抵达。A 有一种忠诚的基因，他本来也可能不会，但是他恰巧接受过那种命令，通过忠诚他明白了里面的意义。其他人想通过理性通过考量是很难明白的。

陈绍兴没有接受薛志芳的意见，回C城第二天下午就到医院见了A。那天晚上，她给A女儿挂了一个电话。她觉得必须找A女儿谈一谈。她希望A女儿能接受她的，也即她父亲的意愿。

喂——哪位？她听到了A女儿优雅温和的声音，光从声音听，A女儿一点都不像A。

我是陈绍兴。她说。

沉默。一种紧张从话筒那边传了过来。

等了一会儿，她没有听到对方回答，就重复了一遍，我是陈绍兴，你是A女儿吧，我们小时候……没等她把话说完，啪一下，对方把电话挂断了。

并没觉得意外，陈绍兴苦笑一下，从手机里给A女儿发了一条短信——我是陈绍兴，也许你不想见我，但我想我们还是应该见个面，不为我，为了你父亲。有关你父亲的事情，有许多话我要对你说。

没有收到A女儿的回信。但陈绍兴不急，知道急不得，她想等几天看看情况再说。

八

这天下午两点钟，看A已经入睡，A女儿跟护士打了一声招呼，下了电梯。走出医院时，她松了一口气，不管已经多习惯，医院还是给她一种压迫感。

虽然林律师建议她见陈绍兴，但她下不了决心，一想起她胸口就堵上一块石头，她觉得要迈出去的一步超出了她的承受能力。

天气很好，阳光照在路边的青草地上，水珠晶莹发亮，刚才应该下过一点雨，但医院里完全没有感觉。病房没有四季，时间在病人床前死了。有时，待久了，A女儿会感到头脑发虚，看父亲觉得非常陌生，不知道自己在这里干什么。

走到十字路口，站在路边等绿灯亮，突然，走过来一个女人，冲着她问，你是A的女儿吧？

她惊愕地呃了一声。她看到一张苍白的脸，一对目光锐利的小眼睛，正盯着她看。

我叫铃兰。女人说，我母亲是你父亲的朋友，能跟你谈一会儿吗？

A女儿不由自主地点了点头，父亲的朋友这几个字打动了她。

她们走了几步，进了路边一家刚开张装修得很漂亮的咖啡店。店里空荡荡的，铃兰要了一杯柠檬茶，A女儿要了一杯咖啡。我请你吧。A女儿争着付钱。不用。你付你的，我付我的。铃兰说，口气有点硬。A女儿也就没有坚持。

她们找了个靠柜台最远的角落坐了下来。

我看了你父亲在法庭上的录像。你父亲承认杀死了三个人，我母亲就是其中一个。铃兰说。

A女儿浑身紧缩，僵住了，脸上露出恐怖的表情，她不知道该怎样回答。

你父亲杀死了我母亲。铃兰继续说，不理会A女儿的反应，好像为了强调这一句话，她停顿住，盯着A女儿的眼睛。

你……你……有什么证据吗？过了好一会儿，A女儿终于发出声音了。

当然有。铃兰从包里拿出一沓厚厚的纸，用手啪地打了一下，伸到A女儿面前，这是我母亲跟你父亲的通信记录，我从母亲电脑里打印出来的。

A女儿伸手想去拿，铃兰把手缩了回去。我先问你几个问题，我母亲叫蓝，家里人都叫她大猫，你父亲也叫她大猫，你听说过她吗？

A女儿想了想，摇了摇头，她记忆中没有蓝或大猫这样的名字。

我简单说吧，你父亲喜欢上了我母亲，这本来也不是什么了不起的事，老年人也是人，也有谈恋爱的权利，但他不应该说服我母亲离家出走……

什么？我父亲说服你母亲离家出走？这不可能！A女儿叫了起来。她不相信父亲会说服女人跟他一起离家出走。

我有证据，铃兰说，从一沓纸的底部抽出一张来给A女儿看。

这是从QQ通信中打印的，上面有父亲的地址，A女儿很熟悉。

A，铃兰母亲称呼父亲A，连名带姓，我今天又出院了，才能给你回信。你上次说的那件事，我考虑了很久，我很动心。我星期三在家，你能来一趟吗？大猫。

父亲回信就两个字：可以。

你看到了吧。铃兰说，那个星期三是某年某月某日，那几天我刚好到武汉出差，我星期天回家时母亲已经不在了。

她跟你说她跟我父亲走了吗？

她怎么敢这样跟我说，如果她这样跟我说了，我会让她走吗？铃兰很吃惊地看着A女儿。

那你怎么能断定你母亲是跟我父亲走的呢？A女儿问。

当然可以，信上说的那件事指的就是出走。铃兰斩钉截铁地说。

A女儿没有去反驳铃兰。

我还会给你看其他证据，铃兰说，顺手又抽出几张纸来，抓在手里，啪一下摔在A女儿面前。

能把这些信都让我看看吗？A女儿问。

不行。这属于我母亲的隐私。你看这些已经足够说明问题。铃兰眯上眼睛又睁开，接着说，我有权利知道我母亲离家出走以后的情况，我找了你父亲十年，老天有眼，终于让我找到了。

A女儿没有回答。

你必须给我一个回答，你父亲把我母亲带到哪里去了？

这些年她是怎么过的?为什么他不让我们母女联系?你父亲为什么要杀死她?我需要答案。你必须答复。我要知道,我母亲是怎么死的。铃兰一字一顿,口气严厉,双眼冒光。

A女儿一阵害怕,头脑一片空白,又像回到了那年代,她去学习班看望父亲,看守父亲的大学生盯着她看,口气严厉叫她把包里的所有东西掏出来让他检查。

可你知道,我父亲现在……A女儿嘟嚷着。

我当然知道。铃兰冷静地说,但你一定可以找到答案,你是他女儿,你不可能什么都不知道。

我给你一个星期时间,你必须回答我。否则我不会放过你。你是杀人犯的女儿。别以为我找不到你,就算你逃回B城,我也会找到你。铃兰冷冷抛下这几句话,把抓在手上的几张纸丢在桌上,抱着厚厚的那沓纸,站起来走出咖啡店。

A女儿目送着铃兰的背影,浑身无力,站不起来,头脑一片空白,只有一个声音——你是杀人犯的女儿……又坐了好一阵她才勉强站起来,抓起铃兰留下来的几张纸,看也不看塞进包里,走出咖啡店。

懵懵懂懂回到家,A女儿一直蜷缩在旧沙发里发呆,不想做饭,也不觉得饿。不懂过了多久,听到电话铃响,她愣愣地听着,没明白是怎么回事。

等A女儿清醒,站起来打算接,还没走到电话机前,铃声停了。

不懂是谁打来的?这个念头在A女儿头脑里一晃就过

去了。她一门心思都在那几张纸上，但本能感到害怕，不想碰它，连从包里拿出来的勇气都没有。

到了晚上九点，她听到肚子咕嘟咕嘟叫，就走出门，在小区下面沙县小吃店要了一碗扁肉面。店里有几个附近的大学生，正热烈地争论着什么问题，话从她耳朵里流进去，渐渐，她被这种气氛感染了，觉得身体热了起来。眼眶一阵潮湿，她觉得自己快要哭了，第一次，有人当面叫A杀人犯。她第一次意识到，原来自己是一个杀人犯的女儿。她心里起了强烈的反抗。不不，父亲那不叫作杀人，是帮助人死，即使全世界人都叫父亲杀人犯，她也不会。她要为父亲辩护。她后悔自己刚才怎么没有反驳铃兰。

回到家，泡了一壶浓浓的武夷岩茶，一口气喝了两杯，才从包里掏出铃兰留给她的那几张纸。

信断断续续，一共有十封，第一封二〇〇七年十月十五日，最后一封二〇〇八年十一月一日，间隔了一年多。

A：你有陈老师的书吗？就是上次讲座的那个陈老师，抱歉，名字我忘了。近来常常想起她说的话。大猫。
大猫：好的。我就寄给你。A。

第二封跟第一封间隔了一个多月时间，是父亲写给蓝的。

大猫：二十三日我们有个聚会，都是那次参加讲座的人，你要来听一下吗？A。

　　A：很想去。头疼。上医院。大猫。

第三封信跟第二封信只距离十天，也是 A 寄给蓝的。

　　大猫：不要勉强，放松一点，检查结果出来了吗？我过几天去看你。A。

还是没见蓝的回信。
第四封信是蓝写给 A 的。

　　A：你说得对，要好好想一想，我不急。你送给我的一袋芒果果脯，我吃了，很好吃。想起小时候院子里长的那棵芒果树，一到芒果成熟，你就爬上树去摘，好几次你摘了芒果从窗口扔进屋给我。
　　检查结果还要过三天出来。大猫。

第五封信也是蓝写给 A 的。

　　A：最近晚上一直睡不好，想很多事，活着也就是个拖累。大猫。
　　大猫：别想太多，想不解决问题，重要的是行动。A。
　　A：检查结果出来了，跟我料想的一样，医生的话我不想重复，你明白我的意思。大猫。

　　大猫：我明白。A。

第六封信也是蓝写给A的，就几个字。

　　A：还是下不了决心。大猫。
　　大猫：理解，不急。A。

第七封信距离第六封信一个星期。

　　A：很矛盾。大猫。

A没有回答。
第八封信是隔了半个月A写给蓝的。

　　大猫：我想你还是慢慢考虑为好，不急，这事来不得半点犹豫。A。

第九封信是蓝写给A的。

　　A：每天都在看陈老师的书。她说得对，一代人有一代人的事，不能留给下一代人解决。大猫。
　　大猫：是。A。

第十封信是 A 写给蓝的。

> 大猫：今天你能来聚会大家都很高兴。A。
> A：你在我就放心。你一定比我活得长。大猫。
> 大猫：这是天的领域，我们不说。A。

A女儿读完长长呼了一口气，从信内容看，蓝应该跟父亲青梅竹马，但父亲从来没有提过她。母亲肯定也不知道。难道真如铃兰说的，父亲怂恿她离家出走吗？字里行间不能说完全没有这意思……蓝应该得了什么重病，父亲知道，她很信任父亲。难道她觉得父亲比自己的女儿更可靠吗？要不她怎么选择了跟父亲走？难道她真跟父亲一起去了杯心老人院？

A女儿给A的大儿子打了个电话，告诉他碰到铃兰，对方要知道母亲是怎么死的。

这可以理解。大儿子说。

可是，我们又知道什么呢？A女儿说。

只有找陈绍兴，大儿子冷静地说，她一定什么都知道。

找陈绍兴？我去找陈绍兴？A女儿冲口而出。大儿子那边嗯了一声就沉默了，但没有挂断电话，她擎着沉默的手机，开始意识到，只有找陈绍兴才能解决问题，只有她才能把她救出铃兰的坑。

九

何丹到家看到 A 女儿留的纸条，马上打开手机，去北海道旅游的这十天，她一直关机。

儿子在机场问她，万一外公有事怎么联系？

不会。他怎么会有事。何丹很肯定地回答。

儿子深深看了她一眼，没再说什么。

她没有解释，儿子理解也好，不理解也好，对她都不重要。她需要离开，十天，已经是最短的了。

去年网上盛传有个福建年轻女子怀里揣着渡边淳一的《魂断阿寒》，到阿寒湖附近跳海自杀。一张可爱的对未来应该有很多憧憬的脸，但她似乎理解为什么她非要去那么远的地方寻死。

于是莫名其妙对北海道阿寒湖有了一点向往，就特地参加了个阿寒湖十日游的旅游团。

她顺着年轻女子走的路在树林里走了几圈。她看到阳光从树丛中泻下，在松鼠、啄木鸟和鹿身上游荡。

她在湖边的长凳上坐了好久，看一群鸭子在水中嬉戏，游来游去。

湖对面是山，山上环绕着白云。

好久以来，她第一次觉得身心完全放松，从远处，在悠悠大自然的伴随中，看父亲已不再显得那么沉重，仿佛她一直想卸下去的担子又可以担上继续往前走了。

但一到C城机场,她马上感觉一切又回来了,果然,一打开手机,几十个电话记录飞了进来,除了A女儿与铃兰外,几乎全是父亲的,她无奈地叹了一口气。

我要见A。电话里传过来父亲嘶哑的录音。

也奇怪,父亲痴呆严重了以后,别的都忘了,连她都认不出来,但却记得她的电话号码,一天会给她打十几个电话,只要手没绑住,白天黑夜都打,直到她接为止,接通了电话,没别的话,就一句,说要去找A。

爸,我找遍了C城,谁都不知道A在哪里。父亲头脑还清楚的时候,何丹跟他解释过。

最初父亲提出要跟A去老人院时,何丹不同意,说,C城哪有一个好的老人院?

我们几个人商量好了,我们自己人,不叫老人院。父亲说。

你们?你们几个是谁?何丹问。

别人的事,你就别问了。何丹父亲说。

黄老师他们?何丹问。

何丹父亲不直接回答,还有一些其他人⋯⋯

你熟悉、了解他们吗?

父亲摇了摇头。

连同住的人都搞不清楚,怎么能去?我听说有的老人院虐待老人⋯⋯

那怎么可能?那里有A在⋯⋯

A也年纪大了。何丹当时想的是，绝对不行。

以后很久父亲都没有再提去老人院的话，何丹以为他打消念头了。可是，接下来的一段时间，何丹发觉父亲变得很反常，经常讲死。

我不怕死。人谁没有死？怕就怕不让你死。父亲说，过去人死就死了，哪像唐老师（A妻子），一死死了十年。谁受得了！我们村那年头最长的死也不过两三个月。我爷爷冬天翻一座山去邻村喝喜酒，喝醉了回家路上跌到山下，抬到家里已经死了。我父亲倒是死了半个月，到他自己吃不了饭时，母亲要给他喂米汤，但他咬着牙齿不让喂，就死了。死得最长的是你姑姑，到城里上学工作后得了肺癌，住到医院，治了半年，最终还是死了，倒欠了一屁股债。我那时就明白了，住院死便宜不了……

现代科学是什么玩意？还不整个就是不让人好好死，还花钱。往你身上插管，这个管，那个管，食管鼻管输液管，还有仪器……这死的价格是一年一年往上涨。我给A算过（何丹父亲教会计学），一个人假定住院死，一天算三百块，一个月三十天就是九千块，一年三百六十五天就是十万九千五百块。就像小孙爷爷，住高干病房已经八年了，要花多少钱？快上百万了……

我不要你花钱，父亲对何丹说，也不要国家花钱。

我跟A说了，不能在城里死。城里怎么能死，一拉就把你拉到医院抢救。A说得对,不能在家人身边死。我想也是，家里人不抢救你行吗？一抢救你就进系统（医院）了，一进系统还由得了你吗？还不是任人宰割……

最好的死法是双脚一蹬，死了。

你不能把我送到老人院去。父亲说，电视上说有的老人院把老人绑在床上，不让他死。

父亲说死渐渐说上瘾了，光跟她说也就算了，可当着上初中的儿子面也说。何丹不回答，老打岔，吃饭时只要父亲一说死，她就打断他，但父亲没觉察似的，又把话绕了回去。何丹背地里说了好几次，父亲总不耐烦，说知道知道，但根本没用。儿子倒听得很认真，有几次跟爷爷争论了起来，弄得何丹更烦。

但父亲吃药倒很准时，偶尔一次忘了吃，就会唠叨十几次。

于是何丹弄不懂了，父亲到底是怕死还是不怕死？

妈，你不能这样跟外公说话。看到何丹对父亲的态度，儿子顶撞起她来。

过了一个多月，有天何丹回家，发现父亲写下的纸条：

丹丹：

我跟着A去了。你们好好过。不用担心我。安定下来后我会联系你们。我会想念你们的。

爸爸

何丹松了一口气，想这样也好，但过了几天，就又不放心了，父亲那脾气，跟别人能长期处下去吗？

儿子问外公去哪儿了，何丹说去老人院了。

呃，真去啦？儿子说，外公说他们是去修行。

什么修行？何丹问。

妈你不知道？

不知道。

修死。

不就是等死吗？

不对的。爷爷说修死跟等死不一样。等死是光在那里等，什么也不做，修死是一种练习，死前的准备阶段。

外公有说过怎么修吗？何丹问。

好像是打坐什么的。儿子说。

何丹倒起了点好奇心，想去看父亲，但父亲关机。儿子说外公说过，那里不能用手机，修行需要绝对安静，断绝跟外界的一切联系。

父亲身体不错，等生病了他自然会回来的。何丹想。

没想到一年多父亲就回来了。

那天回家，进门看到父亲鞋子，她喊了一声爸。

没人回答。她以为弄错了，走进房间看见父亲呆呆坐在沙发前发愣。

爸，你回来啦。何丹招呼了一声，见父亲没理，就进厨房做饭。

吃饭时儿子跟父亲说话，父亲好像没听见，默默吃完饭，就回到自己房间，把门关上了。

大概受到什么刺激了。何丹想，过几天就会缓过劲来吧。

可父亲好像整个人变了，一天说不上几句话，除了吃饭睡觉，就坐在沙发上，眼睛对着电视发呆。

到底老人院发生了什么事？何丹想，试图跟父亲沟通，问，老人院吃得怎么样呀？有几个人呀？等等。父亲有的简短回答，有的干脆不答。

有一天他突然自言自语起来，嘴巴不停嘀咕，目视着前方，好像对面有谁，声音越来越大，激动了还站起来挥动双手，但何丹听不清楚他在说什么。

最要命的，是父亲可以连续一个星期不洗澡。六月，C城已经很热，父亲身上发出一股淡淡的酸味。

爸，你去洗个澡吧。何丹说。

好好。父亲很听话地回答，但并不去。

又过了三天，酸味更浓，何丹有点受不了了，就说，爸，你身上酸了。

酸？怎么会？

你有十天没洗澡了……

谁说的？我怎么一点也闻不到。

你自己闻不到而已，狐臭的人闻不到自己的狐臭。何丹说。

我不信。父亲举起手臂伸到鼻子前闻了闻，什么味道也没有。一吨水钱，我算过，你洗澡一次要洗半个小时，要用多少水，就是钱。过去人一年也不洗澡，哪像现在人天天洗澡，水都洗没了，哪里有那么多水源，可以供十亿人洗澡，如果人人不洗澡，不冲厕所，还用得着南水北调吗……

何丹不敢往下说，怕父亲连上厕所也不冲水。

于是父亲像一团酸菜在房间里走来走去。实在没办法，何丹想了个主意，带父亲去泡温泉。但父亲在池子里老放屁，一放屁就有一串气泡从父亲身后咕噜噜冒出来，惹得边上人老看他。

后来她才想，父亲大约那时候就已经痴呆了，要不怎么会连杯心老人院在哪里都记不起来呢？

我要去老人院。有一天父亲对她说。

你考虑清楚了？何丹问。

清楚了。父亲说。

到了老人院父亲的病更加重了，最后连何丹也认不出来了。有一天，他突然说要去找A。何丹告诉他找不到。但他不听，每次都跟她吵，说她欺骗他。

一直到最后何丹才听林香梅说父亲在杯心老人院也天天跟人算钱，谁电灯忘了关，洗澡水用多了，厕所纸，他都要说。一吨水多少钱，一筒厕所纸多少钱，电费一分钟多少钱，一天下来，一个月，一年，等等。跟这个说，跟那个说，吃饭时还搬出来说，弄到最后谁都烦他。看谁不在他都要把房间灯关上。有一次黄老师在房间,他没看见,以为不在,把灯关了。黄老师当即跟他翻脸,大吵起来,叫他滚。他当真就卷起铺盖,以为大家会挽留他,但没有一个人开口,那天A刚好出去不在。林香梅把他带到汽车站,送他到镇上。镇里有直通C城的班车。他坐上班车回家了。

何丹感到父亲正在把她的生活撕成碎片,她不懂这场噩梦什么时候能结束,她还能忍多久。

看到A女儿纸条,她马上拨了过去,但电话响着,没人接听,过了个把小时,又拨了一次,后来又拨了几次,但均无回音,最后她在手机里留下一条短信,说她刚回C城,请A女儿无论如何见她一面。

怎么回事?难道A女儿不想见她,还是发生什么事了?

十

碰到铃兰以后,A女儿变得疑神疑鬼,心惊胆战,那句杀人犯女儿的话像枪顶在脑门上,使她终日惶惑不安,走出病院时左顾右盼,生怕铃兰又从什么地方突然冒出来。

少了一天,又少了一天,她在心里计算,只剩下四天了,怎么办……就算不去医院,铃兰也会找到家里来……但她还是下不了决心给陈绍兴挂电话,虽然她知道,只有陈绍兴才能救她。

她忐忑不安，一路不断回头，回到家，关上门，才松了一口气。电话铃就在这时候响了。她接起来，听到了她十分需要但万分不情愿听到的声音。

我是陈绍兴。你是A的女儿吧？

是。她回答。

我想找你谈一谈，你什么时候方便？

现在就方便。A女儿事后想起来，也奇怪自己当时怎么会那样回答。

那好。你能出来一下吗？你家附近有方便说话的咖啡店吗？陈绍兴问。

A女儿家小区外面有一家小咖啡店，平日顾客不多，很安静，店主是个二十多岁的女子，戴眼镜，满脸微笑，很有亲和力，每次经过，A女儿都想什么时候进去坐一坐。

半个小时以后，陈绍兴来了。

A女儿已经到一会儿了，她要了一杯普洱茶。

你有什么推荐的吗？陈绍兴问年轻的女老板。

我们有一种咖啡茶，在咖啡里加一点武夷岩茶。女老板说。

刚才她也推荐过，A女儿没要。

呃，从来没听过咖啡茶。陈绍兴说。

是我们自己开发的。老公爱喝武夷岩茶，我爱喝咖啡，有一次我们就尝试着兑了一下，发现效果挺好。喝过的客人有的很喜欢，有的不喜欢。

加普洱茶行不行？陈绍兴问。

也可以呀。我们也试过，效果也不错。

那就来一杯咖啡普洱试试。陈绍兴说。

陈绍兴看上去兴致勃勃，化着淡妆，穿了一身黑色套装，脖子上一串乳白色珍珠项链，看起来很典雅。

A女儿马上又觉得自己被打败了，她穿着家常便装，出门前连头发也没打理，头脑里想过无数次见面该说的话全忘了。

谢谢你答应出来见我。陈绍兴说。

A女儿摇了摇头。

我去医院看过你父亲。他状态很不好，陈绍兴说，不能吃东西，食物要从鼻子里灌进去，身上插了三根管，还没加上有时用上的吸氧机……

他能吃。我每天给他喂果汁……A女儿争辩说，打断陈绍兴的话。她为什么要说这些呢？她不愿意听。

这种情形可能会持续很久……陈绍兴说。

但也可能他会醒过来。他身体本来很好，不像九十岁的人……

医生这么说的吗？

A女儿没回答。

我问过医生。医生说除非出现奇迹，否则他不会醒了。

A女儿还是没吭气。她想说她就相信奇迹，但没说。她感觉要是说了，陈绍兴会嘲讽她。

你有想过以后的事吗？陈绍兴问。

以后的事谁知道？一切顺其自然。A女儿很强硬地说。她很生气，觉得陈绍兴在诱导她。

我想你父亲不愿意在这种状况下活下去。他跟我说过。陈绍兴从包里拿出一张纸来，上面第一行写着几个大字——我的声明，下面有A的签名。

可是——A女儿不去看纸。

你不愿意看看吗？陈绍兴问。

A女儿憋着，没有回答。

我觉得要遵照他的个人意愿。你认为呢？

你不懂，你什么也不懂。A女儿突然急了，她知道不能顶撞陈绍兴，还有许多话需要说，但她冷静的语调让她受不了。她叫了起来，我们都愿意他活着，他要是知道了我们的意愿，他也会愿意的……

你说的我们指的是谁呢？陈绍兴问。

我，哥哥跟弟弟，我们三个人。

可他现在已经不会知道你们的意愿了，留下来的，只有他的意愿。陈绍兴冷静地说。

爸爸不仅是爸爸的，也是我们的。爸爸的意愿里面也包含着我们的意愿。我们的意愿里也包含着爸爸的意愿，我们的意愿是相连相通的。这你不懂。我们是一家人。你不能剥夺我们。你走吧！A女儿激动得满脸通红。她突然明白了，陈绍兴是来要父亲性命的。她睁大眼睛，站了起来，像看杀人犯似的盯住陈绍兴。

你看爸爸的意愿就是他一个人的意愿,但我们看爸爸的意愿是我们一家人的意愿。你不懂爸爸,你什么也不懂。你只懂得单个的人,但人都不是单个的,人是成串的。这些话是A女儿后来想起的,她后悔没有当面跟陈绍兴说。

陈绍兴看着A女儿,很久没有说话。她知道这场谈话已经很难进行下去了。

这是你父亲亲笔签字的复印件,你收好,慢慢想,我希望你能够理解他。陈绍兴说着站了起来,你现在很激动,以后我们再找机会谈吧。

你不能这样做,你不能这样做……A女儿语无伦次地叫,但看着陈绍兴离去的背影,她突然慌乱起来,想冲出去拉住她。她嘴巴张了张,想叫你不能走不能走,但发不出一点声音。

整个谈话砸了。A女儿没有问出杯心老人院、铃兰母亲的一丁点事,全是陈绍兴在说。我就知道会变成这样,全在听她的,我什么也没说,A女儿沮丧到极点,回到家里,瘫倒在床上,盯住天花板想,我绝不再见她了,无论如何不见了,随铃兰去吧,就让她把我杀死吧……

十一

时间一点点逼近,到铃兰说的限期的前一天,A女儿把手机调成静音，除非看到熟悉的号码，否则什么电话也不接。

她不敢出门，把自己锁在家里，扣上门，只要楼梯上有脚步声，她的心就发紧，怀疑是不是铃兰。

可是她不在，谁给父亲喂橙汁呢？父亲的吞咽才刚刚好转，停了又会倒退回去……橙汁、喂几个字不断浮现在A女儿头脑，折磨着她。

等了三天，没有一点动静，这天半夜三点A女儿醒了，辗转反侧，焦躁不安，再也无法入睡。管不上了，她要去医院，总不能天天把自己关在家里。

好不容易熬到六点，A女儿收拾了一下东西准备出门。

她换上鞋子，卸下门扣，打开门，一瞬愣住，差点没叫出声来。铃兰就站在她家门口，在等她开门似的。

A女儿本能地想关上门，但来不及了，铃兰上半身已经顶了进来。A女儿用力想把门推回去，但铃兰一只脚踩了进来，门恰巧压住铃兰脚尖，铃兰叫了一声，A女儿手一松，门开了，铃兰整个人跌撞进门。

你想干什么？A女儿倒退两步，警惕地盯着铃兰问。

我已经说过，我不会放过你。铃兰说。

我已经告诉你，我什么都不知道。A女儿叫了起来。

别忘了你是杀人犯的女儿，铃兰加重语气，顿了一下，仿佛想让A女儿回味一下这几个字的含义，你不可能什么都不知道。

我真的不知道,你不相信我也没办法。A女儿口气软塌塌的,杀人犯三个字把她全身气力抽掉了,一阵委屈,这一段时间所有压抑的情绪,悲哀愤怒讨好小心翼翼……突然崩了,她放声大哭起来。

铃兰冷冷看着她,脸色一丝丝松弛下来。她想起小时候邻家小哥哥心爱的羊死的时候,就是这么绝望地哭的。

那你说,你知道什么吧?等A女儿平静下来后,铃兰说。

陈绍兴,你找陈绍兴,她一定什么都知道。A女儿想也没想,冲口而出。

陈绍兴是谁?铃兰问。

她把我父亲弄到老人院……A女儿说,那一刻,她希望铃兰去恨陈绍兴。

那好,你现在就给她打电话。铃兰说。

现在?A女儿慌了。

就现在。你不打我就不走。铃兰说。

A女儿怕她又说出杀人犯几个字,只好磨磨蹭蹭拿出手机。

你好,我等你电话两天了。手机里传来陈绍兴熟悉柔软的声音。

有人想找你,铃兰。A女儿突兀地说。

嗯……对方不置可否地应了一声,就没有下文了。

你一定要来,她现在就在我家,她说不见到你就不离开。A女儿说,眼睛盯着铃兰。她已经冷静下来,变得理直气壮,这是第一次，她命令陈绍兴。

那好，我现在就去，半个小时后到你家。陈绍兴说着，把电话挂断了。

还差五分钟半小时，陈绍兴就出现在 A 女儿家门口了。

你好，铃兰。陈绍兴一见到铃兰，就伸出左手来跟她握手。

铃兰已经伸出的右手只好缩回去，换了只左手伸出来。

你知道我？铃兰没有掩饰自己的惊异。

知道，听你母亲说的，你母亲一见到我就开始说你，说了一个多钟头，直到我离开，所以我印象深刻。陈绍兴说。

她没有忘记我？铃兰的声音微微颤抖。

怎么可能忘记？你不是她唯一的女儿吗？

那她为什么要跟 A 去？铃兰控制不住叫了起来。

当然是为了你。陈绍兴冷静地说。

为了我？怎么会为了我？

只能是为了你，我想是的。

不可能！铃兰叫了起来，这不可能，她是为一个男人离家出走，不是为我。

那你可能误解了你妈妈。陈绍兴说。

误解？

嗯。陈绍兴淡定地点点头。

不知道为什么，在陈绍兴面前，铃兰突然变得不自信了。她脑海里浮现出一张纸条。

兰兰：

　　妈妈要出远门了。这么多年，妈拖累了你，让你受了许多委屈。

　　照顾好你自己。妈妈知道你行。你还年轻，会有自己的新生活。

　　饭做好了，热在锅里，有你爱吃的排骨萝卜汤跟红烧牛肉。

妈妈

当时看到这张纸条的时候，铃兰的第一反应觉得这是妈妈的托词，妈妈是去过自己的生活了。这一反应，后来就没有变过。

你先回去好好想想，陈绍兴说，我相信只要用心想，你就会明白的。你很爱母亲，我看得出来。陈绍兴说，你母亲有一些留给你的文字，我下次会给你。但今天不行。现在我有事要跟Ａ女儿谈。我们找个咖啡馆还是留在这里？陈绍兴转过身来问Ａ女儿。

Ａ女儿踌躇了一下，选择了咖啡店。

铃兰走后，Ａ女儿跟陈绍兴到了上次见面的咖啡店，店里没有一个客人，Ａ女儿要了一杯红茶，陈绍兴要了一杯咖啡。

我跟你哥哥谈过了，他跟你的看法好像不一样。陈绍兴说。

不可能。A女儿坐直了身子。

陈绍兴没有回答，拿出手机按了几下，传出大儿子的声音。

陈：你觉得应该尊重你父亲的意愿吗？

大儿子：当然。

陈：你父亲签了这样一份文件。你看一下，（略去图像）你觉得现在这种状态是你父亲希望的吗？

大儿子：应该不是。

陈：那么，你同意放弃治疗吗？

大儿子：这——

陈：你刚才说过尊重你父亲的意愿。

大儿子：是，我说过。

陈：那好。

大儿子：可是妹妹跟弟弟的意见……

哥哥怎么能跟陈绍兴说这种话呢？A女儿想。

这是你哥哥的意见。我看不出他有反对你父亲的意思，再听听你弟弟的。陈绍兴又放了一段录音。

陈：你觉得要尊重父亲的意愿吗？

弟弟：你是说放弃治疗吗？我没意见。我去看过父亲几次，我不觉得那样活着有什么意义，不过我姐……

陈绍兴啪地把录音关掉了。

两个人沉默了好久。

弟弟从小就喜欢穿漂亮衣服的陈绍兴，在他眼里，她就像天上下凡的仙女。那天陈绍兴跟弟弟谈了很多话。他觉得姐姐现在所做的一切毫无意义。从弟弟认为母亲是父亲害死的那天起,父亲在弟弟心里就已经死了。

你怎么能肯定母亲是父亲杀死的呢?陈绍兴问。

我亲眼看见的,但我一直不敢相信,但这一次看到他在法庭上的录像,我才完全明白了。

你看到了什么呢?陈绍兴问。

那天回家,我走进家门时,看见他站在母亲床前,上半身朝母亲脸弯着,看见我,他把手从母亲身上缩回来,对我说,她走了。我当时一心只在母亲身上,完全没在意他,但后来回想起来,越想越不对……他当时的神情很慌张……

陈绍兴没作声,静静听着。

弟弟继续说,一定是他,母亲那几天好好的,就前一天中午还吃了几口果汁,我喂她的。

那时她还能吞咽吗?

能吞咽,只不过量很少,我得一点一点喂。

这些话你跟哥哥姐姐说过吗?

跟哥哥说过,但跟姐没说,姐有恋父情结,听不进我说的话。

你哥听了你的话说了什么吗?

我哥说有可能是我看错了。弟弟很不情愿地说,但我不相信。我不可能看错。

陈绍兴没有去反驳弟弟。她无法判断 A 是否杀了自己的妻子,她提出的一两个疑问,是对弟弟,也是对自己的。

你看到爸爸那双眼睛了吗?那双眼睛在对我说我还活着。A女儿说,她想用情来打动陈绍兴。

那双眼睛在对我说,我不想这样活。陈绍兴说。她说得很坚定,但是也有一丝慌乱掠过额头,不过此时的A女儿是看不到这个细微的变化的。

那双眼睛说的绝不是这样的话。看到那样一双眼睛,没有一个人下得了手结束他的生命。你,你不是人。A女儿说着,站了起来。

这个女人真是太不讲理了,她气得浑身发抖,虽然,只不过几分钟前,她还佩服陈绍兴,凭两三句话就把那么难缠的铃兰摆平了。

真遗憾,你不想了解父亲,你连他这辈子最大的遗憾是什么都不知道……陈绍兴冷静地说,也站了起来。

这句话咯噔一下,重重拍在A女儿心上,但她还是头也不回地走了。

十二

A女儿越想越生气,回到家就给弟弟挂了个电话。

你怎么可以跟陈绍兴说那些话?A女儿说。

我说的都是实话。弟弟嘟囔着。

陈绍兴要夺父亲的命……

我就是想不通，弟弟打断姐姐的话，当时为什么我们那么坚持，他就是不愿意让妈住进医院……

十年中，母亲中了三次风，一次比一次严重。第一次发现后父亲马上把她送医院抢救，手术后半身不遂，左边手脚还能动，能发出啊啊声音。五年后第二次中风，送到医院抢救后身体完全不能动了，但还能发声。他们都认为父亲一个人照顾母亲太辛苦，想找一家养老兼医疗机构把母亲送进去。但父亲认为花费太多，不肯。

第三次中风后他们更坚决要给母亲找个设施，但父亲还是不同意，回到家里没到一个月母亲就咽气了。

母亲年轻时候是美人，生前极好强，但最后这些年，她谁都不要，只依赖父亲。父亲对待她像孩子，一勺一勺喂她果汁，每天用热水帮她擦身子。

爸爸要亲自照顾妈妈才放心。A女儿说。

不对。弟弟说。

他看到父亲给母亲喂饭，母亲死命摇头嗷嗷叫，但父亲硬喂，非强迫母亲把一碗饭都咽下去。后来饭喂不进去了，就喂藕粉，还是一碗，一勺一勺硬往嘴里塞。

可爸爸怎么伺候妈妈你们也都看见的……A女儿说。

他一辈子被母亲控制，现在反过来可以控制母亲，他一定有很大快感……他要把母亲掌握在自己手心……弟弟说。

你乱说，父亲并不是怕母亲，只是一种包容，无限制的包容。A女儿说。

如果他真爱妈妈,为什么妈妈会想把自己骨灰扔进海里呢?弟弟说。

母亲很早就说她死后要把骨灰扔进海里,当时他们谁也没往心里去。母亲躺床以后,大儿子提议去买一块墓地,当时地价还未高升,几千块钱就可以买到。但母亲不同意,坚持要把骨灰扔进海里。大儿子问 A。A 也说不用。那时他们觉得 A 跟母亲一样,想死后把骨灰扔进海里。

人死了就是死了,剩下的骨灰回归自然最妥帖不过,可等到母亲死时,A 女儿想法已经完全变了。

那时候扫墓之风开始盛行,自己女儿问她祖先的墓地在哪里,A 女儿什么也答不出来,突然感触很多,有点理解小时候父亲给奶奶扫墓的执着了。

人死了得留下点什么让后辈人念想,这个念头变得越来越强烈,所以当母亲死后,她就提议去买块墓地。但大儿子不同意,说母亲从没改变过主意,要尊重她。他们争执起来,弟弟为她说话,A 赞成大儿子。

死人会为活人活着。她说。

争执半天,双方都退一步,他们决定买一块墓地,把母亲的骨灰分成两份,一份埋进土里,一份撒进大海。

那天,你记得吧,在海上,你不觉得他的表现很不对吗?弟弟说。

有一件小事 A 女儿搁在心里,从不敢往深想。

据说淡水跟海水交界处,是阳间与阴间的交界处。那天船就停在那里。大儿子从骨灰盒里拿出骨灰,他们每个人戴上手套,先是Ａ,然后大儿子女儿小儿子,每个人抓起几块骨头扔进海里。

这时候一阵风过,把Ａ的帽子刮走,大儿子下意识去抓帽子,但没抓住。

Ａ那时站在船舷,离帽子最近,如果伸手,应该能抓到,但他没伸手。

那顶帽子是母亲送给父亲唯一一件像样的礼物,鸭舌帽,灰色的,料子很好,父亲从来不戴。

可那天怎么就戴了?

难道父亲是有意让帽子掉到海里去的吗?

会不会他早就没想死后跟母亲埋在一起了……一瞬,这想法掠过Ａ女儿头脑。

十三

接到老郑头二儿子郑松驰电话时,Ａ女儿吓了一跳。

郑松驰声音轻柔,听起来跟二十多年前没多大变化。

呃,都好。你呢?Ａ女儿踌躇地回答,完全没有热情,心里嘀咕,莫非又是一个找上门来的灾星?

郑松驰吞吞吐吐又寒暄了几句。

你干脆说,找我有事吧?Ａ女儿不耐烦了,最后问道。

嗯,是这样,有些事……郑松驰说,我们见个面,我请你吃饭好不好?

好呀。A女儿爽快地答应了,刚听到郑松驰声音时的慌乱消失了。童年时候,她是老郑头儿子们眼里的宠儿,常常指挥他们干这干那,那种感觉,跟着郑松驰的声音慢慢复苏了。

老郑头常常找父亲下象棋。他老输,父亲不愿意跟他下,但他总会哄得父亲跟他下。输了以后他就说,来来,我们来掰手腕试试,还要抬起胳膊做个样子。父亲不跟他掰,因为他虽然瘦,但手臂很有力气,每次掰手腕输的都是父亲。但赢了他几盘棋后,父亲就会给他一次机会,让他掰赢。他赢了父亲很高兴,开开心心回去。有时也让他高兴高兴。他走后父亲对母亲说。

第二次来时他就会带来几颗花生米。他老家产花生,每年到了季节,他哥哥总从乡下挑一大袋来。不多,每次就几颗,总是塞到A女儿手里。掰开吃掰开吃,他说,一定要看着她吃。A女儿通常只吃一颗,剩下的等他走了拿出来分给哥哥弟弟吃。他知道了也不说。老郑头没有女儿,有三个儿子。他给他们起名叫一一,二二,三三。怎么起这么奇怪的名字?母亲说他。他不生气,也不解释,摸摸头说好记好记。后来知道他们家从上一代起就没有姐妹只有兄弟,一串五六个,也就不奇怪了。

他们约在C城新开的泰国餐厅见面。

我爸跟他的老相好离家出走了。坐定，点好菜，郑松驰劈头盖脸说。

老相好？离家出走？Ａ女儿一瞬想笑，头脑里现出老郑头那张滑稽、长得有点像严顺开的脸，这种脸相的人也会离家出走？

是真的。你不会相信吧？郑松驰愁眉苦脸地说。

信，信。你爸有老相好？你妈知道不知道？Ａ女儿问。

从没听妈说过。

那你怎么知道的？

爸自己说的。他们是一个村的，从小就认识。

呃……看不出你爸还挺有女人缘的。Ａ女儿说。

妈死了才不到半年，爸就说要跟她结婚。

什么时候的事？

十来年前。

你爸那时候几岁？

七十三岁。

那不是一件大好事？有人愿意照顾，你们三个就用不着伺候他了。Ａ女儿说。她说的是真心话，如果母亲死后，父亲想要再婚，她一定举双手赞成。

我媳妇就这么说，但老大、老三都跟爸翻脸了，说他们绝不能接受另一个女人。

你怎么想呢？Ａ女儿看着郑松驰苦瓜似的脸。

郑松驰摸了摸脑袋，我……我……我不知道，我就是觉得爸太快了点,等一些时候再说不好吗?

我知道了,你今天来找我,是想问我你爸是不是跟我爸走的,对吧?

不是,我们知道,他说过要跟那女人一起去找你爸。

你们没有劝他留下来吗?

没有。他一定要跟那女人结婚。我私下问他,能不能等一两年再说。他说不行,等不了了。

为什么?

对方儿子知道了他妈跟我爸来往,不让他妈在家里住下去了,除非跟我爸断绝关系……

怎么会这样呢?

是呀。但我哥跟我弟坚决不同意。我也没办法说服他们。

他们宁愿你爸走也不肯让那女人进家门吗?

是。就这个意思。

知道了,为了钱,怕那女人分了你爸的财产。

郑松驰不说话。

你爸到底有多少钱,值得他们这样去争?

就一栋房子。

一栋吗?

是。自个儿盖的,三层,那时说拆迁时可以值三四百万。

呃……A女儿不说话了,她知道三四百万对普通市民来说意味着什么。

可是现在出问题了……

什么问题?

爸爸找不到了,不知是死是活,说快要开始拆迁了,到时候要找不到爸爸,问题就大了……

为什么?

房产是爸的名义,按照规定,要没有爸爸身份证,什么也办不了,所以他们到处找你爸,结果在网络上发现你爸在法庭上的照片……

我知道了,你今天是来问你爸的下落的……A女儿说。

是。郑松驰老老实实地答道。

我告诉你,我跟你一样,什么也不知道。A女儿说。

我爸是死是活你也不知道吗?郑松驰一脸惊异。

我怎么知道?我爸音信不通多少年了。这次看到他就是躺在医院,昏迷不醒。A女儿没好气地说,把这些天所有的怨气都压在这话里了。

郑松驰长长叹了一口气,看着A女儿,说了句,你也不容易……就什么也接不下去了。

老郑头老婆死后,一直一个人住,离家的前一天晚上,交代二儿媳妇熬拗九粥,说他第二天想吃。

粥是用C城糯米加上红枣花生桂圆干梅舌用红糖熬的,要熬一个晚上,所有东西化开,稠稠浓浓的,入口即化。这种粥,虽然满C城的女子都会熬,但只有二儿媳妇熬得特别合口,老郑头跟他老婆都爱吃。

二儿媳妇送粥来的时候，老郑头塞给她一个玉手镯。玉手镯是老伴的陪嫁，结婚以后一直戴在手上，几十年没有摘下来过。但老伴死后，好久找不到这枚玉手镯，最后在箱子里发现了，单独用一张红纸包着，没有跟其他首饰放在一起。老郑头猜老伴的意思是让他单独给哪个喜欢的儿媳妇。老郑头有三个儿媳妇，他最喜欢老二媳妇。这次当他提出要跟春瑛结婚的时候，也只有老二跟老二媳妇什么也不说，其他两个儿子当场翻脸，连白眼狼的话都骂出口了。

老郑头把粥盛了两碗，一碗盛在老伴蓝瓷碗里，一碗盛在随手抓到的碗里。老伴有洁癖，嫌他脏，所有用的东西跟他都分得一清二楚。家里的碗，没有两个同样的模样，不是样子不一样就是颜色不一样，总之一眼就认得出来。老大跟老三有点像母亲，一是一，二是二，分得很清楚，只有老二像他，常常弄混。刚结婚的时候他总不习惯，不是拿错碗，就是拿错毛巾，她一发现，好像发生了天大事似的号叫起来，我的天，你又弄错了。她双眼圆瞪，眉毛倒竖，表情在老郑头眼里显得极其夸张。不至于吧，开头他并不太当回事。但很快发觉，只要是他吃错她的碗，她就再也不用，另外上街去买。结婚没过三个月，他的饭碗已经堆得老高，而她的碗，永远只有一个。

老郑头实在看不下去了，小时候，他家七八口人，只有四个碗，吃饭的时候，没碗的小孩就用碟子，谁也没觉得这是件事。

城里人的怪毛病。他想。到老婆第十次上街买新碗时,他再也忍不住,终于发作。

你说你这是什么毛病?为什么我用过的碗你就不能用?老郑头说。

脏。她说。

脏?有那么脏吗?

她翻了一个白眼,不理他了。

她是看不起我这个乡下人,嫌我脏。他气愤地想,终于明白了。

她从来不让他吻她的嘴,每次做事前都要他用水,从头到脚,洗了又洗,总弄得他烦死了,但又没办法,只得听她的。

洗衣服的时候,总是她跟孩子们的先洗,他的衣服放在一边最后洗。

简直是歧视。但他也只好忍了。谁让他当初为了要城市户口,当了上门女婿。过去他喜欢邻居春瑛,春瑛比他小三岁,长得有模有样,比老婆俊多了,他们两个有过一次约会。他吻了她,摸了她的胸。但他母亲一心要他到城里,看出苗头,冷言冷语当他的面讽刺春瑛。他是个孝顺孩子,怕伤害春瑛也怕伤害母亲。母亲说通村干部,送他去当了兵,复员前他到C城前辈家玩,后来的老婆是前辈老婆的小女友,刚好来家玩,一眼就相中他,说他长得帅。前辈说她家有关系可以帮他弄到城市户口。他就同意了。

结婚以后，除了第一年，老婆从来不跟他回乡下去。后来有一次他一个人过年回乡，看到嫁到邻村的春瑛，两个人都很尴尬。

她没回来吗？春瑛问。

她？嫌这里是乡下……他没好口气地说，春瑛的脸勾起了这些年积在心里的怨气。

也别这么说，这里就是乡下嘛。春瑛说，眼睛看着他。

春瑛的眼睛蒙上了一层春色，跟她憔悴的脸比起来，显得年轻。

他知道她过得不好，有点心疼，想，她一定不会嫌弃我，觉得我脏。

但也奇怪，这么相互嫌弃的夫妻真到她死了，他一下子觉得心里空了。

一个老乡来看他，告诉他春瑛的日子过得很不好。她生了两个女儿两个儿子，一个儿子死了，另一个儿子上了大学，毕业后在C城工作，娶了个比他小三岁的城里女人。春瑛老公死了后，春瑛就到城里帮儿子带孙子。但婆媳关系很不好，媳妇嫌她脏。

一听这话老郑头就火了。脏！凭什么媳妇嫌她脏。那一夜没睡好，第二天他就向老乡要来春瑛的电话号码，打了过去。

春瑛在电话里的声音躲躲闪闪，他马上就觉得不对，把她约了出来,带她到城里一家很好的餐馆吃了一餐饭。

春瑛告诉他想回乡下去,但老家的房子现在二女儿一家住着,回去也没地方住。

我要回去了。饭刚刚吃完,春瑛看了一下手表说。

急什么,还早呢。

我得回去,要不她会不高兴。春瑛说。

那天晚上回到家里,老郑头满头脑里都是春瑛,就一个念头——当初要是他跟春瑛结婚了⋯⋯

于是每个星期六他都把春瑛约出来,带她去吃一餐好的。春瑛从来不提当初他为了城市户口把她抛弃的事。后来有一天,春瑛说以后不能再出来见他了,有人看到她跟他在一起吃饭,对儿子说了。儿子很生气,觉得母亲这么老了还跟男人约会很丢人。

倒是媳妇没说什么,好像对她出去见男人的事漠不关心。

老郑头当时没说什么,回到家越想越窝火,第二天就打电话把春瑛约了出来。

我不是跟你说我们不要再见了吗?春瑛说。

我要跟你结婚。老郑头说。

你说什么呀?春瑛像少女似的脸红了。

我说的是真话。

你会后悔的。

你看着,我一定不会。谁也阻止不了我。老郑头在心里对自己说,我这辈子绝不会第二次背叛这个女人了。

春瑛哭了，又伤心又高兴。

事情就是这样。郑松驰说，爸爸妈妈吵了一辈子架，要说也可以理解……只是现在找不到爸爸怎么办？

我带你去见一个人，只有她才能帮你的忙。A女儿对郑说。她当场掏出手机，掏出后又犹豫了，但看到郑松驰殷切的眼神，还是拨通了陈绍兴的电话，但没人接听。

十四

A女儿见到何丹时，记忆深处的事又一次翻了上来，但马上觉得可笑。都好吗？A女儿问，你没怎么变。何丹的脸变化不大，只是瘦了，肌肉松弛了点，眼睛下面多了一层眼袋。

是吗？你才真没变。何丹说。在她眼里，A女儿除了眼角多出一两道皱纹，变得更优雅了，是她想象中老去女人的样子。

两个人都笑了，都笑得比应当有的浓，更早，在纠葛之前亲密的感觉在两个人之间弥漫开来。

在网上看到你父亲的事了。何丹说。

她没说林老师，说你父亲，其中的微妙A女儿立刻感觉到了，马上联想到铃兰。

真遗憾，本来还指望你能带我去见你父亲，现在完全没希望了……何丹说，语气诚恳。

A女儿头脑里浮出何老师躺在老人院病床上的样子。

我去养老院看过何老师。A女儿说。

我现在对爸爸已经绝望了。他在杯心老人院整个人变了，我跟铃兰说过。

你认识铃兰？A女儿吃惊地问。

那次开庭以后，我们这些自认为父母失踪跟你父亲有关系的人建了一个群，铃兰是群主……

好多人吗？A女儿问，没有提铃兰找过她的事。

也不多，就七八个。

都有谁呢？A女儿问。

你认识的有我、铃兰，其余几个你可能没听说过。何丹说了两三个A女儿很陌生的名字。

你爸我爸他们怎么会想起弄一个杯心老人院呢？A女儿问。

说是修行，一起修死。唐老师的死好像对他们打击都很大，何丹看了看A女儿说，后来他们去听过一个安乐死的讲座，回来以后我爸很兴奋，说了好几次这下有头绪了的话。我也没多问，没想到他们弄了个老人院，神神秘秘的……

你去过吗？A女儿问。

没有，也想去看看，但联络不上，那里不让用手机……你知道林香梅吗？何丹问。

林香梅？A女儿摇了摇头，她第一次听说这个名字。

她是杯心老人院的阿姨,她应该什么都知道。但失踪了,我们就是找不到她。何丹说。

A女儿立刻想起林律师——他一定知道。

我们想知道他们到底在杯心老人院怎么过的……

我也想知道呀,所以才去找你。A女儿摇了摇头说,长长吐了一口气。

你爸有指望醒过来吗?何丹看了A女儿一眼。

不知道,一切都是天意。A女儿说。

要不我们去杯心老人院走一趟?何丹说。

A女儿这才觉得自己很怪,怎么从未想去看看那个地方,于是很感激何丹,晚上回到家,马上给林律师打电话,问到地址,发了一条微信给何丹,约好去的时间。

A女儿跟何丹在山上迷了路,兜了几个圈,车开到桃花村口,看见一空旷的晒谷场,沿山坡路两边建有许多土坯房子,有的规模很大。

她们下了车,顺着路往前走,想问个路,整个村子似乎看不到一个人,所有的房子都是空的,门窗紧闭,好像很久没人住了。

正不知道该怎么办好,背后传来几声嬉笑,一回头,看见一个穿着肮脏西装头发蓬乱的中年汉子,跟在她们后面几步远的地方。

你知道杯心老人院吗?何丹问。

中年汉子只管嘻嘻笑，不说话。

看来是个傻瓜。A女儿悄声说。

两个女人不再理他，继续往前走。中年汉子跟着她们，一直跟她们保持几步距离。

又走了两三百米，快走到村尽头，何丹终于憋不住，回头对中年汉子说，你是谁？跟着我们干什么？

大家都叫我傻瓜，你们也要叫我傻瓜。中年汉子说。

好吧，傻瓜，你不要跟我们走。何丹说。

好，我不跟你们走，你们跟我走，对吧？傻瓜说。

跟你走去哪里？A女儿问。

去你们要去的那里。

我们要去哪里你知道吗？A女儿问。

我知道，西装服说我不傻，说我比谁心里都明白。傻瓜说。

西装服是谁？A女儿问。

他们都叫他A。

A女儿心里咯噔了一下，说，好吧，那我们跟你走。

傻瓜高高兴兴地转过身，往前走去。

这妥吗？何丹低声问A女儿。

看看吧，反正也没有其他人可问。A女儿说。

A还说过你什么？A女儿问。

他说他要死，我也要死的。

我们都要死的，A还说了什么？A女儿说。

A还给我钱。

给你钱？给你钱干什么？何丹吃惊地问。

A说我有力气，能干活。

你干了什么活？

A不让我说。A叫我跟谁都不要说。我不能告诉你们。

她是A女儿。何丹指着A女儿对傻瓜说。

傻瓜看了一眼A女儿，摇摇头说，我不能说，A叫我跟谁都不要说。

我们给你钱。何丹说。

我不要钱，A叫我不能要别人给的钱。

你干的活很重吗？A女儿问。

很重，A说我有力气。

在哪里干活呢？何丹问。

在山里干活。

哪里的山？

就那里。傻瓜指了指后山。

你能不能带我们去那山里？A女儿说。

我带你们去找A。傻瓜说。

两个女人一惊，A女儿差点叫出声来。

这是林香梅家。傻瓜指着路边一栋土屋说。

你知道林香梅？A女儿问。

A叫我要注意她。

为什么？

A 说林香梅肚子里藏着一个鬼。

鬼？什么鬼？

A 说我穿西装很好看。

A 女儿点点头说，是很好看。

我的衣服全是 A 给的。

两个女人又问了傻瓜许多话，但除了杂七杂八的事外，关于 A，他没有说出更多的话。

这村里除了你都没人了吗？何丹问。

有的。他就住在这里。傻瓜指了指山坡一栋大房子问，你们要看吗？

嗯。你带我们去吧。A 女儿说。

傻瓜把她们领进屋去。

屋里一个人都不见，大厅正中央摆着一副棺木，头朝厅外。

爸爸躺在这里，傻瓜指着棺木说，大家都叫他老村主任。

他什么时候躺进去的？A 女儿问。

天上星星掉下来的时候。

怎么没有送到火葬场去火化？何丹悄声问 A 女儿。

A 女儿摇摇头，又问傻瓜，他还要在这里躺多久呢？

我不知道。爸爸说爷爷在家里躺了六十年。傻瓜说。

他为什么要躺在这里？A 女儿问。

他要守住这屋子和这个村子里的人。傻瓜说。

这屋里还有人吗？何丹问。

有。

在哪里?

傻瓜把她们领到后厅。她们看到正面靠墙的公婆龛,上面摆着好几块牌位和几个盛满水的小杯。

爸爸让我天天给他们水喝。傻瓜说。

那你爸爸不喝吗? A女儿问。

爸爸没说他要喝。傻瓜说。

A女儿有点奇怪,后来跟林律师说。他在背他的十字架,林律师说。A女儿没懂,但林律师没有解释,怅然良久。

回到停车的晒谷场,何丹问傻瓜,要开车去吗?

傻瓜摇摇头说,我没坐过车,我害怕,A没叫我上车。

两个女人没有办法,只好跟在傻瓜后面走。傻瓜走得很快,走了五十来米就停下来,回过头等,等到她们快到跟前了才又开始走,走了一会儿,他们拐进一条岔道,又走了一会儿,两个女人看到前面有一大片空地,一栋土楼,门口边墙上挂着一块木牌,上面写着"杯心老人院"。

A就在里面。傻瓜说着,推开门走了进去。

一股久未人住的闷味扑了出来。

你们进来呀。傻瓜回过头叫她们。

两个女人走了进去。

A在哪里? A女儿问。

你们等等,我带你们去。傻瓜说,走几步到横头桌前,指着墙说，A在里面。

墙上挂着一条横幅，一米来长，五六十厘米宽，上面写着四个大字——悲欣交集。

两个女人呆呆看着，不知道这是什么意思。

你们看不到吗？傻瓜问。

看不到。两个女人说。

傻瓜从外面搬进来一张凳子，站上去，把横幅摘下来，摊在桌子上。

她们还是不明白，傻瓜用手指一下横幅字后面盖的大印。她们凑近一看，傻了，发现不仅盖的印，连四个大字上都写满了密密麻麻的小字，字极小，肉眼根本看不清楚。

这上面写什么字？A女儿问。

傻瓜突然递给她们一个放大镜，说，A用这个看。

这是微雕，A女儿叫起来。

盖的印章上有十一个名字，其中，A的名字排第一个。"悲欣交集"四个字中写着"观自在菩萨　行深般若波罗蜜多时　照见五蕴皆空　度一切苦厄……"。

我能把这张字带回去吗？A女儿问。

不行，A说过它哪里也不去，就要在这里。傻瓜说。

两个女人拿出手机把放大了的字幅拍了下来。

何丹又从包里拿出父亲照片给傻瓜看，问，你认得他是谁吗？

认得。回答。

他叫什么？何丹问。

不知道。傻瓜说。

A女儿掏出A照片。

西装服。傻瓜说。

A女儿松了一口气，一想，又拿出黄老师跟老郑头照片问傻瓜。傻瓜一会儿点头一会儿摇头，A女儿弄不清他准确的意思。

A女儿仔仔细细把所有房间都看了一遍，拿了贴在厨房墙上父亲写的作息时间表。

她们问傻瓜父亲住过的房间，但他说不清楚。

分手时，A女儿跟何丹各给了傻瓜一百块钱。傻瓜很高兴，说不要，但她们硬塞给他。

A女儿把照片发给大儿子，大儿子说这是《般若心经》。

看来父亲他们在一起念佛，难道这就是何老师说的修死吗？A女儿越想越觉得不可思议，更不相信父亲会杀人了。

十五

这天上午，他收到桃花村村主任一条微信，说他们已经开始修陈姓族谱了，问林律师认识不认识在C城粮食局工作的陈某某，林律师回答不认识。像被小石头投水激起的涟漪，林律师有点坐不住了，下午，他回到母亲老屋，翻箱倒柜，找到被塞在书架上的族谱，翻阅中，他发现他这支林跟桃花村林的大祖一样，同样是从河南固始出来的，但遗憾的是，族谱中间断了一大截，没有记载何时及何地入D省，仅提到祖上是在清康熙年间从某县迁到C城定居。

这就看不清他的这支林跟桃花村那支林是否是同源的了，但不管怎么说，可能性还是存在的……

夜晚，林律师坐在书房沙发上发呆，他有一种奇妙不可思议的感觉——族谱上那么多前一刻还陌生的名字突然就掉到他生活里来了。他模模糊糊看到一条线，把他跟这些人牵在一起，他感觉身体重了，挂了秤锤似的，他想挣脱，激烈晃动身体（想象中），把这些人抖出去，让身体回到没看到前的轻松状态，但来不及了，有一瞬这些名字变成一双双睁开的眼睛，挤在一起，在黑暗中看着他，一阵恐惧，他闭上眼睛，却奇怪感觉到丝丝暖意，身体一点点软下去，像掉进了夏日的深河，被水环绕，却沉不下去，被那些奇怪的眼睛托着，顺流而下……

林律师手里拿着一杯加了冰块的威士忌，一边喝一边沉浸在族谱带来的幻象中。

突然，手机响了起来，林律师吓了一跳。

是陈绍兴。

我想喝酒。陈绍兴第一句话就说，声音清晰干脆。

这声音把林律师从幻象中唤醒了。

我要你陪我喝酒。陈绍兴说。

嗯，好。林律师说。

去哪里？

你是说现在吗？林律师吃惊地问，彻底清醒了。

对呀，就现在想喝，哪里都行，你定。

林律师慌乱地看了一下手表，十点整，已经到他平日睡觉的时间了。

那好吧。他说，头脑里出现环城路"心思"酒吧。

我想吃你妈妈卤的鸭脚。陈绍兴说。

林律师不知回答什么好，一瞬，想起在火车上，陈绍兴两只手抓着鸭脚，贪婪地啃着，嘴角两边沾着点点卤汁的样子。

我已经叫上他们两个，好久没见了。沉默了一会儿，陈绍兴说。

她说的是当年一起乘火车的牌友。

你在哪里？我去接你。林律师说。

不用，你告诉我地址，我自己去。陈绍兴说。

半个钟头后，林律师到"心思"酒吧时，陈绍兴已经坐在里面，神情专注正在听女儿闺密老公边弹吉他边唱歌，好像完全没有注意到他进来。

林律师看了陈绍兴一眼，在柜台她座位边坐了下来。

女儿闺密拿出林律师留在店里的苏格兰威士忌。她这天穿了一件印度风长裙，显得特别年轻有风韵。

今晚不喝这个，来一杯日本清酒吧。林律师想起书房里还剩下的那半杯威士忌,林律师不习惯喝急酒,喜欢慢慢品,无论喝什么,都要含在嘴里一会儿才吞下去。

> 有一天我走在马路上
> 看见路边窗口上出现了一个美丽的姑娘
> 她唱着在那遥远的地方
> 我要做你的一只羊任你鞭打
> 她的歌声如醉如痴……

女儿闺密的老公的声音很野,使歌词带上了一股风,飘进林律师耳朵。

想到美国的拉斯维加斯唱吗?陈绍兴问歌手,侧身背对林律师。

陈绍兴穿了一条黑色的长裙,林律师看到她背上有一朵紫色的大花,花瓣重重叠叠,揉进几条金色的曲线。

没想过。歌手说。

我可以介绍你去。陈绍兴说。

不想。我在这里就挺好。

为什么?

歌手笑着摇摇头。

这边,林律师跟女儿闺密有一搭没一搭地闲聊着,但陈绍兴他们的对话听得一清二楚。

你很像我英国的一个朋友,他经营一个牧场,却什么也不干，只爱弹唱，摆弄音乐，弄了个最好的音响组合，牛养死了，羊也养死了，林子也从不打理，任它们自生自灭……陈绍兴笑了，他是我见过最自得其乐的一个人……

那他靠什么生活呢？歌手问。

他把草地租出去，租户在上面养了几匹马……

人想要的比需要的要多很多。林律师插话说。

这就是人嘛。陈绍兴转过身来，看着他说，身体跟头脑，身体只要一，头脑可以要一百一千。不过，今天不说这些了，你在喝什么？

日本清酒。林律师举了举小酒杯说。

也给我来一壶。陈绍兴说。

冷喝还是温喝。

温喝。陈绍兴说。

你住在哪里？林律师问。侦探拍的照片中，薛志芳家里同一个女人出现过几次，身材跟陈绍兴差不多高，但每次都戴着墨镜和帽子，脸看不清楚。

你想知道？陈绍兴笑着问。

是。林律师老实回答，你知道我的意思。

以后吧，该知道的时候你自然会知道，不说这些，今晚不是说好陪我喝酒吗？陈绍兴说，拿起酒杯，突然表情有点变，脸色发白，从口袋里掏出一小瓶药，对林律师的女儿闺密说，给我一点水。

你没事吧？林律师担心地问。

没事，老毛病，一会儿就好了。陈绍兴勉强笑着，从瓶里倒出一颗药片，就着水吞下去了。

两个老乡来的时候，陈绍兴已经完全好了，又开始喝酒，根本不理睬林律师的劝，脸色通红。

你们怎么才来？我们已经喝了好多了，抵达，我喝了几壶清酒了？陈绍兴站起来说。

第三壶。林律师说。

来来，你们来陪我喝。陈绍兴指着林律师说，他才喝了一杯，还说陪我喝。

她刚才还有点不舒服。林律师对两个老乡说。

别听他的，他缺了半截门牙，他的话不能听，没有没有。陈绍兴哈哈大笑，用手指着他的嘴巴说。

大家都笑了，林律师也笑了。他喜欢听她说，她不会这样说别人的。

她有点醉，不能再喝了。林律师说。

我没有醉。

她不会醉。你忘了？过去我们都喝醉了，就她一个人没醉。一老乡说。

四个人找了个角落座位坐了下来。

两个老乡喝林律师的苏格兰威士忌，林律师和陈绍兴继续喝清酒。

不唱歌吗？陈绍兴问一老乡，我记得你歌唱得很好。

226

他们开始唱卡拉OK。

一老乡唱起歌的时候,陈绍兴站起来跳舞。她一个人跟着音乐跳。

你不来陪我跳吗?陈绍兴问另一个老乡。

另一个老乡当年在大学里经常跳舞。

多少年没跳了。另一个老乡说。

没关系,我也一样。陈绍兴伸手把他拉了起来。两个人搂在一起,开头步伐有点生疏,但很快就顺畅了起来。

跳完一支曲子,陈绍兴回到座位上,喝了几口酒,又继续跳。

你也来跳吧。另一个老乡好像有点不好意思,回到座位时对林律师说。

他不会跳。陈绍兴看也不看林律师说,书呆子一个,连喝酒也不会。

这样,有时一个老乡唱,有时女儿闺密唱,或女儿闺密的老公唱,另一个老乡跟陈绍兴除了偶尔休息一两曲,一直在跳。

好久没这样开心了。陈绍兴说。

林律师看见陈绍兴跟另一个老乡身体贴得很近,有时还把头靠在他肩上。他面无表情,一口接一口喝酒。

一直折腾到深夜,喝到最后,陈绍兴醉了,跳不动了,躺在座位上睡着了。

她喝得太多了。一老乡说。

不会呀。她过去喝得更多。不过，她今晚很开心。另一个老乡说，退休了以后，他每天都到广场去跳舞，舞伴有好几个。

林律师没吭声，心里觉得怪怪的。

她怎么办？一老乡问，摇了几次，陈绍兴还是不醒。

没事，我送她回去。林律师叫了一部的士，两个老乡帮忙把陈绍兴弄进车子。林律师跟司机说了自己家的地址，车动的时候，林律师打开车窗，朝两位老乡挥了挥手。

他不知道陈绍兴住在哪里，也不敢随便把她放在旅馆，没法，只好带她回自己的家。

他把陈绍兴半抱半扶弄进客房，放在床上，她突然醒了，想吐，他赶紧扶她进厕所，吐了一阵，又把她扶回床上。

她嘟嘟囔囔了几句什么，就睡过去了。

林律师用热毛巾把她脸擦了两遍，怕她再吐，在床边椅子上坐了好一会儿，听到陈绍兴含糊地叫他的名字，以为她醒了，贴近一看，才知道她说的是梦话。

陈绍兴脸红红的，两片鲜艳饱满的嘴唇，看上去很年轻，好像岁月依然未逝，林律师情不自禁伏下身去在她额头吻了一下。

一瞬，陈绍兴的体温传了过来，他握起她的手抚摸了几下，心里充满柔情，他怜惜眼前的这个女人。

衣服上粘了一根她的头发，他拿起来，想了一下，用纸包起来，放在钱包里。

到底发生了什么事？他想，她怎么醉成这样？

这个夜晚，林律师守在陈绍兴身边，最后坐在椅子上睡着了。

第二天早晨林律师醒来时陈绍兴已经走了，在饭桌上留下一张纸条。

抵达：

我昨晚喝醉了。当年出国前的那天夜里，我也喝醉了，醉得昏天昏地。醉后的感觉很不好，第二天上飞机时我还在恶心。我发誓从此再不喝醉酒。这么多年来，我一直遵守对自己的承诺。

但戒律破了。

你一定感觉奇怪，为什么呢？这个女人怎么会一反常态醉成这样？你会想，但你找不到答案。

现在我还在恶心，想吐。我好像就是为了要这种感觉昨晚才喝下那么多酒的。

但当然不是。

喝酒的时候有你在身边的感觉真好。我眼睛没看你，但全在看你。我的身体不占有你，但又全占有了你。我们没有一丝在碰撞，但又全部在碰撞。

感谢你陪着我。

总有一天你也会感谢我曾经陪过你。

绍兴

他把纸条读了三遍，有一瞬，眼睛湿润了，浑身无力。

一整天都很失落，他甚至没有给她挂电话，知道就是挂她也不会接。晚上回到家，他从柜子拿出一瓶威士忌，好几年前朋友从苏格兰带回来送他的。他倒了一杯，一口气干了下去，心口热了一下，又干了一杯，心口又热了一下，他接着喝。

从来没有这样喝过。

书橱玻璃门上映出他发青的脸颊。他总是这样，越喝酒脸色越发青，但就是不醉。他父亲一喝酒，只要一两地瓜烧就会醉，但他爱喝，嗜酒如命。他母亲喝多少酒也不会醉，但她不爱喝。他见母亲喝过一次，在酒桌上，看父亲快要不行了还在逞能，她就站出来，说，你们朝我来，我陪你们喝。你们喝多少我就喝多少。只来过一次，大家就知道了，这个越喝脸越青的女人，没有人能喝得过她。

小时候他最讨厌的一件事就是把醉倒在家门口的父亲拉进门。父亲满嘴恶臭，吐得昏天黑地，他跟母亲两个人竭尽全力才能把他拉上床。

他看着母亲脸色阴沉，弯着腰费力擦洗父亲的身体，然后擦地板，母亲一定恨父亲，他想，心里发誓长大了以后绝不喝醉酒。

但那天晚上，看着醉倒在床上的陈绍兴，他第一次想，母亲一定不止恨，也爱父亲，要不然怎么解释她一次又一次为醉倒的父亲擦身子呢。

为什么不醉呢？他也想醉，这辈子第一次想醉。虽然这辈子他最讨厌醉，最看不上失去理性，无论是醉倒还是气晕。

那晚他把一瓶威士忌全喝光了，头晕乎乎的，但他知道自己没有醉，脑子很清醒，甚至比不喝酒都清醒。他很无奈，知道再喝多少酒也没用了。

有什么办法？一种人喝酒会醉，另一种人喝酒不会醉，他恰巧是后一种人，陈绍兴恰巧是前一种人。他们中间没有桥，跨不过去。

其间，陈绍兴醉倒在床上的脸无数次破碎了又汇集起来，一次比一次洁净，像被雪水清洗，他心里涌出越来越多的怜爱。醉把她卸掉了，卸得干干净净，她变成另一个她，无垢纯净，返回童真。

他卸不掉，他天生是个卸不掉的人，他只能驮着自己沉重的肉身朝前走。

他又把纸条拿出来读。一天中，他已经看过无数遍了，但此刻酒精使他头脑变得无比清晰，他盯住最后一句话看，总有一天你也会感谢我曾经陪过你，这是什么意思？难道说……

难道说……

他突然有一种强烈的感觉，他可能又一次要失去陈绍兴了。

他狂躁起来，这不行，无论如何不行，他对自己说，我要阻止她，只有我能阻止她。

他去冲了一个温水澡，从浴室出来的时候，他已经把整个事情想过一遍了。

陈绍兴要帮助Ａ死，只有两个机会。一是到医院给Ａ注射死亡药，林律师想到两个人，一个是陈绍兴，一个是薛志芳，但从纸条中隐隐透露出来的意味看，陈绍兴亲自动手的可能性更大。这看起来简单，但危险太大。

另一种可能性是把Ａ偷出医院，但这实施起来难度太大。

林律师把事情反反复复想过好几遍，所有的细节都想到，感觉万无一失了。他在笔记本上记下几行字，准备明天一早起来就行动。

一，请侦探守住医院里的Ａ。

二，监视薛志芳与陈绍兴的一举一动。

三，电话Ａ女儿，确认Ａ转院时间。

总之不给陈绍兴任何机会，让她无从下手，自动放弃。

陈绍兴绝不是容易放弃的人，但她是在他的地盘上，这一点，让他多了一点自信。

临睡前，他看了一下表，十二点四十六分，不算晚，只比平日晚了半个来钟头。

十六

这天，A女儿接到族公升的侄女电话，说中医医院康复中心空出一个床位，叫她去找茜主任，说一两天A就可以转院。

申请转院手续已经办好，她打了个电话给茜主任，进去看了看。

康复中心在C城郊外，位于鹅山半坡，面朝大江，景色宜人，天气好的时候，可以看到江面上水天一色，夕阳落下。一栋旧教会医院的五层红砖大楼，宽敞的庭院被灰砖围墙围住，正门开在二层中央，门口台阶分左右两边，每层台阶边都有个小平台，摆着一盆花。大楼包围在高高的树荫下，前面有个院子，一道铺砖小路，正当中有个花坛，正开着五颜六色的小花。

前几年中医医院在C城郊外新建老人康复中心，大家嫌远，交通不方便，没人愿意过去，茜当时是内科主任，五十八岁，她毛遂自荐，走马上任。她要来几个骨干，自己担任副院长，因院长常年不在，她成了康复中心实际的负责人。退休以后她留在岗位继续工作，虽没有职务，但新院长是她弟子，由她推荐，所以实际上，中心的事她还是很有发言权。

茜之所以会自告奋勇去康复医院，源于她跟大楼有过的一段往事。她母亲湘雅医学院毕业后到这所医院当医生，她就在那里出生,小时候经常在医院玩。

大楼边上有个放工具的小木屋,花匠常常躺在里面睡觉。花匠是个老头,长胡子,终年戴一顶草帽,独身,不爱说话,见人就躲,躲不过,就摘下帽子向人鞠躬,你说话,他就鞠躬,再三鞠,到你闭嘴为止。医院的人,无论职工病人,谁都知道他这个习惯,除非万不得已,没有人敢去招惹他。他是个好花匠,经他照料的花草,都长得特别好。他喜欢玫瑰,在院子里种了各种各样的玫瑰,一年两次,玫瑰开花季节,他总要花连叶剪下几十枝,插在医院洋楼大厅的大花瓶里,谁看了谁惊叹。

茜四五岁时很调皮,有一次在玫瑰花丛中追蝴蝶,花匠吼她,她做了个不要作声的手势,朝花匠身上扑过去。

你不要说话。她对花匠说,好像没看到花匠凶神恶煞的脸,你头上停着一只蝴蝶。

花匠没说话,不知所措地看着她。

他们就这样成了忘年交。几十年旧地重返,院子早已荒废,茜凭着过去的印象,按照花匠的眼光重新打理它,种上了许多玫瑰。非常奇妙的是,过去摆在大厅里的花瓶居然在杂物间里找到。一年两次,玫瑰花开的时候,她一定亲自剪下几十朵玫瑰,插在洋楼大厅进口处的花瓶里。

茜长得很优雅,说话轻声细语,脸上永远带着微笑,A女儿见到她,一下子就喜欢上了。

她们先坐在茜办公室里聊了一会儿,茜泡了一杯咖啡给她，然后带她去参观了康复设备和住院处。楼虽然旧，但康复室设备良好，病房阳光充足，室内有盥洗室，工作人员看上去很有礼貌，A女儿非常满意。

明天就让父亲过来吧。A女儿说。

可以呀。茜说可以帮忙叫一部急救车送过来。

下午A女儿到市医院打过招呼，傍晚接到茜电话，说市医院救护车一辆在维修，一辆有任务在身，不过已经联系好附近的一家医院，救护车早上十点半会到医院门口，到时候A女儿办理好手续在门口等就可以。

这天一早，A女儿赶到医院，办好出院手续，又收拾了一下东西，到十点十五分，她走到门口，看到一辆白色的救护车停在路边，想一定是这辆了，就走上前去。

看到A女儿，从车上下来了一个年轻人，打了一声招呼，问A名字，A女儿说是她父亲。年轻人说是中医医院康复中心茜叫的急救车。

A女儿给门房看了出院单，让救护车开到病栋前，两个白色衣服戴口罩的年轻人把担架车推出来，到楼上把已经全部收拾停当准备出发的A放上担架车，推出来上了电梯，下了电梯后推出病栋，把A推进车去。

很抱歉，这里坐不下了，能劳驾您打的吗？年轻人说。

救护车很小，里面只有两个座位，A女儿就点了点头说好。

她绕到救护车前面，把地址抄给司机。

司机很有礼貌地点了点头，说知道。司机边上坐了一个中年男人，中间放了一个很大的包。A女儿想开口让他们挤一挤，自己坐上去。但一想，还是算了，反正叫一辆滴滴也很方便。

A女儿看着救护车开出医院，拿出手机叫了一辆滴滴，给茜挂了电话，说这边车已经出发了。万一我的士迟到一点……A女儿说。

你没跟救护车一起来吗？茜问。

车坐不下。A女儿说，心里掠过一丝疑问，但马上就过去了。

茜让她放心，说已经把一切都安排好，就等着A来了。

滴滴来了，A女儿坐上车，想起了一件事，拿出手机，正想给林律师挂电话，看到茜电话进来。

什么？你说什么？救护车给你电话？A女儿叫了起来。

是。救护车说他们到市医院门口了……茜说。

这不可能，救护车已经来过，我刚才亲自把父亲送上车。A女儿说。

怎么回事？那我再问一下。茜说，匆匆把电话挂上。

A女儿突然发现事情不对，立刻吩咐司机师傅回头往市医院去。

到了医院门口，果然发现停着一辆跟刚才一模一样的救护车，车边上站着一个中年人，正在打电话。

A女儿叫滴滴师傅等一下，下了车。

您是中医医院康复中心叫来的救护车吗？A女儿朝中年人叫了起来。

是呀。我们是来接A的。中年人放下手机说。

A刚刚被接……A女儿话没说完，突然明白了，叫了起来，天哪！马上冲到滴滴车前，跳进去，对司机说，快，到中医医院康复中心。

途中A女儿跟茜联系了几次，但茜都说没见到救护车来。

到了康复中心，A女儿跳下车，茜已经焦急地等在门口。

怎么样？还是没来？A女儿问。

茜摇了摇头，很同情地看着A女儿，问，会不会弄错了？

不可能，不可能。A女儿脸色苍白，想到陈绍兴。怎么这么久才想到她？早就该想到了。A女儿来不及跟女院长说话，挥了挥手，马上拨了林律师手机。

响了好几声，A女儿几乎要绝望时才听到林律师的声音。

我父亲丢了……A女儿在电话里叫了起来，一定是陈绍兴，准是她把父亲劫走……完了，全完了……A女儿大声哭了起来。

你冷静点，就在原地等我，我马上过去。林律师说。

第三部

一

接到A女儿电话时,林律师才刚刚起床。

半夜一点多,美国打来电话,妻子女儿为狗吵架。女儿要买狗,妻子不让,嫌狗大,说怕。女儿不服,说妻子常在公园逗大狗,不是怕,是嫌钱贵。多少钱?他问。八千美元。女儿说。他想是贵了点,但没说。我自己赚的钱,为什么不能花?女儿理直气壮……这种事他能表态吗?本来就公有理,婆也有理,于是他这头说说,那头劝劝,折腾了一个多钟头总算两头平息,弄得睡意全无,四点了才又睡过去,忘了设闹钟,一睡就到近十点了。

他赶紧跳起来,走进厨房想泡一杯咖啡,咖啡罐空了,又找一个,还是空的,最后终于找出一袋速溶咖啡。他烧上水,等水开,就在这时,手机响了。

听A女儿说完,他手脚发软,头脑一片空白,就像那次,十来年积累的一万多张照片,被他按错键,瞬间清空。

他想打陈绍兴电话,但找不到号码,在通信录来回翻了几遍终于看到,拨过去,忙音。

他不甘心,又拨一次,再拨一次,连拨三次后绝望了。

会不会弄错了,是另外的什么人呢……他想,莫名其妙浮出一丝希望……但马上推翻了。

除了陈绍兴,谁有兴趣劫持一个九十岁的老人?

如果及时发现,他会找到办法,不任她一意孤行。但现在,一切都太迟了,事情已经完全超出了他能控制的范围。

他怎么会睡过头了呢?这么磨蹭,好像事情还等在十八里外的停车场上……

他责备自己,但内心深处,却有一种钦佩。他欣赏她,妄为大胆,突破界限,决不妥协。她永远在飞,他做不到,他再一次觉得自己像被框在镜框里的乌龟,别说行动,连思维也飞不起来。

他想做一股风,托住她,不让她掉下来,放任她飞。

但他知道他做不到——天网恢恢,疏而不漏,也因此,更为她担心。

踩钢丝在走的是他,而不是她。

他颤抖着手,泡上咖啡,匆匆喝了几口,这是习惯,情绪一紧张他就要喝一杯热咖啡,不加牛奶、糖,喝苦的。

苦可以定神。

果然,喝完咖啡,他手不再发抖了,出门前他给刑警挂了个电话，告诉他A被劫持的事，没提陈绍兴。

刑警冷静得出奇，只问了一句，我们现在去哪里？

去中医医院康复中心，我马上把地址发给你。林律师说，A女儿在那里。

你先别急，刑警说，先了解一下情况再看下一步怎么办吧。

三十多分钟后，林律师跟刑警几乎同时出现在中医医院康复中心。茜已经在大门口等他们来了。

A女儿在哪里？林律师问。

在二楼休息室，她坚持要到门口等你们，好不容易说服她打了一针镇静剂，现在好一点了。茜说。

休息室在二楼楼梯右边，几张灰色的布艺沙发，茶几上摆着一个圆肚花瓶，插着几枝百合，看上去像是真的。

几天不见，A女儿憔悴了很多，眼睛红肿，看到林律师跟刑警，她跳了起来。

你们总算来了。我们要来不及了！爸爸失踪了，他现在有危险。我们赶快走……一定要找到他，要不他会死，我知道，来不及了他就会死……A女儿慌里慌张边说边往门外冲。

你冷静一点，你要我们去哪里找你父亲？林律师问。

去医院，医院……A女儿说。

哪个医院？林律师冷静地问。

哪个医院？A女儿重复着林律师的话，一脸茫然，好像第一次想到这个问题似的。

你坐下，慢慢说，到底是怎么回事？林律师说。

陈绍兴把爸爸劫走了。A女儿说。

你为什么能确定是她呢？林律师问。

就是她，绝对是她。A女儿又开始激动，口气急促，语无伦次，她是个恶魔，我想不通，为什么这辈子她总要跟爸爸过不去，怪我太麻痹，怪我，怎么就想转院呢……语气中带着强烈的自责、懊悔、愤恨和焦虑。

林律师同情地看着她，等她终于说完了，才问，你记得跟你说话的年轻人的样子吗？

他戴着口罩，脸看不清楚，两只眼睛细细的，单眼皮，中等个，A女儿想了一下补充说，穿了一双绿色的鞋子……

你看到司机了吗？林律师问。

看到了，本来想驾驶室里可以坐，但司机边上坐着一个中年人……

男的吗？

是。

林律师从手机里调出一张薛的照片给A女儿看，是这个人吗？

A女儿仔细看了一下照片，含糊地说，我也不清楚，脸有点像，不过，那人穿灰色夹克，戴帽子……抱歉，太匆忙了，我没看清……

没关系。我知道。林律师说，这样吧，你先回去休息，这事就交给我们了，有消息会马上通知你。

我跟你们一起去。A女儿叫起来。

你累了，还是回去休息吧。林律师温和地看着她说。

我……A女儿还想说什么，但看到林律师的目光，就没再说下去。

拜托你们，今天一定，一定。A女儿说。

救护车为什么没有在预定的时间到市医院？他们怎么跟你解释的？等A女儿走后，林律师问茜。

当时匆忙，我也就没细问。茜说。

哪个医院的救护车？林律师问。

附近医院。

林律师向茜要了救护车司机的电话号码，跟刑警走出康复中心。

我去找一个人试试。林律师说。

刚才照片上的那个人吗？刑警问。

对。就是他。林律师简单把薛的情况说了一遍，就算是陈绍兴，她一个人也做不到这样的事，一定有人在帮她。

你看A还有希望吗？刑警问。

林律师摇了摇头说，我看希望不大，像A那种情况，拔掉管子撑不到两个钟头……

是呀。刑警说，叹了一口气。

林律师想起A躺在病床上的模样，他不知道这种结局对A是好还是不好。

有可能马上弄一张搜查令吗？林律师问，我想在薛家，有可能找到陈绍兴的线索。

需要点时间，我马上回局里去办。刑警说。

我先去附近医院，找救护车司机了解一下情况，到时候薛家见。

好。随时保持联系。刑警说。

两个人分头行动。

林律师一边跟刑警说话，一边诧异，他无法理解自己，怎么能那么冷静，一步一步照正规程序来做？是陈绍兴呀，他希望看到她全身而退，但没有办法，一看到刑警，他马上就进入日常程序，说话声音都改变了，该怎么做就怎么做，好像提线木偶，每一个动作都被线控制。他隐隐心疼，对陈绍兴感到一种歉意，好像过错全在他，是他正把她推到悬崖边上。

林律师在去附近医院途中致电助手，让他调查C城各医院上午九点到十一点之间救护车的出行情况。

附近医院救护车司机是个年轻人，说本来上午只有十点钟到市医院一趟的任务，但八点多，接到上司电话，让他到医院附近某小区接一个心绞痛患者。司机怕耽误事，还提醒上司，但当时医院另外的救护车已经出行，上司说计算过，照一般情况，接完心绞痛病人再去医院完全来得及。于是他按照指令先到某小区，但路途比估计的多花了一点时间，所以赶到市医院时迟了。他记得当时看了一下手表，是十点三十三分。

几点接到中心叫你去接心绞痛患者的电话？林律师问。

八点二十分。司机查了一下手机记录说。

男的女的？

女的。

多大年纪？

六十多岁吧。司机想了一下说。

林律师记下了心绞痛患者姓名住址跟电话号码。

从附近医院到某小区开车来回只要二十分钟，去市医院需要二十五分钟，加上消耗的其他时间，的确，司机说得没错，时间似乎很充裕。

没有任何破绽，救护车接到指令提早出行、迟到现场都很正常。问题出在哪里呢？会不会接心绞痛患者这事本身就是一个圈套？

陈绍兴有可能把A带到哪里去？这个问题已经在他头脑里转过几十次了，每次第一个跳上来的都是杯心老人院……那些空空荡荡的房间，失踪了的尸体……

但每次都立即否定，后来回想，他觉得是有意回避，万一在那里碰到，他能怎么办？叫刑警来逮捕她？他做不到，可让他光天化日下"渎职"，他也做不到……

心绞痛患者叫庄景芳，去薛家要经过她家，刑警电话没到，时间还充裕，林律师决定先找她确认一下。

某小区是高档小区,庄景芳住在三号三楼,敲门时候他听到里面有人大声在唱歌,声音沙哑,却颇有韵味,流浪流浪四处流浪……

他按了一下门铃。

歌声刹时停了,一个长着络腮胡的中年男人,从门缝中露出半边脸来。

我是林抵达,律师,林律师拿出名片,请问庄景芳女士住在这里吗?

是。你有什么事?中年男人并不请林律师进屋。

我想请教她一两个问题。林律师说。

她出去了。

什么时候回来?

快了吧,出去散步。

能进去等她回来吗?林律师问。

那——好吧。中年男人打开门。

他身体比脸壮得多,虽然天气很凉,却只穿了一件短袖衬衫,左手臂上露出一块很大的红痣。

打搅了。林律师说。

他闪在一边,让林律师进了门。

客厅里摆一套红木家具,靠墙是一个大书架,上面满满都是书。

能看一下书架上的书吗?林律师一眼就看到书架第二

排正中央插着一本陈绍兴的《选择安乐死——另一种完结》。

随便。他说。

林律师把书抽出来，翻了一下。

扉页上写着"庄景芳留念"，下面是陈绍兴的签名，日期是二〇〇七年底，陈绍兴讲座那天。

庄女士上午心绞痛发作，是你给医院挂电话叫救护车的吗？林律师问。

不是，我不在家。他说。

你知道是谁叫的吗？

是我妈自己。她犯了好几次心绞痛了。我回家才知道救护车来过。他说。

正说着话，钥匙开门的声音，庄景芳回来了。她看上去六十多岁，戴眼镜，穿一件蓝色金丝扎黑花饰边对襟毛衣，整洁优雅。

妈，有律师找你。儿子大声说。

她看林律师前，眼睛先扫了一下茶几，对儿子说，星，你忘了给客人上茶。然后才转过身，直视着林律师眼睛，微微一笑，问，找我有事吗？口气坦淡，既不热情，也不冷漠。

林律师一下明白这个女人滴水不漏，不容易对付。

是这样，上午附近发生了一点事，我正在了解情况，想请您帮个忙。林律师说。

您说。庄景芳说，在林律师边上的沙发坐了下来。

您认识这个人吗？林律师拿出陈绍兴的照片。

她接过照片，摘下眼镜放在茶几上，仔细看了看，摇摇头说，呃，不认识，不过，好像又有点面熟。

星用茶盘端来两杯茶，一杯放在林律师面前，一杯放在母亲面前。茶杯很讲究，茶红色的，林律师在法医那里见过，老头说这叫仿建盏。

慢慢说，先喝茶。庄景芳说着，端起茶来喝了一口。

这是台湾的高山茶。林律师喝了一口茶说。

您说对了，看来您对茶很有研究。庄景芳说。

谈不上研究，喜欢罢了。林律师说。

两个人就茶聊了几句，林律师拿起陈绍兴的书《选择安乐死——另一种完结》，翻开扉页。

喔，想起来了，难怪觉得面熟，我听过陈老师的课，书是在会上买的。庄景芳说。

您读过了吗？林律师问。

读过了。庄景芳说，不过我不太赞成陈老师的观点。

林律师很有兴趣地看着她。

安乐死归根到底是给人一种选择自己死的权利。我不觉得人决定自己的死是一件好事，越界了。

越界？林律师不明白她的意思。

世界上的事情分两种，一种属人的领域，一种属天的领域，死自古以来就是属于天管的事，现在人想掌控，越界了。庄景芳解释说。

您是老师？林律师问。

过去是，现在只是个普通退休老人。庄景芳笑笑说。

上午心绞痛发作时，您自己打电话叫的救护车吗？林律师问。

是。这是第二次了。上次我也是自己打电话叫的。庄景芳说。

大约几点您记得吗？林律师问。

八点二十五分左右。

您没记错吗？

不会错。您可以确认一下，手机里有记录。庄景芳打开手机，找到记录，递给林律师看。

林律师不客气地看了一眼，的确，手机记录准确时间是八点二十分。

上次您心绞痛是什么时候发作的？

一个月前。庄景芳说。

几号您记得吗？

某月某日。

您也是叫附近医院的救护车吗？

是。离这里最近的就是这家医院。

林律师又拿出几张照片，问她认识不认识A、黄老师等人。庄景芳都说不认识。

这些人那天都听了陈老师安乐死的讲座。林律师说。

是吗？庄景芳又拿起照片仔细看了一会儿说，十年前的事了，想不起来了……

林律师一边听庄景芳说话一边想，这个女人到底有无可能帮助陈绍兴？按照她的领域理论，她一定会把A的死归入天管领域，恐怕不会插手此事。

但怎么会这么凑巧，她偏偏在今天上午八点多心绞痛发作呢？有可能是假的吗？谁可以指挥得动这样一个女人呢？

虽然不能说百分之百，但林律师基本排除了庄景芳协助陈绍兴的可能性。

离开庄景芳家后，林律师接到两个电话，一个是刑警打来的，说搜查令已经办好了，他正在往薛家去的路上。第二个电话是助手打来的，说A市医院救护车全部查过，没有一辆车有上午十点左右到市医院去的记录。

那辆救护车从哪里冒出来的？又到哪里去了呢？

林律师往薛家开车的路上，给林香梅挂了电话，不懂她会不会有什么线索，但听到的是此号码已经不通的声音。

奇怪，这个女人又失踪了吗？林律师想。

二

难道父亲真的就这么丢了？不可能不可能……她怎么可以耍这种诡计抢走父亲……而且，就在我眼皮底下……我怎么这么粗心大意？明明知道她的用意，她已经说得那么明确……现在怎么办……A女儿头脑里反反复复冒出这些话。

走出医院后，她不知道该去哪里，回家嘛，不可能，她没法一个人在空荡荡的家里等林律师的消息。

她顺着路往前走，看见路边一棵大榕树。苍老的树根从墙缝里挤出来，一半露在墙外，树皮粗糙，长满疙瘩，但茂密的深绿色树叶上却点点闪烁着新叶的翠绿。

榕树的新绿总让她惊喜。她感觉到季节的手摸着大地，慰藉着她受伤的身体。她莫名其妙增添了气力，叫了一辆滴滴，手机上显示五分钟后车到。

她站在路边等。路上行人不多：两个看似夫妻的老人，女的脚有点跛，男的一只手提着买菜的包，另一只手牵着她，在行人道上慢悠悠地走；一个男青年皱着眉头站在路边树下看手机；一个戴花帽五十来岁的妇人，推着布袋小拖车，里面装着一只长耳朵小狗，狗从布袋里伸出头东张西望；一个在街角小摊上买东西的年轻人跟卖家老妇大声说话……

一切平静自然，人人看上去兴致盎然，好像父亲也从阴影里走出来了一样。

车到了，她手牢牢抓住手机坐上车。

去哪里？司机问。上二环，去市医院，她说了第一个浮现出头脑的名字。

她眼睛盯着车道看，六个车道，各种颜色形状的车，眼花缭乱。

一辆白色仿佛救护车的车从她边上的车道飞驰而去，她的心一下子提了起来。

师傅，她叫司机，追上那辆白色救护车。

她听见自己心跳的声音，追过了三四个交叉路口，眼看距离就差一百多米了，到十字路口，前面黄灯亮了，那辆车冲过去，前面一辆小货车停了下来，她的车不得不跟着停下，等绿灯亮时，那辆车已经无影无踪了。

车在C城转了个把钟头，什么也没看见，A女儿只好放弃，下滴滴车时她很沮丧，筋疲力尽，连哭都不想了。

回到家听到手机响，是何丹。

我们都知道了……何丹说，你现在在哪里？

家里，刚进门。A女儿说。

我马上过去。何丹说。

你不要……话还没说完，何丹已经把电话挂断了。

半个小时前，A被劫走的消息在失踪家属群炸开。铃兰率先发了一个哭脸。一长溜跟帖，有笑的、幸灾乐祸的、说风凉话的，当然，也有替A女儿焦急的。

何丹提着一包东西，一进门就叫道，还没吃吧？给你买了一罐肉燕。何丹知道A女儿爱吃肉燕。肉燕是C城名小吃，样子像馄饨，但皮是肉加地瓜粉打的。上小学时，她们最愉快的记忆就是跟家长到当时C城名店"味中味"吃肉燕。

A女儿摇了摇头说，不想吃，一点食欲没有。

何丹也不勉强，把袋子放在茶几上，从里面掏出一个纸杯，刚榨的果汁，来，先喝几口。

A女儿拿起杯子，勉强喝了一口，感觉果汁发苦，就放下了。

我都知道了，别想太多，想也没用，等消息吧。何丹说。

A女儿麻木地点了点头，她又感觉到那种虚脱，精气神脱离身体走了，头脑一片空白。

大哥知道了吗？何丹问。她叫A大儿子大哥。

A女儿摇了摇头，她不想说话，没有气力。

你上床去睡一会儿吧，有电话来我叫你。何丹说。

A女儿也不客气，真的走进卧室。她不想看见何丹的脸，不想听她说话，但又希望身边能有个人在。

没想到就这么睡过去了。A女儿后来回想觉得奇怪，那种状态下她怎么可能睡过去？但真就睡过去了。迷迷糊糊做了一个梦，父亲站在一座山上朝她招手，好像在叫她过去，她往前走了几步，眼前突然出现了一道深渊，她大声叫，爸爸爸爸……但父亲消失了……

醒来时已经接近黄昏，房间里变得模模糊糊，A女儿睁着眼睛，在床上躺了一会儿，从虚掩的门缝里她看见何丹的背影。

你还在呀？A女儿穿着拖鞋走到客厅。

何丹的脸在室内昏暗的光线中显得模糊不清，多了一层神秘感。

没有电话来？Ａ女儿问，打开灯，室内顿时亮了起来。

没有。何丹摇摇头说。

Ａ女儿没说话，在何丹对面沙发上坐了下来。她感觉好了一点，睡觉总是能把悲伤压到水面底下，它被隐藏起来了，只露出尾巴。

你家里很安静，待在这里一点没觉得时间在走……很久没有这种感觉了。何丹说。

是呀，太安静了……Ａ女儿想说有时安静得让她发疯，但没有说。

家里老是有种声音……何丹说。

声音？什么声音？Ａ女儿问。

嗡嗡嗡，好像有人躲在角落里悄声说话。一到天黑，我就不敢一个人待在家里了……

可能是幻听。Ａ女儿说。

是。医生也说是幻听。但幻听也是听，没办法，我就是会听到，一到家，只要是一个人，耳朵里就会有这种声音。

家里有人在就听不到了吗？Ａ女儿问。

是。

真奇怪。

我有时想，会不会是爸爸躲在黑暗里说我坏话……

你怎么会这样想？Ａ女儿很吃惊。

是呀。我也知道不该这么想，但就是会想，从头脑里涌上来……

呢?

有一次我看见爸爸的眼睛,两只眼睛,在墙角里发光,绿绿的光……

怎么会是绿的? 一定是你看错了。

我也奇怪爸爸眼睛怎么会变成绿色的了,很害怕,就赶紧把灯开亮了,一打开就没了……

幻觉吧?

是。医生也说是幻觉。但你说,为什么爸爸会老缠着我呢? 现在我晚上睡觉都不敢关灯,就怕看见爸爸又躲在房间的哪个角落里……

A女儿说不出话来,想起徐老师躺在枕头上的那张脸,盯着她看的那双锐利的眼睛。

你这里很安静,我好久没有这样安静过了。何丹环顾四周说。

有吃的吗? A女儿问,突然感觉到饿。

肉燕被我吃了。何丹说,我们一起出去吃点什么吧? 小区附近新开了一家卤面店……

走吧。A女儿说。

A女儿和何丹一前一后走出门。

门砰一声在身后关上的那一刹那,A女儿感觉父亲飘远了,在很远的地方飘着,变得模糊不清。

卤面店没几个客人,两个女人走到店门外摆在露天的饭桌边坐了下来。

空气很湿润，刚刚下过一场小雨，路面是湿的，路灯的光照在雕刻着花的石栏杆上，在地上投下了斑驳的影子。

你要什么？何丹把菜单推到A女儿面前。

你定吧，我都可以。A女儿说，从厨房里飘出来一股爆炒红糟的香味，要不，来份炒钉螺吧。

好。何丹说，转头挥手叫老板娘。

母亲不吃钉螺，说钉螺长在泥地里，脏，但父亲爱吃。父亲发工资时，经常会偷偷到菜市场买二斤钉螺，牵上她到黄叔叔家，叫阿姨炒着吃。黄叔叔也爱吃钉螺，阿姨也不让他吃，但父亲带去的就另当别论了。父亲跟黄叔叔边喝酒边吸钉螺，她光吸钉螺。阿姨用姜葱花蒜头爆炒的钉螺特别香。奶奶炒的钉螺更好吃。父亲对她说过。

辣的还是不辣的？何丹问。

微辣。A女儿冲口而出。A女儿平日不吃辣，但这会儿突然想吃。父亲经常说炒钉螺一定要放辣椒。

两碗卤面，炒钉螺，空心菜，一瓶啤酒。何丹朝老板娘叫道。

你会喝酒了？A女儿问。

学会了。

我记得何叔叔滴酒不沾。A女儿说。

是。但我喝。跟爸爸生活在一起久了，不会喝酒的人也变会喝了。

为什么？A女儿问。

不为什么。他就是个这样的人。何丹苦笑了一下，这话是我妈说的。我开头不懂，但现在懂了，不喝酒跟爸爸就没法在一起过下去。他完全活在自己的世界里，你说的话根本就进不了他的耳朵里。他有时会让你发疯。何丹看了A女儿一眼。

过去就这样吗？A女儿问。

过去就这样。一辈子就没变过。我想。何丹说。

从脸上什么也看不出来。A女儿想起小时候看到何叔叔牵着自行车，后座上何丹两条腿叉开坐着。到了她家，把何丹抱下车时，何叔叔的脸上没有一丝微笑，严肃极了，好像在抱一枚炸弹。何丹低着头，也没笑，看到A女儿跑出来，才欢快地叫起来。

你爸爸很严肃。A女儿说。

妈妈说爸爸没上课都像在上课的样子。A女儿清晰地记得何丹当时的回答。

A女儿又想起父亲，父亲到底什么地方吸引了何叔叔呢？他们是两个完全不同类型的人。

为什么老郑头、黄老师、陈叔叔他们都愿意跟着父亲去呢？

你也喝一点吧。老板娘拿来两个啤酒杯，何丹给A女儿倒了半杯啤酒。

我不会喝。A女儿说。

有事时喝点酒好。有事会变成没事。何丹说。

A女儿拿起酒杯尝了一小口,感觉微苦,嘴里凉凉的。

怎么样?何丹问。

还可以。A女儿说。嘴里说着别样的话,吃着别样的东西,眼睛看着别样的风景,父亲被这么多的别样压到下面去了。

再来一点。何丹说,又给A女儿添了一点酒,把酒杯倒满。

为我们自己干杯。何丹说。拿起酒杯跟A女儿的杯子碰了一下。

那天晚上,何丹没吃几个,一盘钉螺几乎全被A女儿一个人吃光了。

跟何丹分手后,A女儿顺着小区的散步道往家走,中央公园很安静,没人,树荫下有一条靠背长凳,A女儿走过去坐了下来,给大儿子挂电话。

看你一整天没电话,我就担心出事了。大儿子说。顿了一下,问,你跟小弟说了吗?

小弟那边就你去说吧。A女儿说,不懂怎么,这时候,她特别不想跟弟弟说话。

你看怎么办?A女儿问。

还能怎么样?大儿子说,等公安局那边的消息吧。

黑暗正在往下坠,但A女儿没有一点气力阻止它。她已经耗尽，麻木了，只能随波逐流。

回到家，打开灯，A女儿拿出手机，准备说几句话谢何丹一下，才注意到手机里有一条短信，上午十一点五十分，快递公司的，通知她小区快递箱里有个包裹。

谁寄来的？A女儿想，她没有买任何东西。

一个厚纸皮大信封，署名陈绍兴，A女儿全身一震，想当场撕开，但封口胶水粘得很牢，她的手在颤抖，撕了几下没撕开。她冲回家，拿起剪刀，剪开封口。

里面是一张普通的白纸，黑色钢笔字，字迹粗犷有力，笔画清晰。

A女儿：

　　我知道你现在一定想到了我，很生我的气。(A女儿呼出一口重重的气)你觉得我做了一件极不道德、极罪恶的事。是。是我把你父亲带走了。但我不向你道歉。我不能向你道歉。我们谈过几次话，我曾经试图与你沟通，让你明白你父亲遗嘱上面写的那些话的意思。但你一直没有听我说。我只能认为你根本不想去理解，或者说你根本无法理解你父亲。

　　你父亲曾经跟我说过，但我当时还不相信，我总觉得，通过沟通我们可以相互了解，至少你会有一对愿意听对方说话的耳朵。但事实证明我错了。

　　你父亲不是你想象中的人，他有许多话多少年就只能藏在心里，想说没处说，你们家里没有人愿意听他说。

你知道你父亲从哪里走出来吗？知道你母亲生病的那十年你父亲经受过什么吗？你知道他为什么不跟你们打一声招呼就离开家吗？一个深爱你的父亲，做出这样的事情没有天大的理由可能吗？

你看不见我，我也看不见你。

不要责备谁，谁都没有错。你没有错，我也没有错，你父亲也没有错。每个人都只能在自己的轨道上运行。

你父亲这辈子最大的遗憾是没有完成你奶奶的遗愿。

他正在回到自己的轨道上去。他只能这么做。他拣选了，谁也没法阻止他。

我们只能祝福他。

我只不过是你父亲遗嘱的执行者罢了。

别记恨我。当然，要记恨我也没关系。我跟你一样，都是弱小的人，像瞬间擦过宇宙恒星边缘的微粒子，一闪就灭了。

本来就什么都没有，回到什么都没有上去。

陈绍兴

信中有些话深深刺痛了她，再一次把她推向深渊，但她眼睛就盯住那些话一遍又一遍读，好像故意要让刺扎得更深。痛扑过来咬住她，把她咬醒了。她看到一道玻璃墙，隔在她跟父亲之间，难道她过去看见的父亲不是真实的？

难道自己为父亲所做的一切仅仅是自我满足？并不是父亲需要的？

父亲要说什么？他为什么不说呢？他可以说呀，她、母亲、兄弟从来没有阻止过他说话……她想叫，在心里为自己辩护。

但内心深处，她知道陈绍兴说得对，她连奶奶的遗愿是什么都不清楚，父亲有跟她说过，但是她忘了。她回想起，父亲为奶奶坟墓的事，跟母亲大吵过一次。那天父亲傍晚出差回来，母亲下厨房为他们炒了几碗菜，父亲很高兴，吃一碗，夸一句好吃。吃完饭，她洗完碗，从厨房出来，突然听到父亲的吼叫声，你太过分，太过分了，居然看到不管，你至少要跟我说一声……父亲大叫大嚷，脸涨得通红。桌上放着一张纸，一个打开的信封，父亲一拳重重打在信封上。

从来没有看到父亲暴怒过。她吓得大气不敢出，弟弟缩在屋角，哥哥埋头做作业，最奇怪的是母亲低着头不吱声，要换平常，她声音比父亲大十倍。

屋里一片死寂。父亲一摔门出去了。

信是市政府寄来的，坟墓拆迁通知书，期限到某月某日，父亲看到时，已经过期一个星期了。

她想起信在门口橱柜上放好久了。

信是拆封的，母亲打开过。

那天晚上她睡了父亲还没有回来，第二天起来时看到父亲已经准备好早饭，手里提着一个旅行包正准备出门，母亲没有起床。父亲抱了抱她，叫她要听母亲的话，就走了。

那几天家里特别平静，母亲不唠叨他们了，晚上吃完饭，就出门到黄老师家，很迟了才回来，有一天眼睛还红红的。

父亲三天后晚上回家，前脚到，黄老师就来了，带了一瓶二锅头，边喝边跟父亲聊。母亲到厨房给他们炒了一盘花生，几乎一言不发。她隐隐约约听到他们提到奶奶跟墓地。

奶奶的遗嘱一定跟墓地有关……难道说这就是父亲天大的理由吗？怎么会呢？奶奶的墓已经没了，那三天父亲到底去了哪里呢？

她越想越不明白，有点后悔当初没跟陈绍兴好好谈谈，她为什么不早说呢？她想，越发怨恨起陈绍兴，对她比自己更理解父亲，也对父亲更信任她，感到无法容忍。

她躺倒在床上大哭了一场，任泪水汹涌而出，感觉父亲已经不属于她，正远离她而去，变成一缕遥远的存在了，像烟一样。

痛痛快快哭完以后，她去冲了个热水澡，回到 C 城一直绷得紧紧的身体莫名其妙放松了，如释重负。

这让她有种罪恶感。

电话铃响，是弟弟，她马上接了。

姐，明天是清明……弟弟说，声音很踌躇。

明天就是清明了吗？她怎么忘了？往年，都是她打电话约弟弟一起去扫墓，而今年，她真是糊涂了。

弟弟的声音使她镇定了。他一句不提父亲的失踪，她松了一口气，有点感动他的体贴，但同时，也感到他们之间的距离。

去。去。她说，一瞬，觉得愧疚母亲。回到 C 城以后，她几乎没有想起母亲过。父亲把她的整个心占满了。

父亲跟母亲之间到底有过什么？她跟弟弟，为什么看到的东西会是那么不同呢？

三

林律师把车停下后，在薛志芳住的小区四处转了一圈，没有薛的红色桑塔纳，走到十一号楼前，看见刑警和两个警察已经在楼下等了。

上了楼，他正准备按门铃，门开了，薛志芳提着包，正准备出门，看到刑警和林律师，他停住了。

你就是薛志芳？刑警问。

是我。薛志芳回答，声音镇静自如，没露出一丝惊慌。

刑警拿出搜查令。

你们找错人了吧？薛指着林律师说，上次这位先生来过，我说过这些年和陈绍兴没有联系。

还是进去说吧。刑警说，我们马上就可以知道你最近跟陈绍兴有没有联系了。

薛志芳退在一边，几个人蜂拥而进。

刑警、林律师和薛志芳在沙发上坐了下来。

林律师特意吸了吸鼻子，但似乎没有什么异味。

有人看见陈绍兴从你家里出来过。刑警说。

一定是看错了。薛志芳说。

这个女人是谁？刑警拿出照片给薛志芳看——薛志芳跟一个戴墨镜穿绿色衣服的女人走出家门，薛志芳在前，她在后。薛志芳按电梯，两个人进了电梯。

一个朋友。薛志芳说。

刑警按了一下键盘，出现了另一个视频，这次只有女人，换了一件衣服，但还是戴墨镜帽子，从电梯里出来，拿出钥匙开门，走进屋去。

屏幕显示的时间是某月某日二十二点。

还要看吗？刑警问。

薛志芳不吱声了。

这个女人是谁？是陈绍兴吧？刑警问。

无可奉告。薛志芳说。

今天上午十点你在哪里？刑警换了个话题问。

十点？吃完早餐后，我开车出去，车年检，十点我应该在修理店。

哪家修理店？

薛志芳报了个修理店名字。

这时候，一个警察走到刑警身边，对他耳语了几句。

刑警站了起来，走到里面卧室，林律师也跟了进去。

发现了什么吗？刑警问。

什么也没发现。一警察说。

林律师眼睛盯着床铺说，这床单好像是新换过的。

呃，好像是，怎么啦？刑警看了一眼床铺问。

林律师没回答，疾步走到客厅问薛，你洗衣机放在哪里？

薛志芳惊异地看了林律师一眼，指着走廊说，在那儿。

林律师走到走廊，打开洗衣机，果然，里面塞着一团东西。他小心用手抓出来，是一条床单。回到卧室，他把床单铺在床上，大小刚好。他弯下身子，从口袋里拿出准备好的放大镜，仔细在床单上找什么。一会儿，果然发现了一根头发，他用夹子小心夹出来，举起来看了看，包在纸巾里，又从钱包里拿出上次保存下来的陈绍兴的头发，对刑警说，拿去化验一下，看是不是同一个人。

一个警察接过东西先走了。

薛先生，我看你是个聪明人，刑警对薛志芳说，劫持是什么重罪我想你一定知道。我们从你洗衣机里的床单上找到一根女人头发，只要跟我们保存的陈绍兴头发一起拿去化验一下，结果马上就会出来……

三个人沉默了片刻。

坦率告诉你们吧，陈绍兴到前天晚上为止是住在我这里。但昨天早上离开家后，她就没有再回来过。薛志芳说。

她去哪里了？刑警问。

这你已经知道了。

事先她没跟你商量过吗?

商量过,但我不赞成。我说太危险,劝她放弃,但她不听。

救护车是你帮她叫的吗?

救护车?什么救护车?我不知道。薛志芳很吃惊。

刑警把事情经过简单说了一下。

是这样吗?真没想到。薛志芳说,昨晚我一夜没睡,打电话她也没接,你们可以看我手机。薛打开手机,让刑警和林律师看上面的通话记录。

林律师不觉得薛志芳在撒谎。

你想陈绍兴可能把A带到哪里去?林律师问。

不知道,我要知道早就去找她了。薛志芳很懊丧地说,实话跟你们说,她昨天一早把我的车开走了,说好中午回来,但一直不见踪影。

你再想想,她平日还跟谁来往?林律师问。

不知道,平日我们各干各的。她很少说自己的事。

如果不是薛志芳,那是谁在帮陈绍兴呢?走出薛家时林律师想,出场的人已经知道的就有四个,还需要一辆救护车……林律师反反复复想了半天,但没有找出一点头绪。

她到底想干什么?就算A死了,她准备怎么处理尸体?劫持是多大的罪她懂不懂?天网恢恢,疏而不漏,她能跑到哪里去?

现在唯一能想到的地方就是杯心老人院,不管结果怎样,趁警察没去之前先走一趟。他很想找她单独谈一谈,劝她自首。

林律师去附近的加油站加满了油,开车往杯心老人院方向去。

四

放下弟弟电话后,A女儿急了,先下楼把收藏在储藏间扫墓时要带的包拿出来,里面装着香炉等杂七杂八的东西。

更重要的是准备供品,母亲爱吃鱼,其中以黄瓜鱼为最,嘴还特别刁,除非野生新鲜的,否则宁可不吃。A女儿小时候,黄瓜鱼贱,每年六七月,黄瓜鱼大量上市时,一斤才一角二分钱,但现在天然黄瓜鱼越变越稀罕,过年时一斤可以卖到三千多块。有一年看实在太贵,A女儿买不下去,就买了一条人工饲养的黄瓜鱼,结果整整一年,只要一想起这事,心里就愧疚,老觉得对不起母亲。以后不管有多贵,A女儿都会狠狠心挑一条野生黄瓜鱼,不就是一年一次吗?算了,总做得到。

除了黄瓜鱼,水果跟清明粿(糯米做的)也是每年必备的。家里有橘子,再买些苹果就可以了。母亲爱吃萝卜丝馅的清明粿,平日市场上没卖,只有清明节前后才有。

A女儿设了闹钟,清晨五点半起床,到菜市场挑了一条黄瓜鱼,几个清明粿,两三个苹果,又买了十来捆金箔纸钱。回到家，把鱼切好抹点盐，腌了炸上，母亲喜欢吃炸得黄黄透透的黄瓜鱼，咬上去表面脆脆的。

忙碌时她感觉很踏实，几乎没有想起父亲。

到了约好的时间，弟弟开车来接，她已经把一切都准备好了。

车上只坐着弟弟，弟媳妇跟侄女都没来。Ａ女儿有点失望，但一转念，也好，这样说话更随意。

爸爸失踪了。坐上车，扯了几句家常话后，Ａ女儿说。看到弟弟马上让她想起父亲。

姐，我知道了，你不要难过……弟弟侧过脸，看了Ａ女儿一眼。

Ａ女儿一阵心痛，眼眶湿了，都怪我没看好……她说。这一瞬间，她突然体会到弟弟的一片苦心，比如提醒她去扫墓，比如今天独自来……

姐，不要责怪自己，你已经尽力，做得够好的了。弟弟说，语气中充满了温情，还记得小时候那一次，你早上带我去排队买肉的事吗？

忘了，什么事？Ａ女儿问。

你忘了带肉票，赶回家拿，叫我站在队里不动，可回来时发现我不见了。你吓坏了，到处找，最后看见我跟一个男孩在打架。我还怕你骂我，但没有，你一把搂住我，说都怪姐，把你一个人丢在这里……弟弟动感情地说。

她感动了，眼眶有点湿。他们有历史，是一家人，还有什么比这更重要的呢？

什么东西融化了，这些天积累在她心底的对弟弟的怨气一下子消失了。

满山坡都是人，烟气缭绕，巨大白色拱门上"乌山陵园"几个大字在阳光下闪闪发光。

母亲的墓在半坡上。一年没来，去年压在墓上的纸钱已经烂掉，但模样还在。

A女儿自己也奇怪，这些年，她越变越传统，越来越遵守旧有的习俗，比如扫墓时烧纸钱呀，供土地爷呀等等。

母亲在世时不信这些，清明也从不去扫墓。但父亲信。每年逢奶奶忌日或清明，父亲都会准备几碗奶奶爱吃的东西，在家里供一供，烧一点纸钱给她。奶奶爱吃一种米糕，C城买不到，父亲就托人到山区去买。市面上买不到纸钱，父亲就自己做，把宣纸剪成方块，上面贴一张圆形白色锡纸。

没有金，奶奶在地下有银用也不错。父亲对她说。

母亲看到父亲做纸钱就会板出一副脸，做出极鄙薄的样子，当全家的面说父亲封建迷信，人死了就是死了，既没有天堂也没有地狱，要被人看到会连累全家的。

说的次数一多，几个孩子都很惶惑，不知该听父母哪一个的话。大儿子看了几本《十万个为什么》后，很快就跟母亲一起批判起父亲来，后来连她也渐渐站在母亲的立场开始反对父亲。有天父母亲为了这事吵得特别激烈，孩子们都不说话，只跟着母亲一起用眼睛瞪父亲。她记得很清楚，父亲那时候眼神凄楚极了，把他们一个个看过去，看到她的时候，她把目光调开了。从那次以后，父亲再没有当他们面做纸钱，也不在家里供了，但每年到清明那一天，父亲都会准备一些熟食，提一个包出门。母亲背地里说父亲准是又去搞封建迷信了。

她有点恐慌，又很不解，不明白为什么父亲要那么坚持。

她现在知道他们当时有多伤父亲的心了。她那时候不懂，人死了并不一定全死，在父亲心里，奶奶一直活着。而他们，只见过奶奶照片。奶奶对他们来说，从来就没有活过。

拔了草，清理了墓园，A女儿把供品分成两份，多的一份供母亲，少的一份供土地爷。

摆完供品，A女儿点上蜡烛，插在两个烛台上，又点上三根有脚香，先朝土地爷，再朝母亲，拜了三拜，左手把香插在香炉上（不能用右手），弟弟也照样做了一遍。

然后烧纸钱，烟熏得她喉咙发痒，脸上发热，她突然想，妈妈不管钱，家里钱从来都归爸爸管。妈妈一个人在下面会管好钱吗？她一定很孤独，希望爸爸来陪她。

她模模糊糊记得了一件事，很小时候，那一次，清明，父亲带她去C城郊外山里扫奶奶的墓……

奶奶单独葬在邻近爷爷的墓坑里，为什么他们没葬在一起？她当时就奇怪。爷爷家墓很大，奶奶墓很小。父亲说奶奶临死前说她很想留一半骨头埋回山里老家去。他的养父很爱她，就遵照她的嘱咐，先埋进土，想等多年以后Ａ长大了再开棺，把骨头分成两份，一份埋进养父家，另一份送到山里老家去。

奶奶想回山里去，这就是奶奶的遗愿。

父亲从未提起亲生父亲，母亲曾鄙薄地跟她说过，谁知道？总是哪里山旮旯角的乡下人吧。

谁也没想到，因为修路，郊外的山被劈成两半，山上所有的坟墓都被铲平，荡然无存。

她去证实过。山就在大江边上，江上建桥时，山被劈成两半，通一条公路。

父亲最终没能完成奶奶遗愿，站在母亲墓前，望着远处天边看上去静止不动的江水，她突然感到父亲心里留下的那份无法了却的沉重。

难道父亲的离家出走跟这有关系吗？奶奶的遗骨已经没了，他能怎么办呢？

替我给妈妈烧根香，正在清理烧完的纸钱，准备离开陵园时，Ａ女儿接到大儿子电话。

找到爸爸后，把他们合葬在一起。大儿子说。

那当然。弟弟说。

到时候我回去。大儿子说。

她有点吃惊。大儿子从不回来扫墓。人死了就是死了，他总说，跟妈妈一样。

你一定回来。她说，很感动，我们一起来。自从母亲去世后，三兄妹的心从没有这样贴近过。

离开前，她把留下来的一张纸钱用石块压在墓头上，心里对母亲说，爸爸一定会找到，用不了多久，我们还会再来的。

下山时，她又打了个电话给林律师。

这次忙音。

五

十年前的一天，A说想在桃花村找个地方跟几个朋友一起终老，问陈绍兴能不能带他回去看看她父亲家的土楼。

当然可以。陈绍兴说。

自从离开老家以后，她父亲从来没回去过。小时候，堂叔带老乡来看父亲，父亲总是给他们一点钱，该办的事会帮，但从不留他们在家吃饭。后来，父母亲都走了，她在荷兰，或许是因为年纪大了，一次翻看照片时，她突然想回父亲的老家去看看。回国跟堂叔说，堂叔很高兴，马上派车带她去。她一看土楼就喜欢上了，有了好多种设想，其中之一就是老了以后回这里住一段。听A说想找个地方几个朋友一起终老时，她马上就想到了土楼。

土楼保存得比较完好，房间的间数也合适，最使 A 中意的，是它的地理位置，不在村里，跟村保持一定距离。

我们租。A 说。

这样也好，陈绍兴想，虽然这房子她也有一份，但毕竟不是她一个人的。

看完土楼以后，A 说要带她去村后山看一个地方。她很好奇，马上答应了。

那时候，半数住户已经迁走了，但桃花村里，除了老村主任跟林香梅，还住着好多户人家。

虽说是春天，但那天很热，陈绍兴穿了一件白色绣边的长袖衬衫，跟在 A 后面，他们没有进村，避开村民，走土楼后面一条偏僻的小路，绕过桃花村，走到村尾。

天渐渐暗了下来，好像快要下大雨了，他们加快脚步，走到坡顶，看见一栋土楼，规模比杯心老人院小很多，土楼前有一块土坪，长满荒草。

土楼背靠山，坐北朝南，正方形，长宽各有十几米，看上去久未有人住，破败不堪，门没了，剩下个门洞，门窗已经腐烂，爬满蜘蛛网。

登上台阶，她听见扑哧一声，吓了一跳，抬头看见从屋檐下的燕子窝里，飞出一只燕子，朝天空飞去。

大厅空荡荡的，泥土地，但很干净，正中央摆着个东西，乌乌的，近看，是一具棺材，脱了漆，浑身布满粗细不一的木纹，架在三四十厘米四条腿的木架子上，头朝后门。

透过后门洞，她看见一道山坡，树丛中长满荒草。

她感到有点异样，仿佛掉到另一个世界，脱离了现世，神秘怪异。她有点紧张，但不害怕，土楼荒芜但并不衰败，她看见从屋角夯实的泥土地上，爬出一队黑蚂蚁，正横穿过大厅。她喜欢这里特有的气味，这气味里有人间，却不带烟火。

天更黑了，整个厅暗了下来。

她正想问 A 棺材里有没有人，看见他从袋子里掏出一根小鸡毛棒，把棺材上上下下拂过一遍，又拿出烛台香炉几个小碟摆在棺材头前面地上，在小碟里放了点吃的，插上蜡烛，又点上六根香，朝棺材拜了三拜，把香插进香炉。

里面是谁？陈绍兴默默看着，等 A 拜完了问。

好像是小时候谈话模式的延续，陈绍兴什么都敢问 A。而 A，对陈绍兴也什么都说。

我父亲。A 说。

陈绍兴一惊。她知道 A 父亲曾住在 C 城里的一个小巷里。

亲生父亲。A 补充了一句。

他怎么会在这里？

你不知道吗？这里的习俗，先人的棺材常先停在厝里。A 说。

停在家里吗？父亲从不提老家的事，陈绍兴第一次听说。

不一定，有时也停在山里，搭个棚架，不过家大的人家，也有就停在院子里的。

停多久呢？

不一定，有的停几十年。A说。

你没带妻子来过这里吗？陈绍兴问。

没有。A说。

她知道这事吗？陈绍兴问。

不知道。

你为什么不说呢？

说？A苦笑了一下。

陈绍兴顿时明白了，这是封建迷信，与那个年代的主流相异。

他一个人在这里待了几十年，开头等母亲，后来等我……好久，A说。

你母亲葬在哪里？陈绍兴问。

陈绍兴从来没听A提起过母亲。

C城郊外凤凰山，后来山上坟都被挖掉修路，等我知道的时候，连骨头都不知去向了。A说。

你母亲过去也住过这里吗？

是。A抬起头环顾了一下四周，我就出生在这座屋里。五岁时母亲带我离开，跟养父去了C城……

她后来回这里过吗？

没听她说过。应该没有。A说，但她总跟我说山里的事，我看出她很想回去，所以我开头总有点不明白……

为了你吧，陈绍兴想了想说，为了你能在养父家更好地待下去。

这……A看着陈绍兴，眉头皱在一起。

应该吧，要不她为什么带你离开这山里？应该是她希望你过Ｃ城人的生活，长大以后成为Ｃ城人吧……陈绍兴很肯定地说。

嗯……A沉吟了。

一道闪电划过，雷声大作，紧接着，下起瓢泼大雨。

他们沉默了，静静听着门外哗哗雨水的声音。

过去，屋后是一条小土路，母亲喜欢山，天天要走土路到山里去。后来母亲怀孕，父亲怕母亲不好走，就搬来一些石头把路修好。母亲爱吃山鸡，生我的时候，父亲天天进山打猎……A眼睛望着后山，慢慢又开始说。

你父亲真好……陈绍兴说。

父亲是采红菇能手，到了采红菇季节，父亲天没亮就从屋后进山，他找到的红菇总是又大又好，每年Ｃ城药材铺老板都要进山，住在这家里，向父亲买红菇……

A在淅淅沥沥的雨声中给陈绍兴说了许多有关母亲的传说。

A母亲是桃花村富人家独女，身材妖娆，活泼漂亮，但性野，从小就喜欢往山里窜，对草、菇类生来敏感，不到十岁就能辨认几十种菇，对菇能不能吃一目了然。十三岁时，传说邻村有个小伙采红菇很神，母亲不服气，要跟他比试，结果一年两次都败了下来。母亲不甘心，跑到邻村去看他，没想到一看两个人就对上眼了。小伙家兄弟多，第二年就上母亲家做了上门女婿。

不到一年母亲就怀孕了，到月生下A。是个男孩，全家喜欢得不得了。这样顺顺当当过了几年，A长到五岁。一天，A父亲进山打猎，掉下崖去，抬到家里就死了。母亲痛不欲生，从此闭门不出，不踏进山里一步。父亲没有入土，停厝在家里，他生前说过，死后要跟母亲葬在一起。

采红菇季节过后，C城药材铺小老板到家采货，看到骨瘦如柴的母亲心疼不已。往年每次来，母亲都要烧他爱吃的山鸡给他吃。母亲把山鸡杀好，连毛放在火上烤，香味四溢，总让小老板吃得赞不绝口。小老板长得细皮嫩肉，秀气白净，吹得一手好洞箫，常常会吸引山里的姑娘围观。每次他总给母亲带些小礼物，一些好看的珠珠和画。母亲喜欢看画，一幅画可以看上一年。画上有热闹的街道、各种店铺、挂着的大幅招牌、行走的男男女女，她常常指着画问小老板，这是什么那是什么，小老板总是耐心备至，一一说明。

这次小老板照样带来一些画，母亲看着画发呆，好久回不过神来。

可能因为路上淋了雨，沿途太累，小老板第二天病倒，发高烧，昏睡了两天。母亲从屋前空地上采来草药，熬了汤喂他喝了几次，他醒来后浑身无力，又歇了几天，终于渐渐好转。

小老板很感激，从手腕上摘下一只祖传的手镯送给母亲。临行前晚，母亲到小老板房间，说她想请小老板带A去C城。小老板答应了。但临行那天，A死抓住母亲的手不放，小老板就提议让母亲先带A到C城，等A适应了再回桃花村。母亲答应了。

　　外祖父母看母亲意思坚决，就同意了。

　　回程走了几天，沿途小老板规规矩矩，总为母子找一间房，自己住另一间。到了C城，小老板给母亲租了间屋子安顿下来，又让A到药材铺里打杂学手艺，后来A拜小老板做了养父。

　　母亲过惯了山野生活，对城里天井之内的居家日子很难适应，很想回桃花村，但只要她说走，A就死跟她走，没办法，她只好留了下来，但没几年就忧郁成疾，瘦下去，最后得病离世。

　　母亲临死前交代A说，长大后一定把她的骨头带回桃花村，和父亲一起下葬。

　　你为什么不把这些对阿姨说呢？陈绍兴问。

　　A没有回答，眼睛看着外面。

　　雨停了，天亮了起来。

　　到后面去看看吧。陈绍兴说。

　　两个人站了起来。

　　后门山坡上，几棵杂树翠绿翠绿，啪嗒啪嗒滴着水珠，空气很潮湿，陈绍兴看见被密密荒草覆盖了的石板小路。

你第一次来这里是什么时候？陈绍兴问。

母亲坟拆迁以后。A说。

母亲死后，A一直在药材铺帮忙，小老板对他很照顾，让他读了几年书，长大以后，一次进山采货，想顺便回桃花村看父亲，没想到半途被抓了壮丁。

走出土楼，两个人在长满杂草的晒谷场上站了一会儿。

村里有人知道你回来过吗？

没有。

难道你没有找过他们？

没有。

为什么不找？

连母亲骨头都守护不了的不孝子，哪有脸面对乡亲……A说。

那谁带你来的？

父亲过去的把兄弟，邻村张头的儿子。A说。

阳光又在闪烁，天空显得特别蓝，远处山腰上环绕着一缕白云，空气更加清新，甜起来了似的。

等我死了，想来这里陪父亲。A眼睛看着前方，自言自语似的说。

是。我理解。陈绍兴说。

这事交给你了。A转过头，看着陈绍兴说。

好的。我一定。陈绍兴回答。她把这当作对A的承诺。

她跟 A 都是桃花村人，他们之间有血脉连接，不管这血脉有多遥远，这个发现让他们两个人都很动情。

两个人待到黄昏才下山。

山脚有一家小饭店，他们进去。A 要了一盘炒笋、一盘炒山菜、半只香菇炖鸡。

你是某某家的儿子 A？店里旁边座位上一位满脸皱纹白胡子老者，端详着 A 问。

是。A 抬头看了一眼老者。

我就想，哪有这么像的两张脸……我是张头……

您就是张叔？A 吃惊得手一抖，筷子掉到了桌上，双腿扑通跪倒在地上，对张头磕了个头。

快起来快起来，想不到这辈子还能见到你……张头老泪纵横，双手扶起 A，朝老板娘媳妇叫道，弄几盘好菜，把埋在地里的那缸酒打开。

A 父亲有四个拜把子兄弟，父亲老大，张头老小，中间两个老二老三后来离开山，到外地谋生，剩在大山里的只有老大老小，年纪虽然差一轮半，但脾性特别和谐。

关于张头有个传说，是张头亲戚告诉 A 的。

上世纪五十年代末说要取消土葬，提倡火葬，因此桃花村里的那些停厝，趁还能入土时都把祖上埋了。父亲的族人也想这么做，但张头不肯，说老大还没见到媳妇，就这样入土没法转世做人。张头武艺好，好吃喝打架，手下有一帮哥们儿，附近村里人没有不怕他的，桃花村族人就不敢轻易动 A 父亲。张头派人去 C 城找 A，但那时小老板药店已经被改造，一家人不知搬到哪里去了。到了风声最紧的时候，他就叫上三个儿子，把 A 父亲的棺材送到山里藏起来，等几年平静后才又送回家去。

母亲生前曾经告诉 A，父亲有个把兄弟张头，A 第一次回大山就去找他，但不巧那几天张头带徒弟云游外地，谁也不知道他何时回来。张头大儿子带 A 到他家，那是 A 第一次拜见父亲。

你把你母亲的骨头带来，你父亲就能入土啦。张头大儿子说。

A 没有回答。

临走时，A 留下二百块钱。张头回来听说 A 回桃花村看望父亲的事很高兴，以为 A 很快就会再来，就叫媳妇酿了一缸青红酒，在家后院挖了一个坑，埋进土里，结果一年没来，两年没来，一直等到这天 A 才出现。

在地里埋了多年的酒，一打开，香味四溢。

张头让媳妇用小碗为 A 斟上酒，自己用一个大碗。

你女儿？一碗酒下肚后，张头指着陈绍兴问 A。

A 含糊地点了点头。

带她去看过了？

刚看过。A 说。

你媳妇没来？张头问。

她不在了。A 说。

张头长长叹了一口气,再没问什么,跟 A 碰了一下碗,双手举碗过头,闭眼嘀咕了一句什么,把酒洒到地上,说,这碗酒敬你父亲。

A 也照张头样做了一遍,脸色阴沉,陈绍兴不知道他心里在想什么。

两个男人你一碗我一碗,不吃菜,也没多少话,张头脸色越喝越红,A 脸色越喝越青。陈绍兴默默吃菜,每样菜都极新鲜,但她一点胃口也没有。

天渐渐黑下来,喝到最后,张头趴在桌上睡着了,A 跟媳妇把他架到里间床上。

你就住在这里,不要走了,明天我们继续喝。张头口齿不清朝 A 叫道。

回家路上,A 沉默不语,陈绍兴开车把他送到小区家楼下。

A 脚步有点不稳,跟跟跄跄走上楼梯。陈绍兴想扶他上去,被 A 挡住了。

你回去吧。A 说。

你没事?陈绍兴问。

没事。A 说。

我想陪陪你。

不要。你回去。A 说,口气坚决。

陈绍兴没再坚持,在楼下等到 A 家窗户亮了以后,才离去。

第二天陈绍兴就离开C城走了，后来几次见到，有时身边有人，有时不是说这种话的气氛，总之从那以后，他们就再没提起过那个话题。

六

林律师开车上山途中，接到刑警电话，两件事：一，没有发现那辆可疑的救护车；二，公安局已经对陈绍兴下了通缉令。

虽然在预料之中，但林律师放下电话后还是略有惊异，更有了紧迫感，他明白剩下的时间已经不多了，一定得找到她，先找到她，至于以后怎么办，见到再说。

阳光明媚，空气像被雨水洗过，清新而又发甜，路边树、草地上开着各种黄、白、红小花，在微风下看上去像生命在摇曳。

林律师把车停在拐进杯心老人院岔路口边上，下车走了上去。

昨天下过雨，地上有点湿，脚踩在地上发出沙沙的响声。

从上次来没过多少天，路边的野草已经蔓延到路中间来了。

一个女人背对着路口蹲在草地上摘着什么，听到脚步声回过头来。

是林香梅。

你怎么在这里？林律师吃惊地问。

林香梅朝他笑着说，等你来呀。老头说你会来，我还不信，没想到你倒真来了。

林香梅站起来，两个人一起往土楼走去。

老头？哪个老头？林律师问，就是……

是是，就是那个。林香梅点头说。

你们怎么会在这里？林律师问。

老头来这里扫墓。林香梅说。

扫墓？祭祖？在这里？林律师一愣，头脑里出现了后面空地上那尊石碑，里面叠着的那些坛子，突然明白了。

是。林香梅说，你猜得对，那尊石碑里都是老头家的先祖亲属。

你们什么时候到这里的？林律师问。

一早就到啦。老头性急，一大早就吵着要来。林香梅说。

有别的人来过吗？林律师问。

别的人？什么人？谁会来这种死人脚一样冰冷冷的地方。林香梅说。

正说着，从杯心老人院里走出一个身材高大红光满面的老头来。

客人来啦？老头笑呵呵地跟林律师打招呼，欢迎欢迎。

林香梅背过身子朝林律师做了个鬼脸。

香梅，怎么不请客人到屋里坐？老头说，声音洪亮。

大厅正面墙上新贴着一副对联，横头桌两边各点着一根蜡烛，当中一个小香炉，亮着一根香，摆着各种吃的，点心蜜饯和各种小零食。

横头桌前面的八仙桌上铺着一块淡绿色桌布，两边朝门各放一把太师椅。

看林律师坐下，老头又叫，香梅，赶快去给客人泡杯茶来，我也正想喝，把刚送来的香港点心也拿出来。

你想喝什么茶？我们带了很多种茶来。陈先生爱喝茶。林香梅说。

她怎么称老头陈先生呢？林律师看了林香梅一眼说，我随便，什么茶都可以。

好，我就喜欢这种随意。香梅，那就泡一壶青茶来。老头说。

林香梅瞥了眼老头说，青茶是他的最爱……

好啦好啦，快去吧。老头说，显然兴致很高。

林香梅走进屋去，老头眼睛一直看着她的背影，直到看不见了才转过脸来对林律师说，我叫陈某某。

突然打搅，不好意思。林律师说，从袋里拿出名片双手递给老头。

老头接过名片，仔细看了一下说，香梅多次说你是个好人。老头说，有人说她想要的是我的房子。那又怎么样？她陪我这老头过日子，她尽心伺候我，我为什么不把房子留给她……

我能请教您一件事吗？等老头说完了，林律师突然灵机一动说。

当然可以，无事不登三宝殿。老头哈哈笑着说。

林律师也就不客气，从包里掏出陈绍兴照片给老头看，您认识这个人吗？

你想找她吗？老头问。

是。林律师说。

正说到这里，林香梅端着茶盘上来。

这是后山上长的一种草晒干制成的，我跟我哥从小就爱喝，但现在会做这种茶的人几乎没有啦。你尝尝看。老头说。

林律师喝了一口，茶有点苦，但并不难喝。

你们在说谁呀？林香梅问。

在说陈绍兴。老头说。

你怎么跟林律师说这个……

没关系。我一看就知道林律师是好人。他不会出卖朋友。老头说。

可他，他跟警察……

朋友归朋友，工作归工作。林律师是知道轻重的人。老头说。

她现在在哪里？林律师问，突然有点明白了，真正幕后的操刀手是谁。

林香梅看了老头一眼。

老头什么表示都没有。

不瞒你说,我也不知道,她已经离开这里了。林香梅说。

她来过这里?林律师问。

是。她跟我们一起来的,但中午就回C城了……

我能到屋里看看吗?林律师突然问。

难道你怀疑我在骗你?林香梅说,眉毛扬了一下。

怎么会呢?林律师笑了一下说。

我喜欢你这种直来直去的人,实话告诉你,救护车是我部下叫的。老头说。

原来这样。林律师说,现在我明白了。您能告诉我,现在她到哪里去了吗?

这我就不知道了,我从来不过问跟我没关系的事。老头脸色变得很严肃。

我记得你说过,老头原来是干什么来的?林香梅送到路口时,林律师悄声问。

他原来是卫生厅厅长。林香梅说。

他是陈绍兴亲戚吗?

是,陈绍兴叫他堂叔。林香梅说。

原来如此,难怪杯心老人院会选中这个地方,林律师一边走一边沉思,一下明白了好多事情。

出来后他打了个电话,问法医上次那些骨头用完没有,千万不要随意处理掉,他准备去取。

死人也需要完整。如果,他不确定,随着年纪的增大他越来越不确定，真有个平行的世界存在，那么活人，就会对许多事情更加宽容了。

离开杯心老人院，林律师坐上汽车，正准备发动引擎，手机响，是 A 女儿。他长长呼了一口气，让铃声又响了几声，才按下接听键。

林律师，不好意思打搅，还是没有任何消息吗？A 女儿声音很匆忙，好像在赶路的样子。

没有。林律师说。

有消息一定告诉我，就算父亲死了，我也要见到他。A 女儿说，语气坚定。

是，明白。林律师回答，头脑里浮现出 A 女儿那张认真、一丝不苟的脸。

A，包括杯心老人院那些神秘地失踪了的尸体，他们到底到哪里去了？

七

林香梅看着林律师的车消失在山路拐弯口，回到杯心老人院，看到老头坐在廊下的藤椅上沉思。

走了？听到车发动的声响，老头抬起头问。

走了。林香梅说，走到老头身边，摸了摸他的头问，又在想什么？

我在想,照理,林律师那么聪明的一个人,不应该卷进这样一件事情里来,他图什么呢?老头半自言自语说。

谁知道?也许他就什么也不图,他是个好人。林香梅说。

这是你们女人的想法,男人不这样。老头说。

林香梅笑了,嘴里不应,心里却不以为然,大凡有点本事的男人全都自以为知道女人的想法,其实大错特错。

她不知道,大凡有本事的男人,全都不在乎女人在想什么。老头想。

不过不管他想什么,只要明天绍兴一离开,一切就都结束了。老头抓起林香梅的手,轻轻拍了一下说,去把果汁拿来,我想喝了。

你就那么有把握?林香梅边站起来边问。

十成有九成吧。老头微笑着说。

林香梅知道这是老头一贯自谦的说话习惯,话不说满。他的九成实际上就是十成。

老头的脸胖乎乎的,平日面慈目善,但独处沉思或做出什么决定时,目光会变得异常锐利,令林香梅惧怕。

陈绍兴从屋子里面走了出来,对老头说,叔,我也要走了。

吃过饭再走,来。陪我喝点酒。老头说,香梅,把饭菜端出来。

林香梅进屋端了好几盘菜上来,摆上酒杯。

你也来吃。老头对林香梅说。

等傻瓜去山里摘的野菜,再炒一盘青菜就来。林香梅说。

正说着,看见傻瓜手里抓着一个袋子回来了。

就等你的菜啦。林香梅说,一把抓过傻瓜手里的袋子,顺手在他手上打了一下。

傻瓜摸了摸被林香梅打过的手,傻傻笑了。

来,坐下来吃。老头对傻瓜说。

陈绍兴给老头斟酒。

叔,敬你一杯,这次感谢你。陈绍兴说着,举起酒杯,一饮而尽。

自家人,说什么话。A是好人,过去对老大忠心耿耿,你履行对他的诺言是应该的。老头说,再来一杯怎么样?

开车,不敢再喝了。陈绍兴说。

吃点菜吧,辟谷完了吗?老头问。

差不多了。陈绍兴说,拿起筷子,挑了一小块鱼放进嘴里。

这次准备去C城多久?老头问。

没具体定,两三天吧,到了看情况再说。

一路小心。到了荷兰来个电话。老头说,另外,族谱的事,村主任很出力,材料已经搜集得差不多,等印出来了就寄给你。

好。

路上小心,有什么事随时联系。老头说。

不会有问题的,你放心。陈绍兴说。

我们也要走了。老头压低声音说，很快就会有许多人来了。

八

一辆红色桑塔纳车停在 C 城一家五星级饭店停车场，陈绍兴戴着墨镜从车上走了下来。

进了大厅，她走到柜台前，拿出护照办好登记手续后，拉着小提箱走到电梯前，按了一下按钮。

房间在二十层。

进了电梯，门还没关，从外面冲进来一个男人。

抵达，你怎么知道我在这里？陈绍兴声音一点不显惊异。

在杯心老人院，我闻到一股淡淡的香水味，就想你应该还在里面。果然，我就跟着你的车来了。林律师平静地说。

他们进了陈绍兴房间，关上门。

你不是来逮捕我的吧？陈绍兴笑着问。

我饭还没吃，饿了。林律师说。

要不要下去吃点什么？陈绍兴问。

不用，随便要点什么就好了。

那你自己点吧。陈绍兴把桌上的菜单递给林律师。

林律师打开菜单，瞄了一眼，要了份三明治，你要不要也来点什么？

陈绍兴摇了摇头说，我在辟谷。

林律师吃的时候，陈绍兴一直看着他，一言不发，等他吃完后说，你来得正好，我正想今晚要怎么过呢？说着，站起来，走到大落地玻璃窗前。

今晚空气很清澄，难得，你看，那么远的灯都显得特别亮……陈绍兴说。

绍兴，知道你现在的处境有多危险吗？林律师说。

抵达，还记得小时候看C城天空的星星吗？有那么多……陈绍兴说，现在一颗也看不到了。

他们高中时同校不同班，都参加了天文兴趣小组。学校里有一架看星空的望远镜，是前辈毕业生科学家赠送的。兴趣小组有二十几个人，老师有时晚上会组织他们看星星。望远镜只有一台，每个人只限两分钟，轮流看，全部轮过一遍以后，要还有时间，再轮一遍。陈绍兴总是第一个看，林律师那时候个子小，是排在最后一个。等陈绍兴看完了，她会走到林律师身边说，你让我看，我用糖跟你交换，就从口袋里掏出一颗大白兔糖塞给他，没等他回答，她就叫起来，老师，抵达说他要让给我看。

陈绍兴喜欢看星星，从望远镜看到星空的第一眼起，她就觉得，世界上没有比星空更美的地方了。

老师问抵达，你真不想看吗？他感觉到陈绍兴盯住他的目光，就轻轻点了点头。老师虽然觉得奇怪，参加天文兴趣小组，不就是为了看星星吗？但也没多说。

后来上了大学，陈绍兴对林律师说，我观察过，其他人没有一个会把自己的时间让给我,只有你。我想你一定不会拒绝。

为什么你有这种感觉?林律师问。

我也不知道,但就是觉得。

你想我会为大白兔奶糖吗?他开玩笑问了一句。

当然不是。陈绍兴说。

他从来没有拒绝过她的要求,从认识她的第一天起到现在。

你陪我去看星星吧。陈绍兴突然说。

现在?

对。就现在。

去哪里?

山里。昨天晚上在山里转,我看到满天的星星,那么多星星,跟小时候看到的一样。

十分钟以后,他们已经在路上了。林律师开红色桑塔纳,陈绍兴坐在他旁边的助手席上。

车里流淌着轻松的圆舞曲。

换一段音乐。陈绍兴说。

想听什么?

不知道,反正不想听这个。

林律师换了个曲子,才播了一句,陈绍兴就说,不要。又换了一个,还是说不要。换了几个,最后换到圣桑的大提琴《天鹅》,陈绍兴才不说话了。

两个人静静听了一会儿。

你不是有问题要问我吗？问吧，随便问。陈绍兴说。

林律师沉默了，一肚子的问题突然消失了，好久才说，我不懂你，这一辈子好像没懂过。

为什么要懂呢？我都不懂我自己。陈绍兴苦笑了一下说，怎么会想到我现在会跟你在一起呢？

A在哪里？

在山里。

我能见到他吗？

会见到，很快就会见到的。

你早知道A帮助人死的事吗？

不知道，他从来没说，我也没问。陈绍兴说。

A穿的那件衬衫是你设计的吗？

我那时候的信念就是八十岁以上的老人，都应该穿这种衣服。也许因为小时候跟奶奶一起长大的缘故吧，你知道我喜欢老人，当我开始关注老人和死亡问题时，我在国内跑过很多老人院和医院，每天看到那么多躺在床上完全没有自理能力的老人，只因为习惯活着，准确说活死，我真是难以接受。你无法想象，一个人死十年还死不了，就这么躺在床上，一动不动，身上插满管子，食物从鼻孔里打进去，尿和便从管子里排出来。我觉得非常悲哀。为什么人会到这步田地？为什么人就不让人好好死去？我那时觉得，天底下最可悲的不是吃不饱饭，不是死，而是怎么死都死不了。你看天上的星星,该掉的时候哗地就落下去了。为什么人类要倒行逆施,要在半空中接住死呢?我当时觉得人应该把握自己的死,安乐死是一条最好的出路。

现在放弃了吗?林律师问。

在国外做了许多调查以后,我开始犹豫,觉得那种体制的安乐死我受不了。试想想,你想死了,但你个人决定不了,你得通过医生向机构申请,经过层层审批和一个漫长的等待过程,结果呢,还不一定通过。合格率是有百分比的。

不可能不限制。林律师说。

是。我想法有点变了,觉得安乐死应该不是现代人唯一的选择,我总觉得其中包含了人的傲慢,人不仅想决定生,也想决定死,这对吗?

后来听 A 说,知道了桃花村祖辈的做法,又到杯心老人院,看了 A 他们的生活,我发觉我或许是舍近求远了。

死是归于自然,人是自然中之一物,万物中之一物,回归就好了。

但我们这一代城市动物不可能像 A 他们,能找到归宿地方。

死是孤独的,虽然我知道我死时还是得求助他人。

我曾经想过,要是哪一天我快死了……陈绍兴突然笑了,说,抵达,你知道吗?刚才如果你没有来,我也会打电话叫你。

林律师深深看了陈绍兴一眼，不懂怎么，心动了一下，这是什么意思？

没别的意思，我就是想要你来陪陪我。陈绍兴说，好像看出了他的疑问。

有想过去自首吗？停了一会儿，林律师突然问。

从来没有。

那你打算以后怎么办？

陈绍兴笑了，什么也没说。

到了山脚下，陈绍兴说，换我来开吧，你不懂路。

林律师下了车，跟陈绍兴调了个座位。

你要把我带到哪里去？林律师半开玩笑问。

别问，到了你就知道了。陈绍兴说。

车在黑暗的山路上盘旋了好久，最后停在接近山顶的路边上。

下车吧。陈绍兴说。

他们下了车，走到较为平缓的山坡上，找了一块地方，刚刚想坐下来，突然陈绍兴一阵抽搐，发冷似的，用手捂住肚子。

你怎么啦？林律师问，看着陈绍兴变得煞白的脸，赶紧脱下外衣披在她肩上。

没事，肚子痛，有时发作一下，像上次，吞一粒药片就好了。陈绍兴勉强做出一丝笑意，脸上冒出冷汗，从包里掏出一个小小白色的药瓶。

我送你去医院。林律师跳了起来。

我不去医院。陈绍兴手按住肚子，身体缩成一团。

林律师拿过药瓶，打开瓶盖，从里面取出一粒药，放进陈绍兴嘴里，说，车上有水，我去拿……

不要离开我……陈绍兴说。

林律师不敢违背她，只好不动。他不知怎么办好，但想做点什么，他想抱她，用自己的体温去暖和她，但手碰到她身体，听到她呻吟了一声，他赶紧把手缩回来。他感觉她很瘦，只剩下一把骨头。她怎么会变成这个样子……他的心缩了起来，一阵绞痛。

我们去医院吧？他说，除了医院，他头脑里什么也没有，只有医院才能把她从痛苦中解救出来。她睁开眼睛看了他一眼。他知道她不想听，但他忍不住，过了一会儿又说。他看不下去她忍痛的样子，但又不能不看。

过了几分钟，她身体渐渐放平，脸色渐渐回缓，十几分钟后，痛完全止住了。

林律师松了一口气，像做了一场噩梦。

我们去医院吧，你这样痛有多久了？不能这样下去……林律师说。

去医院也就这样，没人能帮你痛。痛都是你自己的。陈绍兴虽然口气还很虚弱，但已经完全平静了，不要再说医院好吗？你看天上的星星……

他们在的位置比周围的山都高，前面是一片开阔地的山谷，远处是黑乎乎连成排重叠的山峦。无数星星挂在他们头顶的上空，争先恐后闪亮着。

天从来没有显得这样宽阔过。

现在有多好，天上有星星，你在我身边，我很满足，不会要求更多了。陈绍兴转过头来，用手摸林律师的脸说。

林律师轻轻搂住陈绍兴，不敢抱她，心里涌上一阵悲哀。

车上有一瓶红酒，在后座包里，过了一会儿陈绍兴说，你去拿来，我们把它喝掉……

你现在这样子能喝吗？林律师问。

可以，你不用担心，我现在想喝，每次痛完以后，我都要喝点酒……

难道上次晚上突然把他们几个叫出去喝酒也是？他不再说什么，很不情愿地站起来，回到车上，拿来红酒。红酒不是软木塞，抠掉火漆，拧开了。

没有杯子，就这么喝吧，我先喝，你帮我拿酒瓶。陈绍兴说。

林律师坐在地上，让她的头靠在他腿上，端着酒瓶，慢慢朝她嘴里倾斜。

我喝了，现在你喝。陈绍兴说。

林律师接过酒瓶，但他一点也不想喝。

你喝呀。陈绍兴催他。

林律师喝了一口。

有时候我会想，陈绍兴自言自语似的说，个人的意愿真有那么重要吗？也许 A 女儿是对的，A 也属于他们……我不知道，我是不是太强势了……

林律师还是没有回答，只是怜悯地看着她。

万籁俱寂，偶尔听到一二声虫叫。

他们你一口我一口，看着星星沉默了好久。

记得高中第一次用望远镜看到银河，喝到半瓶多时，陈绍兴说，我激动了好久，感觉到有一种超越人类的存在。在它面前，人类显得多么渺小呀。以后每次看星星我都会有这种感觉，但只要一段时间不看，我就会忘记我们的渺小……

她突然坐起来，上半身转向林律师，俯瞰着他问，你看着我的眼睛，抵达，我是不是还很漂亮？

林律师看着陈绍兴，说不出话来，点了点头。

我见过一个人，她半呓语似的说，他半个月没吃东西，死的时候特别干净，内脏里面什么都没有，跟他来到这个世界的时候一样……

林律师不知道她在说什么。

下山时，车上，陈绍兴接到 A 女儿短信，说他们明天打算去杯心老人院。陈绍兴没有回，也没对林律师说。

想回哪里？林律师问。

你家吧。陈绍兴说。

到了家，陈绍兴说饿了，林律师问想吃什么，说小白圆子。

能点根香吗？陈绍兴问。

当然可以。林律师说。

等林律师煮好小白圆子从厨房端出来时，发现桌子上多了个香炉，上面插着一根香。

喜欢这种味道吗？陈绍兴侧头看他，微微笑着。

喜欢。林律师说。看到陈绍兴兴致勃勃的样子，他很难相信刚才她疼得死去活来那一幕是真的。

陈绍兴跟檀香有种缘分，小时候第一次跟奶奶去山中寺，看见几个大香炉上插着好多香，发出浓烈的味道。她问奶奶这是什么香味，奶奶说是檀香味。她又问檀香是什么？为什么会发出这种味？奶奶说檀香是一种树，长大后身上受伤然后拼命愈合就长出这种味的。

陈绍兴就把这味记住了，奶奶死的时候，她想给奶奶点檀香，但那时市面上买不到。父亲去世时她又想起，但还是买不到。前几年母亲去世时，市面上终于可以买到了，但母亲生前跟奶奶处不好，奶奶喜欢的东西，妈妈一定排斥，所以她还是没用。

她第一次是为 A 点香的。那天决定送 A 上山后，她去买了一大盒檀香，想把这些香点完才能把 A 送走，她相信 A 不讨厌这种气味。凡是她喜欢的东西 A 从来没有不喜欢过。有时候，她甚至怀疑，她上辈子跟 A 是同一个人的分身，是一个人投了两次胎才变来的。

只喝了一点汤,一个圆子没吃,陈绍兴就说累了,去洗了澡,躺下去睡了。睡前她对林律师说,替我点三根檀香,我喜欢闻这个香味。

林律师真的一根香接一根香点,点到第三根香时,他看到陈绍兴已经睡着了。

林律师坐在床边的躺椅上陪她,他害怕她再一次走掉,想不睡,就找了一本书看,但熬到快天亮还是迷迷糊糊睡过去了。

早上醒来陈绍兴已经不见了,桌上留下一封信。

抵达:

  你看到这封信的时候我已经离开C城飞走了,飞到一个你找不到我的地方了。

  去年以来,身体经常不适,年头去医院检查,医生说我得了淋巴癌,晚期,说我活不过几个月了。我这才意识到我还不算老,还有许多想做的事没做,要能多活几天有多好。但同时,我也知道,只要活着我就一定会想做事,再多活,再多想,终归还是要遗憾地完结。所以我决定放弃治疗。

  在荷兰的最后几年,我经常到家附近的公园给野猫喂食,有几只老猫,喂着喂着它们就不见了,总是突然消失,然后永远就不回来了。几次以后,我明白了,它们一定是找到什么地方,静悄悄地把生命结束了。

它们给了我很多念想，我发现自己很羡慕它们。

为什么我老是会想把自己的死托付给谁？谁能够经受得起这样的托付呢？

我曾经接受了托付，我也完成了托付，但是一切又跟我想象得不一样，我好像在解一个无解的方程……

死都是痛苦的，孤独的，周围再怎么轰轰烈烈，跟一个将要离世的人又有什么关系呢？

附一张地图，顺着找，就可以找到A跟他的同伴。我就不带你去了，这样更好。

至于黄太白夫妻，我想还是尊重死者，保持沉默吧。

将来的某一天，我们在另一个世界还会见面。

绍兴

他眼睛盯住陈绍兴的名字看了好久，但头脑跟不上，不明白这是什么意思。他漫无目的地站起来，朝厨房走去，进去后才想起他要来泡咖啡的。这是他每天清晨起床后的第一件事。

他把咖啡泡上，喝了一口，感觉一股暖流顺着喉管往下走，头脑回来了，他这才意识到，她走了，他又一次失去她了。

她一定是回荷兰去寻找安乐死了。

他毫不吃惊，好像已经预感到这一结局，就等着这个结局来临似的。这是不可避免的，总是要失去，他已经失去过一次。虽然他已经忘记失去是什么感觉，仿佛跟从来就没有失去过一样，但那是假的，年轻时候的失去都是假的，是预演，这次才是真的，就像现在摆在他面前的家具，是实在的存在。但尽管如此，他还是心悸，发冷，浑身无力。

他又回到床上躺下，什么也没想，没想的气力，她把他的思维也一起带走了。

但他五官还是打开的，外面天气很好，他听见几声鸟叫，闻到从哪里飘来的香味，感觉有很多生命在雀跃，但这一切跟他都没关系，他只想睡觉。

等他醒来已经是下午了，她要再痛起来怎么办？她叫他不要离开，她需要他……但他现在该做些什么呢？他起来，穿上鞋，拿起汽车钥匙。

半个多小时后，林律师出现在饭店，他问前台，说是某某房间在凌晨五点半已经退了。

她有留下什么，比如信吗？林律师问。

服务员查了一下说，她留下几封信，交代下个星期一快递出去。

林律师没有再问什么，到车库，拿出钥匙，把自己的车开走了。

她现在哪里呢？他想，心又感到一阵绞痛。

他驾着车眼睛看着前方，感觉两边街景不断往后退，所有房屋人树都转瞬即逝。

九

两天过去，没有任何 A 的消息，铃兰在群里发了一句话，有没有谁想跟我一起去杯心老人院看看？后面加了一个愁眉苦脸的表情。

这些天来，陈绍兴的话像苹果核里的虫子，一直在咬铃兰的心。难道这些年她错怪了母亲？母亲不是为 A 出走的吗？理由在自己身上？这怎么可能……这些问题翻来覆去在她头脑里打架，但奇怪的是，越打架她内心越趋于平静，至少有疑问了，可以让她反刍了，是她而不是 A 让母亲离开的……但为什么母亲要为自己出走呢？她做了什么使母亲非走不可呢……她怎么也想不通。

一天，刚好在大学同学群里看到老宋发的一篇文章，铃兰顺手就给他发了一条私信，说想聊一聊。老宋比她大两级，她进校的第一天，老宋在门口欢迎新生，是他帮着把行李拿到她宿舍，指点她这那的。她从小就羡慕有哥哥的女生，一下就跟他亲近了。以后他一直很关照她，她有了事也会找他相谈，虽然母亲出走以后铃兰跟他联系少了，但逢年过节老宋总还是第一个向她问候的人。

我记得你母亲出走那一段时间你在跟苏谈朋友。老宋说。

是。铃兰想起苏，那一段他们谈得还不错，但铃兰提出结婚后苏要住到她家。我不能丢下母亲。她说，理直气壮。苏犹豫了，他也有一个母亲，也跟他同住。要不找个距离两个老人都近一点的房子？我们两个单住，也便于照顾她们。那不行，铃兰说，你还有个妹妹，但我母亲就我一个人。于是两个人就扯上了，纠结。不行就算。铃兰对苏说。

难道我这样做有错吗？

没错。但只站在你的立场，没有为苏想。老宋说，多年前，他就多次劝过铃兰。

但铃兰不妥协。

你母亲是为了成全你跟苏……老宋冷静地说，其实这句话他也跟铃兰说过多次，但她从来就没有听进去过。

跟苏还有联系吗？老宋问。

铃兰摇了摇头。现在想起来，或许潜意识里她就是这样觉得，所以母亲出走以后，苏联系她时，都被她拒绝了。

会吗？为了我跟苏？这个想法第一次打动了铃兰，好像一根针扎进心里。

你不是因为你母亲离过婚吗？老宋说。

这跟苏有什么关系？铃兰叫起来。

怎么可能没关系？老宋说。

跟老宋谈话那天晚上铃兰做了一个梦，梦见母亲，母亲什么话也没说，只是慈祥地看着她，穿一件紫红色的衣服，她花了上千块钱在高级百货店里买的。母亲舍不得穿，一直收藏在衣柜里。她怎么叫母亲穿也没用。你不穿不更糟蹋衣服吗？她说。但母亲总是回答她会穿，到时候就穿。

醒来她冲到衣柜前打开柜门乱翻，她记得母亲把那件衣服平平整整放在衣柜的大抽屉里，连玻璃纸都没有打开。

但没有，她上上下下把衣柜翻了个遍，那件衣服不见了。

一定是母亲离家时把衣服带走了……她想，突然明白了，母亲说的到时候是什么意思，是死，死的时候，母亲想在死的时候穿那件她给她买的衣服。紫红色，母亲年轻时最喜欢的颜色，母亲跟父亲结婚时也穿的紫红色衣服。母亲一定是想穿她买的紫红色衣服去见她父亲……

她回到床上，躺着，任泪水哗哗直流，她想起老宋的话，第一次完完全全接纳了，他说得没错，是，母亲是为了她跟苏才出走的。这一想她哭得更加伤心，这些年来所有的咒骂仇恨渐渐化在泪水中流走了。

她不知道该做些什么来补偿母亲，已经晚了……

她病了两天，发烧，烧的时候，她想起的尽是母亲在梦中的那张脸，慈祥而平和。烧退了以后，她起床，到市场买了肉，回家烧了一锅红烧肉，吃之前，她对母亲说，妈妈，你看我学会了做红烧肉，我会好好活着，你跟爸爸放心……

她想她要做的第一件事就是去杯心老人院，看看母亲度过最后时光的地方……

看没有人回应，铃兰打了个电话给何丹，问她愿不愿意一起去杯心老人院。

随着时间的推移，群里浮出水面的人越来越少，一些知道自己家属的失踪跟 A 没关系的人都不出现了。

你打算什么时候去？何丹谨慎地问。

当然越快越好。铃兰说。

好，我安排一下。何丹说。

能帮我安排个时间跟 A 女儿见个面吗？

这……何丹踌躇了，她知道铃兰跟 A 女儿的事。

你放心，铃兰立刻明白了，我只是想向她道个歉，随便问一下陈绍兴，我母亲留给我的信……

铃兰的声音流露出的诚意，何丹立刻听出来了。

我很想见见陈绍兴，何丹说。晚上，她到 A 女儿家。

她手机根本打不通，都是忙音。A 女儿说。

试试给她发短信？何丹提议说。

发了，我请她跟我联系。A 女儿说，我得找到父亲。

她会跟你联系，你是 A 的女儿，上几次不都是这样吗？何丹想了一下说。

这次不会了，她把事情做绝了。A 女儿说，想起陈绍兴给她的信。

难说。何丹说，然后，谨慎地提起铃兰。

我不想见她，A 女儿一听到铃兰的名字就警觉起来。

何丹把铃兰的事跟 A 女儿说，大家都苦，我也希望你能原谅她。

A 女儿不说话了，最终还是没有同意见铃兰，但心里动摇了，或许，铃兰现在就像她在苦等陈绍兴一样等她，拒绝一个人很容易，但接纳一个人很难。

吃过晚饭，她打开电视，看了一会儿新闻，心绪不宁时她经常看新闻来缓解，世界上每天都发生那么多惊天动地的事情，自己的事，就像可以从天上看下来一样变得渺小了。

门铃响，A女儿从洞眼里看到何丹，开门，意外发现铃兰跟在何丹后面。

是我一定要何丹带我来的。铃兰手里提着一个口袋，一进门就说。

A女儿没说话，默默地让她们进了屋。

铃兰从口袋里掏出一张很大的照片，伸到A女儿面前。

A女儿看到一张非常慈祥的脸。

这是我妈妈，铃兰说，她让我来的，她叫我来向你道歉。

你母亲好漂亮，气质真好。何丹说。

铃兰长得很像母亲，只是五官的线条比较硬。

A女儿看了铃兰一眼，什么话也说不出来。

坐吧。何丹说。

三个女人围着沙发坐了下来，一时却不知道说什么了，她们沉默着，好像在为不在场的逝者默哀。

我母亲生前喜欢听毛阿敏的《思念》。铃兰终于打破了沉默。

另外两个人都朝铃兰看，好像不明白她的话，但是，三个人脑海里都响起了《思念》的旋律。这首歌太熟悉了。

她们看到铃兰眼里开始涌出眼泪。

我肚子饿了。何丹打破沉默说。

我也饿了。铃兰说。

路口有一家新开的小吃店,A女儿说,要不去看看?

三个女人同时站了起来。

新开张的小店里围坐着几个年轻女生,叽叽喳喳地说着话。

有炒钉螺吗? A女儿问。

没有。店主长得很帅,三十多岁的年纪。

那你有什么推荐的? 何丹问,盯着他脸看。

荔枝肉怎么样? 用真正荔枝做的。年轻的店主说。

再来一份炒米粉。铃兰说。

她们又要了杂烩汤跟炒芥菜。

来一点酒怎样? 何丹问。

好。来瓶二锅头。铃兰说。

我要青岛啤酒。A女儿说。

我们明天去杯心老人院吧。何丹说。

好。就明天吧。铃兰说。

给陈绍兴发个短信,告诉她我们要去的事。何丹对A女儿说。

有用吗? A女儿说。

不好说,短信她有可能看。不断把我们的信息传给她,兴许她什么时候就回了。何丹说。

A女儿点点头。

干杯！铃兰举起酒杯。

三个女人的酒杯碰到一起。

十

晚上回到家，A女儿给陈绍兴发了封短信，说明天一早她、何老师女儿何丹和铃兰准备去杯心老人院，又给郑松驰挂了个电话。

好。郑松驰说，明早我开车去接你。

何丹开车去接铃兰，两辆车约在高速出口碰。

找到了吗？车上，郑松驰问。他开的是一辆越野车。

没有。A女儿说。

你瘦了。又聊了几句，郑松驰转头看了A女儿一眼说。

我都想也跟着爸爸去了。A女儿说，眼圈红了，这个想法这一刻涌现，但非常真实。

好久，两个人没说话。A女儿看着路边掠过的景色。山岭层层叠叠，远近的绿树，正郁郁葱葱，吐着新芽。

手机响了几声。A女儿仿佛没有听到。

是你的。郑松驰提醒她。

是族公升的电话。

听说A失踪了。升说。

是。A女儿回答。

不要难过,这是件好事。升说。

A女儿没有吭气。

这样他们永远无法定罪,也就没有杀人犯这一说了。族里商量过,A的照片不用从祠堂摘下来了。

是是。A女儿随口应着,杀人犯这几个字刺激了她,但马上,她就意识到,升说得对,好多事情,可能真永远模糊掉了。

越接近杯心老人院,铃兰越紧张。她不断喝水。

看到杯心老人院时她有点失望,没想到就这么一座旧土楼,母亲最后就住在这么简陋的地方吗?但好在屋里的设备还可以,挺现代的,跟外观很不一样。

何丹带铃兰跟郑松驰一个个房间转过去。

每个房间看上去都一样。我妈妈住哪个房间呢?铃兰想。

A女儿给陈绍兴发了一封短信:我们四个人现在到了杯心老人院,人去物非,已经找不到老人们的任何痕迹,我们都希望至少能知道他们当时谁住哪个房间,过的是怎样一种生活……

转到后面厨房,A女儿听到手机响,一看,陈绍兴名字跳了出来,她一惊,心怦怦怦跳,回了一句:总算等到你了。

对方发了一个握手表情。

我父亲在哪里?她又发了一句。

对方没回答,一张图冒上来。杯心老人院平面图,上面每个房间都写着人名。

你怎么啦?脸色这么苍白。何丹问,三个人鱼贯走进厨房。

A女儿朝她打了个不要说话手势。

是陈绍兴?何丹走到她身边,朝她耳朵小声问。

A女儿点点头。

我是何丹,能让我看看你吗?何丹对着A女儿手机说。

一张照片传了过来。

是她吗?何丹问A女儿。

A女儿点点头。

郑松驰跟铃兰凑上去看。

你知道我母亲离开人世时穿的是什么颜色的衣服吗?铃兰问。

抱歉,我不知道,或许你母亲在信里会说吧。

请告诉我们,我的爸爸(妈妈)现在在哪里?几个人同时问。

A女儿、铃兰、郑松驰,你们亲人选择了在杯心老人院一起修行,度过最后的日子。你们看到了,那里偏僻,远离尘世,条件简陋,但这是他们的选择。

我尊重他们,理解他们。

我们每一个人都朝同样的方向走去,但都不知道将来自己会看到什么,沿途景色随时间跟人而异。

何丹，你父亲也做出了自己的选择。我尊重他。没有对错，一切听凭本人意志。

铃兰，我遗憾不知道你母亲离世时穿什么衣服，或许她在信里会告诉你吧。她的信，再过几天你就能收到。A女儿、郑松驰，你们的父亲没有信留给你们，很遗憾，这是他们的选择。

然后，任 A 女儿怎么叫，陈绍兴再也没有回应了。

十一

林律师坐在书房里抽烟，烟灰缸里已经堆满烟蒂，他不知道要干什么。

这期间，A 女儿发来几次短信，说几个人一起去了杯心老人院，问查到父亲现在在哪里了吗，他都只回了同样的两句话，没有新情况，等有了就联系她。

他不知道该怎么回答，陈绍兴在信上没明说他能不能带 A 女儿去看她父亲，她只强调说要尊重死者意思。这就意味着，死者现在是什么状态就是什么状态，不得擅自改动，但这，可能吗？在 A 女儿观念里，A 属于那个家，不属于他自己，她想让 A 回家。

可能性最大的，应该是想把 A 跟她母亲葬在一起吧。

这种情况下，他怎么能保证 A 女儿能尊重 A 的意愿，维持 A 的现状？虽然他不知道 A 的现状怎样。

第四天下午,他接到刑警电话,说A的案件已经终止,杯心老人院的骨头,还在丁老头那儿,你可以来拿了。

刑警没提陈绍兴的名字,但林律师估计,或许他已经立案了。他怏怏走出书房,开车出去。

老头看到他很高兴,说,今晚你要请我喝酒。

林律师说,没问题。

得得,看你情绪不高,今晚还是我请你喝酒。老头嘻嘻笑着说,还没等林律师回答,马上就给刑警挂了个电话。

找个新鲜地方。老头说。

我有一瓶好酒,陈年金门高粱。刑警说。

呃——倒是好久没尝过高粱了。果然老头一下来了兴趣,不过,用什么菜下酒?高粱没菜不行。

浦上菜怎么样?不甜,辣。要多辣有多辣。刑警知道老头对浦上菜没概念。

辣菜配高粱倒是可以……老头犹豫了。

那就这么定了,包你满意。刑警说。他知道老头对店的环境没有要求,菜好就行。

林律师和老头走进店,看到刑警先到了,正问店主今天有进什么鲜货,老头怀里揣着一瓶酒。

你还带什么酒?不是说好今天喝金门高粱吗?刑警说。

这是学生从法国带回来的酒,我嫌它甜,拿来给林喝。林喝甜酒对路。老头说。

倒让你说对了。今天他心情不对，喝点甜酒好。刑警笑笑地看着林律师说。

呃——发生什么事了？老头瞥了林律师一眼说，我知道了，是那个女的找不到了。

林律师苦笑了一下，什么也没说。

这倒奇了？你怎么知道他在乎那个女的？刑警问。

这不明摆着吗？要不他对那个案件有那么卖力吗？老头说。

倒被你说对了，那个女的带着A不见了，没有任何线索。刑警说。

林律师任他们说去，一句不应，但的确，他今天只想喝甜酒。

这店有什么辣的菜？老头问。

店主推荐了三碗辣菜，老头都要了。

林律师单要了一盘卤鸭肉，夹了一块鸭肉放进嘴里，慢慢咀嚼，一下，嘴里充满香味。

是呀，我还活着。他对自己说。

一阵揪心。他给自己倒了满杯甜酒，给刑警跟老头各倒了满杯金门高粱。

来，干了它。他举起杯说，一口气把酒干了。

三杯酒下肚以后，老头话越来越多，林律师话越来越少，他一直看着老头，注意听他说话。老头红光满面，说起年轻时追求女人的一段趣事。

他眼睛盯着老头,法医略带抒情宽厚的男中音从他耳边流过,但他的话一句也没有听进去,他站起来,借口抽烟,走到店外,点上一根烟。突然,信中有句话浮现出头脑——为什么我老是会想把自己的死托付给谁?谁能够经受得起这样的托付呢?

她曾经想过把自己托付给谁,是,她说得很明白,是谁呢?

他突然觉得哪里不对,心有一丝裂开了,一个念头挤了进来,他回忆起她一下飞机,没出机场就给他打电话……她一定是在期待他,可他什么也没懂。

第一次见面他们说了什么?他只记得给她看了一张租约合同上甲方签名的照片……

他怎么会那么粗心,什么也没觉察呢?他的心思在 A 不在她身上,他想跟她谈的全都是 A 的事,想从她那里了解事情的真相……担心她被 A 牵扯进犯罪,而不是担心她本身,第一次见面她脸色就不好,以后的辟谷,突然发作的疼痛……她本身已经快要破碎了,他居然没有发现一丝裂缝。

如果他早发现,也许可以弥补,至少可以陪伴……

他一定会帮助她,即使以后受到严惩,他不可能看她单独承担那份沉重,从另一个角度看过来,所有活法的结果都一样,所有规矩都是轻,都是可以放下的……在死亡面前。

她寻找过，本来想依赖他，但他拒绝给她希望，他让她失望了。

难道他从来就没有理解过她吗？不，应该说他从来没想去了解，为什么会这样？甚至连她写的书他也是一眼瞄过，他总以为前面还有许多时间，不，连这也没想过，只不过终日被习惯牵引，顺着流水往下淌罢了。不，也不是这样，在她面前他一直是一个接受者，等待她的指引，但是这次她退缩了，没有那么"颐指气使"了……他就不能懂她了。他是会为委托人负责，尽心竭力，他也以此自豪，为他的敬业，但委托之外——他简直觉得自己是一个麻木不仁的人了。

她最终只好选择回荷兰，面对陌生人死。

连自己心爱的人都无法守护，还奢谈什么责任秩序和人类呢？

他的脑壳好像被什么东西敲了一下，老头和刑警跟他碰杯他都没有反应，好像人已经离开了现场。

第二天早上醒来，他想把那袋骨头还回山里，一出门，发觉大街上阳光闪烁，经过加油站，他拐进去加油，边上停着一辆敞篷红色跑车，他听见一男一女两个年轻人在吵架。女的穿红色衣服，男的穿白色衬衣。

我不去上海了。女的说。

为什么？男的说，就为了刚才的那碗面吗？

反正我不去了。女的坚持。

车都开到 C 城了,那你说去哪里吧?男的说。

开回去。我要回去。女的说。

老婆,你脾气也太大了。

我受不了你,我现在看到你就恶心。

你以为你就不让我恶心了吗?男的吼了起来。

他从来没有跟陈绍兴吵过架,他想,他们这一辈子连吵架的机会都没有。

他开车先拐到市场,买了几束菊花,一扎香。他想把骨头直接送回杯心老人院去。

市场上人群熙攘,在阳光下挤来挤去,冒着热气,包围过来,他好像把什么卸掉了一部分,心松了点,头也不那么疼了。

车拐到山路后,周围都是绿,有花,阳光更加妩媚,空气清新了起来,他听见一声鸟叫,脆脆的。

这时,他听到手机叮了一声,一看,是陈绍兴的微信,他心狂跳了起来。

抵达:

你看到这些文字的时候,我就要走了。你来吧,我在杯心老人院等你。

这些年来,我读了很多书,走了很多地方,见了很多人,我一直想寻找一种人最好的死法……回归方式。

前不久偶然遇到印度的《摩奴法典》。它让我知道了两点：一，人最好的死法是孤独回归自然，只有孤独才能自然。二，无论我怎么努力，我的身体也做不到那种完全孤独的回归，像《摩奴法典》里说的那样：在人生后期，当脸上布满皱纹，儿孙绕膝时，就毅然决然断缘尘俗，孤独隐退森林，成为隐者，露宿树下，食野菜花果，视疼痛如丝，静默守候死亡的到来。

我只能尽力而为。

死是痛苦肮脏丑陋的，印度人早就知道，关注肉体的印度人两千多年前就知道。我现在感觉惭愧，我从来没看过真正的死，医院里的死不是死的真相，却自以为懂，大谈了十几年死。

我懂什么？

每个人都勉强还能按照自己的方式活着，但很难按照自己的方式死去，我尽力了。

你把我的骨灰撒在杯心老人院后山的大樟树下，覆盖上一层土，裸埋，什么标识都不要。

绍兴

另，信是这一个月断断续续写的，我想很多事情我没说清楚，也说不清楚，但我想，你会懂的。

林律师才读了信的前面几行，就疯狂地开起车来，山在一片一片往后退，天是蓝的，没有云。

到了杯心老人院，林律师冲下车。

大门掩着，他推了进去，听见后面房间有人的呻吟声，他冲了过去。

房门掩着，里面的呻吟声听起来更大声了，他推开，冲了进去。窗帘拉着，房间光线很暗，他模糊看见床上躺着一个人。

他深深吸了一口气，快步走了过去。

他看见陈绍兴缩在床上呻吟，身上盖着一条蓝色的毯子，双手露在外面。两天不见，她瘦得皮包骨头，皮肤变得更加苍白。

绍兴！他轻轻叫了声，在床边跪了下去。

对不起……她勉强睁开眼睛，看到他，嘴唇动了动，发出一丝丝声音，我不该给你发消息……

不不不，是我对不起你。我来迟了，我很高兴，我们走，我们走……他语无伦次，不知道自己在说什么。

她嘴唇微微在动，他俯下身体，把耳朵贴近她嘴边，听见她断断续续的声音，但听不清。

她嘴唇发干，有点裂。

床头柜上摆着一小杯水，一个信封。其他什么也没有。他想找药，发现小药瓶横倒在离床几步远的地上。她一定是不小心把药瓶翻倒了，却没有气力去拿，他想。他跑过去捡起来，手微微颤抖着，打开瓶盖，倒出一颗药片，想放进她嘴里，但她牙齿紧闭，放不进去。他用手去掰她牙齿，但掰不开。

她脸抽搐了一下,好像很痛苦,他赶紧把手抽出来,不敢再碰她了。

他拿起杯子想把水灌进她嘴里,但水滴从她唇边滑了过去,滴在枕头上。

她呻吟声更大了,像针扎他的耳朵,在他头脑里轰响,他的头越来越疼。突然她的身体抽动起来,脸扭成一团,手抓住毯子,像要把它往上拉的样子。

你想要什么?你说你说……他叫了起来。

她突然睁开眼睛,看了他一眼,一瞬眼神非常清晰。

他马上直觉她希望他的是什么,他心开始狂跳,但立刻,她眼神又变得模糊,身体一下一下抽搐得更厉害,好像被人用鞭子在抽打一样。

他扑到她身上,把她抱起来,紧紧拥在怀里,她身体抖动传染到他,他也开始发抖,头要裂开了,她声音像锤子在敲他脑袋。

突然,她叫了一声,他连想都没想,伸出手掌掩住她嘴巴鼻子。声音从他指缝中露出来,他越捂越紧,一心只想让这种声音消失。

其他所有意识都消亡了。

她已经不是陈绍兴,她就是她,没有名字。

她在他怀里轻轻挣扎了几下,也不知过了多久,渐渐地,他看见她脸上浮现出一丝安详的神情,嘴角出现了一丝笑意。

声音完全消失了,她身体软松了。

我救了她,终于救了她……他对自己说,不停地说。

他就这么抱着她坐了好久。

意识渐渐回来了。

她身体渐渐凉了下去,他知道她已经死了,但他把她越抱越紧,想用自己的身体的热去温暖她。

她穿了一件黑色衬衫,他想起,重逢的第一次,她穿的就是这件衣服。

他禁不住用手一遍一遍去摸她的脸。她看上去那么苍白宁静平和,可是他却用这只手杀死了她。

他看着手,不相信它是自己的,平生第一次它违规了,越界了,做出了超越他身体的事,把他带到另一个,原来他只能仰视的世界。

他想起 A,现在才真正懂得 A 在法庭上说的话了。

他就这样抱着陈绍兴坐着,过了一两个小时,她身体变得又硬又冷。她要走了,他想,就把她放回床上,在房间里点上她喜欢的檀香。

他跪在她床边,也许不是跪她,是跪另外的什么,他不知道,只是那一刻他想跪,好像只有跪下才能表达自己。

天黑了,他没有开灯,没吃没喝,在黑暗中跪着,后来睡着了。

所有房间没有一点食物,连一瓶水也没有。他后来想她就是想这样让自己渐渐枯竭而终。

林律师把带来的骨灰放回石碑后，给刑警挂了个电话，说他杀死了陈绍兴，现在杯心老人院。他的声音是平静的，好像在说一件最最普通诸如吃饭的事。他知道他已经不是前一天的自己了。

刑警赶到的时候，看见陈绍兴躺在床上，身上盖着蓝色的毯子。

她身上非常干净，就像她留下的纸条上写的，她干干净净地走了。

刑警没有看到陈绍兴留在床头柜上的那封遗书跟药。

遗书跟药被林律师放到口袋里去了，上面写着一句话：我的死是我自己的选择，跟谁都没有关系。

刑警说了句，她的案子也可以撤了。林律师没有听清他说的什么，但也没有问。

后来在看守所，他想起老妇人讲他六十岁有祸的话……但这是祸吗？不知道，他想，或许是福……

尾　声

因为陈绍兴的遗书（她写了三份，另两份，一份发给她堂叔，一份发给薛志芳）被发现和尸检报告，几个月以后，林律师被判刑三年，缓期三年。

在看守所的时候，他把她写给他的长信读了一遍又一遍，直到每个字都刻进身体，但他还是觉得没有读懂她。恐怕永远不会懂了，他想。但正因为不懂，她的选择才变得那么高，使她超度了人世间的苦痛，在他心里显得更美更崇高了。他想陪伴她，用自己的痛……只有痛，才能使他感觉她永远留在他身体里。

他出来后做的第一件事就是掩埋陈绍兴的骨灰。

他把骨灰放在家里几天，想等一个天晴的日子，终于等到了以后，又想她一个人在树下太寂寞，就把她的那几本书拿出来，又去孔夫子旧书网上买了两本《摩奴法典》，等几天书到后，留一本给自己，一本和另外几本书捆在一起。他还是觉得不够，但不知道该做什么。有一天经过卖冥钱的店，他突然明白要怎么做了。他到小区肉店买了最好的鸭翅鸭脚，照母亲的做法卤了一锅，又去买了上次跟她一起喝过的红葡萄酒。

这天晚上他做了一个梦，梦见陈绍兴。他问她，你为什么总是戏耍我？她什么话也没说，光看着他，摇摇头，然后转身走了，他追过去，跑得很急，但她越走越远，快看不见了时，他突然听到咣当一声，醒了。心跳得厉害，他看表半夜两点四十分。他突然跳起来，穿上衣服，抓起行李箱，把所有准备好的东西塞进去，走出门去。

四周一片黑暗，空气有点潮湿，他从车库把车开了出来，装上行李箱。

到后山时天已经蒙蒙亮了，晨曦中，他看到地面上小草、小树上挂着晶莹的水珠，翠绿得令人心动。

他拿出铁铲，什么也没想，在大樟树下朝南的一块平地上挖起一层土，把她的骨灰一点点平铺过去，再覆盖上土，然后拿出书，撕开，放在地上，点上火。

火苗噼噼啪啪往上蹿。

林律师把卤好的鸭翅鸭脚装在碗里，摆在土坑边上，像最偏僻乡下的农民，点上香，跪在地上，朝土坑磕了三个头，然后打开红葡萄酒，他喝一口，倒一口进土里，就这样把一瓶酒喝完了。

最后，他用手抓起一根鸭翅啃，说这一口是你的，又啃了一口说，这一口是我的……啃鸭脚的时候，他感觉到那颗掉了的门牙，他想起陈绍兴说的那句他像个人了的话……突然觉得懂她话的意思了。

不完美才是完美人生，他想。

他彻底断了补门牙的念头，他想他会带着那颗残缺的门牙走完他这一生的。

过了十来天，林律师给A女儿打电话，告诉她A的下落，约她在桃花村口碰面。

A女儿问能不能带上铃兰他们，林律师说可以。

A女儿他们到村口时，林律师已经在那里等了。

山还在那里站着，树还是那么绿，空气还是那么新鲜，听到一声声清脆的鸟叫，A女儿看见两只腹部白色尾巴羽毛尖尖的小鸟，停在半空中的电线上。

车停在这里，走过去吧。林律师对A女儿他们说。

他走在前面，A女儿跟在后面，接着是何丹、铃兰、苏、郑松弛，一个跟着一个。

太阳暖烘烘的，村里一片死寂，一个人影也没有。一支类似虔诚信徒却没有信仰、带着急促期待心情却迈着不紧不慢脚步的队伍默默行进着。

路边的杂草丛中，星星点点开着黄色的小野花，A女儿、何丹和铃兰的眼光逗留在它们上面，脸上的表情变柔和了，但并没有放慢脚步。

几声鸟叫，刚才那两只停在电线上的小鸟飞过，消失在远处的天空中。

经过老村主任家小路口时,一个人影闪了出来。

是你!你在这里干什么?A女儿叫了起来。

我来陪老村主任。傻瓜笑嘻嘻对林律师说,我知道你们今天会来。

谁告诉你的?林律师问。

A。傻瓜说。

他什么时候告诉你的?林律师问。

昨天晚上。傻瓜说。

你梦到他了吗?A女儿问。

他经常来看我。

他穿什么衣服?A女儿战战兢兢问。

白色衣服。

A女儿开始发抖,父亲平日在医院穿的就是白色衣服。

他现在哪里?A女儿问,脸色苍白。

我带你们去找他。

在山道上走了几分钟,他们往左拐开始爬坡。杂草丛生,小路几乎被埋没,傻瓜走在最前面,手抓砍刀,左一下右一下,一路走一路劈倒杂草,走了几分钟快到坡顶时,他们看到一座孤零零的土楼。

比起村里房屋,这座土楼显得更加破旧,木头构件消失殆尽,土墙坑坑洼洼,道道裂痕,虽然屋顶还在,但处处有漏雨痕迹。

厅很大，摆着两排封盖的长木盒，一排六个，一个挨一个，构成一个方阵。

前排最左边一个与众不同，是个脱了漆显暗红色的棺木。

十一个没上漆、一样大小、新旧不一，有的已经开始发黄的木盒，加上一个暗红色棺木，头朝山，脚朝门，构成十二个巨大的没有下点的感叹号。

没有一丝声音，所有人停住脚步，有一瞬似乎连呼吸也停止了。

这边与那边，门里与门外，此岸与彼岸，一条线隐隐约约划在他们跟它们中间。

林律师被震撼了，他感觉有什么东西从他身体里飘出去，飘到那边，什么东西从那边飘到这边，进入到他身体里……

他突然感觉这座土楼是个巨大的坟墓，另一种样式的坟墓，人可以自由出入的坟墓……

他突然想起父亲。

人死了就什么都没有了，父亲常常说，他一直也这么觉得。

不，人死了不是无，不是，绝对不是，他第一次有了这种体悟，头脑里冒出河里那些漂浮的眼睛……

突然，听到鸟叫声，一只燕子从空中飞了进来。

屋檐下有个小小的鸟窝，它飞进窝里，传出小燕子叽叽喳喳的叫声。

一瞬，土楼热闹起来，连那边没有下点的感叹号看上去也变得亲切、不那么静穆了。

所有人松了一口气。

父亲的木盒是哪个？郑松驰目光在木盒间扫来扫去，半自言自语问。

除非把木盒打开，要不谁是谁根本无法辨认。

何丹紧紧抱住Ａ女儿肩膀说，我知道为什么爸爸一定要找你父亲了⋯⋯

他们不想分开，Ａ女儿嚷嚷说。

是。他们想在一起。铃兰说，紧紧抓住Ａ女儿的手，忽然觉得母亲在这里也许真的比跟她在一起的好。

那个暗红色棺木跟其他不一样⋯⋯何丹说。

是。林律师说。

里面是谁？

Ａ父亲。林律师说。

祖父？Ａ女儿瞪大眼睛，父亲来这里找他？难道为了他才离家出走⋯⋯

他们是回家⋯⋯Ａ女儿说，突然觉得也许陈绍兴说得对，父亲不仅属于她跟母亲兄弟，也属于桃花村，属于他父亲跟他的先祖⋯⋯

你们看，那里有一束光。何丹突然叫道。

哪里哪里？众人问。

那个暗红色棺木上。何丹用手指着前方说。

亮亮的一束光在暗红色棺木上摇曳着。

你们看,那边也有。铃兰说。

是阳光。A女儿说。

几束金黄色的阳光在木盒上摇曳游移着,像夕阳照耀下的云彩落在上面,木盒显得亮起来,仿佛注入了生命,变成了另一种存在。

林律师离开他们,走到屋外,从口袋里掏出一根烟,但还没点火,他的注意力就被对面山坡上闪烁着的一片金光吸引了……爬满坡上坡下几十上百栋大大小小的废弃土楼,静寥无声,被夕阳染成黄金,跟背后的群山融成一片,呼吸着,无言地燃烧,显出一种壮观的、无以言表的、既颓败又壮美的辉煌。

桃花村活着,土楼活着,跟群山一起活着。

他再一次被震撼了。

A和杯心老人院的老人们,一定体悟过这种辉煌的感动,一定觉得,躺在这里,看四季轮回——春暖花开、风雨雷电……伴随自然,不,是成为自然,是一件无与伦比的事。

……

陈绍兴一定体悟到A他们的感动,就像他现在一样。

他想起她,眼眶湿了。

回去路上,经过去杯心老人院的路口时,林律师让大家先走,独自开车拐进去。他走到后院,在石碑前插上一束花，点上陈绍兴喜欢的檀香，拜了三拜。

他抬起身，看着这座静默的土楼，头脑突然闪过一道光，刚才看到跟A父亲一起躺着的十一个人，他们的前辈会不会都跟桃花村有关系？

他打开手机，找到林香梅写的那张人名纸条照片。

是，果然，陈林黄郑何，他们都是。

难怪这些老人会聚集在桃花村守候死亡的到来。

他的心像被雷电击了一样怦怦怦跳起来。

原来如此。

他们是回归。

离开前，林律师到后山大樟树下看了上次埋下陈绍兴的地方。

所有的痕迹都消失了，土地上已经长出了几棵嫩绿的小草。他往上走到山顶，看了一眼对面山坡漫山遍野静默的坟群。它们从几百年前开始存在，等他走了，它们还会一直存在下去，跟躺在那座土楼里的人遥遥相望。

它们将一起守护这一大片废墟——一个消亡了的山村，一起成为自然，天荒地老。

从明万历年间（一六〇〇年前后）陈某某兴村到二〇一八年林某某（老村主任）死亡，桃花村寿命四百零几年。

天已经黑了，桃花村的废墟在黑夜中寂静地站立着，睡了过去。这块土地，经过多少万年的沉睡后，被祖先们找到了，唤醒了，几百年人声犬吠相闻，牛羊稻田青青。现在又睡了，睡了，睡了过去，与日月星辰，与春夏秋冬默默相望。

它恐怕永远不会再醒了，就像它从来没有醒过一样。

小车顺着环山公路下山，林律师看到山下隐隐灯光闪烁的 C 城，跟被群山裹住的层层黑暗，轮回交替，一会儿显现，一会儿隐没……

只有天空，无数，在 C 城看不见了的星星，在眨着眼睛。

他想起波兰诗人辛波斯卡的一句诗——万物静默如谜。

他又想到自己，突然感觉一片孤寂，无论后面山上还是前面山下跟他都没有关系，他仅在这一辆在黑暗中行驶的车上。

2019 年夏于北海道阿寒湖完稿
2020 年 8 月于北海道阿寒湖第一次修改
2023 年 12 月于栃木县足利第二次修改
2024 年月 9 月于福州兰庭第三次修改

后 记

我现在知道了，人的死分为两种，一种人，是肉身死了心还没死，另一种人，是心死了肉身才死。比我先走的亲人们，都属于后一种。

我不知道为什么会是这样？难道连这也会遗传吗？还是说，因为肉体是遗传而来，所以在面对某种境遇时，这些肉体都会做出同样的反应。

但总之，就成这样了，父亲、爷爷、妈妈、小哥跟二哥，相续，在四十多年的岁月里，就像我翻开了死这本书，一页页，慢慢地，伴随我长大、成熟、变老，老，一个接一个走了。

其中，我看得最真切的是二哥的死。人恐怕得到老了，肉体衰退，进入死的进程，才会真正体悟另一个肉体的死。

我看到，死并不笔直纯粹，它总间或与活并存，博弈，忽大忽小，忽强忽弱。我看到，死是怎样侵袭二哥的肉体与灵魂，肢解它们，到最后，突然间，像一只猛兽，张大嘴，一口吞噬了他的活。

　　二哥八十岁，玩了一辈子民乐，吹拉弹，什么乐器都会。生病前两个星期，他还活蹦乱跳，每天上午到台江"老天华"乐器店，跟"十番乐队"队友们聚，闲聊间，只要有人抓起乐器，其他人就跟进，或吹或拉，就成合奏了。

　　乐队每个星期排练，有时还演出。另外，除了牙不好，二哥身体没大毛病，连疼痛也没有。

　　有身体，有朋友，有音乐，我想二哥日子过得挺潇洒的。

　　然后，有一天，不懂什么原因，他就拉肚子了，拉了十多天。他一个人住，我买了张机票飞回福州，见到时，他拉已经止住了，但喘得很厉害，勉强站起，走几步到洗手间，晚上不能平躺睡觉，只能半坐着。

　　应该是肺气肿，家族病，奶奶父亲叔叔小哥都死于此症。

　　我劝他去医院输液，他不去，给他喷药，他说没用，给他做吃的，他不吃，光喝酒。

　　怎么可能没用呢？这药父亲小哥我都用过。一喷喘就会缓解几个小时，至少可以躺下睡觉，但他就是不用。

　　我知道他已经放弃活了，但即便如此，为什么就不愿意让自己舒服一点呢？

　　后来发生了一件事，一闺密从外地来，跟我一起去看二哥。她五十来岁，漂亮，充满生命力。

　　奇迹发生了，二哥看着她，大声说话，两眼放光，整个生命力被激发了，居然同意去诊所输液，在被所有诊所拒绝后，居然同意去住医院，最后，还居然能站起来，从房间走出门，乘电梯到楼下，走到小区门口。

生命不可思议，简直神奇。

我们说服他检查（查出肺有积水），说服他抽水（造成喘的原因），因为没吃东西，医生给他吊营养液。

两天后闺密走了，第三天早上，看到我，二哥说要出院回家，说他过不了今天。我说他胡说。他气色很好，说话声音底气很足，还能逗同室病友开怀大笑。

但没想到，一个多小时以后，他真的，毫无征兆，在睡眠中呼吸就突然停止了。

整个过程，从二哥生病到死，不到一个月，但每天都像战斗，我心在坐过山车。

他预感到自己的死，他想在家里死吗？

我陷入困顿疑惑。生是什么？死是什么？生死之间的过渡又是什么？二哥的死，跟他最后一次生命力的绽放有关系吗？

小哥比二哥更固执，肺气肿，喘得更厉害，但坚决不去医院，每天只吃一点食物，一天早上，二哥发现他穿好衣服，半身躺在床上，身体还有余温，已经走了。

爷爷摔倒，在床上躺了一个多月，后来听小哥说，他最后是拒绝吃喝，硬是把自己生命了结了。

当死来临时，爷爷、二哥和小哥都用不吃来接受。他们走得干干净净,没有排泄物,不拖累身边的人,把活让给活着的人。

人,还有比这更好的死法吗?

现在想,他们,包括爸爸妈妈和婆婆,都有一个共同点,在死前少则一二年,多则二三年,都放弃了活,无论世事,无论儿孙,都已放下屏蔽,一心向死。

死是他们要的,用心修来的,于是,死就来了,他们终成正果,都得好死。爸爸肺气肿,住院三天就走了,妈妈无病无灾,寿终正寝,我清晨起床发现她已经走了。

活的时候好好活,死的时候好好死,人生重要之事,不过如此。

过去年代有很多这样的人,朋友奶奶,在医院把吊瓶针头拔掉,一定要儿子把自己抬回家。

那时候的老人都想死在家里,家里人也不会把他们推给医院。

邻家老人,棺材停在家里,他经常抚摸,大声对我们小孩说,我死后就躺在里面。死后出殡那天,儿孙披麻戴孝,喇叭声,人沸声,哭声不断,老人躺在棺材里,被十六个人抬出从来不开的大门,走了。

那时候,死是身边的事,熟悉的事,你从小,就会看到生命一步一步从一个肉身里走出去,肉身怎样变得肮脏、丑陋不堪，直至消亡。

这是一个过程，你看你听，它就在你身体里积累、沉淀，慢慢变成自然，你潜意识里早已接受，人总是要死的，你周围的人也跟你一样，没有一个人会狂妄到举起刀剑跟死对抗。

这种习得接受是用几十年岁月换来的，我现在想，它是人一生最大的财富。

可现在不一样了。

现在，死被圈养起来，变成医院的事，医生的事，他人的事，陌生的事，死的过程被屏蔽了。这样环境长大孩子的潜意识里，积淀了多少死的真相呢？他们知道死是肮脏丑陋不堪的吗？

有一类人，这类人我身边很多，即便医生宣告他只有三个月生命，他还是要吃药化疗手术，用自己已经不堪一击的肉身跟死抗争。他们心不死，是一群面向生，背朝死，被死拽住衣领拖向死的人。

现代医疗与科技，可以制造出许多虚拟活，有个熟人，植物人，躺在病床上，靠输液，一直死不了，一死死了十四年。

他愿意这样活吗？没有人问他，他也回答不了，周围人有种种原因让他就这么活着。

我想现代人最大的悲剧是执念于活，怎么死也死不了。

我不向往现在流行于西方的安乐死。我不认为死需要经过法律程序，需要得到某机构某人的批准才可以成立。

死是纯私人的事。世界上平等的事不多，但死是一个。

在死面前，人人平等。

除了佛教，印度对世界至少有两大贡献：一是发明了零这个概念，二是发明了瑜伽。

古印度人的生死观给了我很多启示。他们的视点相当特殊，看到的人和世界与华夏人大异，比如他们关注人的肉体感官死亡等等。他们看得非常细致，比如规定中包含你生命的最后时期该吃什么，不该吃什么，该穿什么，怎么穿，住哪里等等。

总之，它告诉你要怎么活，你要怎么死，回答了人生最大的两个问题。

我现在想，人老了，到了一个时期，不得贪恋于活，肉身得先离开俗世，然后修心，让你的心也屏蔽俗世，一心向死。

我相信，好死是可以修来的，而且，每一个人都可以修得。

图书在版编目（ＣＩＰ）数据

不要抢救我 / 陈永和著. -- 上海：上海文艺出版社, 2025. -- ISBN 978-7-5321-9177-2

Ⅰ. I247.5

中国国家版本馆CIP数据核字第2025S401Y8号

责任编辑：张诗扬　吴　旦
封面设计：吴伟光
内文制作：丝　工

书　　名：不要抢救我
作　　者：陈永和
出　　版：上海世纪出版集团　　上海文艺出版社
地　　址：上海市闵行区号景路159弄A座2楼 201101
发　　行：上海文艺出版社发行中心
　　　　　上海市闵行区号景路159弄A座2楼206室 201101 www.ewen.co
印　　刷：上海盛通时代印刷有限公司
开　　本：787×1092 1/32
印　　张：10.875
插　　页：2
字　　数：196,000
印　　次：2025年6月第1版 2025年6月第1次印刷
ＩＳＢＮ：978-7-5321-9177-2/I.7207
定　　价：58.00元
告　读　者：如发现本书有质量问题请与印刷厂质量科联系　T:021-37910000